KB232183

가을의 감흥

秋興

옥 같은 이슬 단풍나무 숲을 시들게 하고
무산과 무협 감도는 기운 쓸쓸하다
강의 거세찬 물결 하늘로 치솟구치고
변방의 풍운은 땅에 깔려 어둑하다

玉露凋傷楓樹林 巫山巫峽氣蕭森
江間波浪兼天湧 塞上風雲接地陰

매채이전
魑魅戰 上

이매전사 1
청산 新무협 판타지 소설

초판 1쇄 찍은 날 § 2004년 10월 30일
초판 1쇄 펴낸 날 § 2004년 11월 10일

지은이 § 청산
펴낸이 § 서경석

편집장 § 문혜영
편집 § 장상수 · 김희정 · 유경화
마케팅 § 정필 · 강양원 · 이선구 · 김규진 · 홍현경

펴낸곳 § 도서출판 청어람
등록번호 § 제1081-1-89호
등록일자 § 1999. 5. 31
어람번호 § 제2-0454호

주소 § 경기도 부천시 원미구 심곡1동 350-1 남성B/D 3F (우) 420-011
전화 § 032-656-4452 팩스 § 032-656-4453
http://www.chungeoram.com
E-mail § eoram99@chollian.net

ⓒ 청산, 2004

ISBN 89-5831-300-5 04810
ISBN 89-5831-299-8 (SET)

이매전사

魍魅戰士

1

청산 新무협 판타지 소설
Fantastic Oriental Heroes

이매(魑魅)

인면수심(人面獸心)을 지녔으며 사람을 잘 홀리는 도깨비를 일컫는 말이다. 이매망량(魑魅魍魎)은 요정과 도깨비 등 온갖 귀신을 총칭하며 이매전사란 다양한 속임수로 상대를 우롱하는 정의롭지 않은 전사를 의미한다.

▌차례

〈작가의 말〉

속임수의 변(辨)

유명한 병법서인 삼십육계의 첫 번째 계략이 바로 만천과해(瞞天過海)이다.

풀이하면 하늘을 속이고 바다를 건넌다는 뜻이다. 싸움에 임해서는 하늘마저 속이는 완벽한 계책이 있어야 승리를 쟁취할 수 있기에 만천과해는 모든 계략의 근간을 이룬다.

전작 '검신'에 이어 두 번째로 선보이는 '이매전사'는 강렬한 무공과 호쾌한 전투보다 예상치 못한 계략과 깊은 심기에 중점을 두었다.

이 작품에는 천하제일의 절기나 절대적 고수가 중요치 않다. 진정으로 강한 자는 절학을 지닌 고수가 아니라 심계에 뛰어난 자다. 천하를 진동시키는 절세고수도 암습과 함정, 계략과 독계를 벗어날 수 없기에 무공보다는 지략이 우세하다.

절대악의 힘은 악마적 계략이기에 더욱 공포스럽다. 보이지 않는 자와의 싸움은 벨 수 없는 유령과의 대결이기에 무한한 허탈감을 준다. 광명은 어둠을 몰아내지만 광명이 만든 그늘은 어둠보다 짙다. 그런 세상이 바로 이매전사에 등장하는 무림이다.

이 작품에서는 깊이 생각해야만 생존할 수 있는 무림 세계를 그려보았다.

음모와 술수, 간계와 책략, 배신과 반목이 난무하는 무림이기에 조금은 처절하다. 지면(紙面)을 적시는 피는 적지만 가슴속을 베는 배신의 칼날이 매섭다.

이 작품은 속임수로 시작해서 속임수로 끝난다.

속임수는 생각할 수 있는 상대가 있어야 쓸 수 있는 계략이다. 백치(白痴)에게는 속임수가 무용지물이다. 그들은 순수하기 때문이다. 결국 속지 않으려면 백치가 되어야 한다. 아니면 자기 자신까지 속이거나.

삼십육계의 서른여섯 번째 계략이 주위상계(走爲上計)이다.

모든 계략이 통하지 않을 때는 달아나는 것이 최고의 계책이라 했다. 필자는 외람되지만 감히 한 가지 계략을 더 붙이고자 한다.

상대를 속이기 전에 나 자신부터 속여라!

―청산 배상(拜上).

◀제1장▶

고수와 하수

1

　　　강호의 고수는 무공이 높을 뿐 아니라 행동이나 마음가짐도 예사롭지 않다. 하기에 고수의 모습은 도검이나 주먹을 휘두르는 수법만 몇 수 터득한 채 하늘 높은 줄 모르고 거들먹거리는 하수와는 확연히 분별이 된다.

　고수는 우선 눈빛부터 다르다. 사물이나 사람을 응시하는 눈빛에 깊이가 있다. 안광이 지배(紙背)를 꿰뚫듯이 눈빛에 현기가 서려 있다.

　걸음걸이는 말할 것도 없다. 한 걸음 한 걸음 내딛는 고수의 걸음은 고양이처럼 가벼워 곰처럼 무거운 하수의 걸음걸이와는 한눈에도 비교가 된다.

　모두가 그런 것은 아니지만 음식을 먹는 모습에도 고수와 하수는 다소 차이가 있다.

　하수는 객잔이나 주점을 들어설 때부터 목소리를 높인다. 잘 닦인

식탁을 거의 손톱으로 파듯 애써 문질러 먼지를 찾아내고는 애꿎은 점소이를 꾸짖는다. 그래야 주인으로부터 공술을 한 병 더 얻어먹거나 맛있는 안주를 특별히 챙겨 먹을 수 있기 때문이다. 이렇듯 생각이나 행동이 쪼잔한 부류가 하수다.

객잔의 이층 창가에서 차분하게 술을 마시는 청년은 그런 면에서 고수로 분류해도 손색이 없는 사람이었다.

산뜻한 백삼 차림에 푸른 문사건이 보기에도 잘 어울렸다. 준수한 모습은 아니었지만 뚜렷한 이목구비는 사내다운 풍모로 부족함이 없었고 흔들림없어 보이는 눈빛은 한 방면의 대가답게 여유로움이 엿보였다.

호북성의 작은 마을인 장양 땅에서 이렇듯 돋보이는 인물을 찾기는 힘든 일이었다.

청년은 탁자 위로 한 자루 검을 올려놓고 있었다.

여느 대장간에서도 찾아볼 수 있는 평범한 장검이었지만 손때가 반질반질하게 묻은 가죽 손잡이가 오랜 세월 청년과 함께해 왔음을 대변해 주었다.

고수들의 또 한 가지 면모는 굳이 보검이나 신검에 집착하지 않는 데 있다. 하기는 초고수의 경지에 이르면 갈대 한 줄기로 바위를 쪼개고 무딘 쇠막대만으로 절세적 신검을 벨 수 있으니 보검이 무슨 의미가 있으랴.

빈 잔에 술을 따르고 젓가락으로 안주를 한 점 집어먹는 청년은 주변의 관심 어린 시선에도 아랑곳하지 않고 담담히 미소만 짓고 있었다.

이때였다. 흡사 종이 깨지는 듯한 쩌렁쩌렁한 음성과 함께 객잔 입구가 소란스러워졌다.

"카하핫, 그런 일이 있으면 당장 나를 찾아왔어야 하는 것 아니오?"

수하로 보이는 장정을 몇 대동하고 들어선 인물은 웬만한 사람보다 머리 하나는 더 큰 거한이었다.

제법 쌀쌀한 가을 날씨임에도 불구하고 팔 소매가 없는 갖옷만 달랑 걸쳤는데 불거진 근육이 힘깨나 쓰는 역사(力士)답게 울퉁불퉁했다.

착용하고 있는 병기도 요란했다. 등에는 자루가 달린 육중한 유성추를 멨고 허리춤에는 큰 칼을 찼다.

그와 함께 들어선 문사 차림의 중년인은 뱁새처럼 찢어진 눈을 더욱 가늘게 뜨며 허리를 굽실거렸다.

"정말 황 대협께서 놈을 막아주실 수 있겠소?"

"허어, 이 황걸(黃傑)을 뭐로 보는 거요? 내 별호가 호북철한(湖北鐵漢)이오. 이 넓은 호북 땅에서 아직 적수를 만나지 못해 내 상명도(霜鳴刀)가 울고 있소."

황걸은 자신의 허리춤에 찬 칼을 툭툭 치며 호기를 부렸다.

그가 들어서자 객잔 내는 마치 찬물이 끼얹어진 듯 조용해졌다. 한눈에 신분을 알아본 취객들은 행여 그의 심기를 건드릴까 두려워 숨조차 크게 쉬지 못했다.

객잔 주인이 급히 계산대에서 나서며 그를 맞이했지만 억지스러운 미소가 오히려 볼썽사나웠다.

"아이구, 황 대협께서 오셨습니까?"

"그래, 귀한 손님과 한잔할 테니 가장 좋은 자리로 안내하게."

"예예, 여부가 있겠습니까. 어서 이층으로 오르시지요."

주인이 점소이들에게 눈짓을 보내자 그들은 후닥닥 이층으로 뛰어올라 빈 탁자를 수건으로 열심히 문질렀다. 행여 먼지 한 톨이라도 나와 황걸에게 뺨이라도 맞을까 몹시 두려운 모습들이었다.

뱁새눈의 중년인은 황걸이 보여주는 위세에 흡족한 미소를 지으며 함께 이층으로 올랐다.

이층의 취객들 몇이 황걸을 보자 급히 몸을 일으키며 포권을 취했다.

"황 대협을 뵈옵니다."

"어이구, 이렇게 뵙게 되어 영광입니다."

황걸은 건성으로 고개만 끄덕이며 한껏 거드름을 피웠다. 그러다 문득 여유롭게 자작자음하고 있는 청년을 보고는 잔뜩 눈살을 찌푸렸다.

'이런 후레새끼 보게? 대체 어디서 굴러온 개뼈다귀인데 나를 보고도 대가리가 뻣뻣한 게야?'

청년은 감히 자신의 행차에도 눈길 한번 돌리지 않은 채 술을 즐기고 있었다.

장양 땅에서 한 번도 무시받으며 살아온 적이 없는 황걸로서는 배알이 뒤틀리지 않을 수 없었다. 그렇다고 초면에 대뜸 시비를 걸 수는 없기에 일단 자리를 정하고 앉았다.

황걸은 수하 넷을 뒤에 세운 채 중년문사에게 물었다.

"유 총관, 선양상회(宣陽商會)라면 그래도 이곳 장양에서 제법 오랜 세월 상권을 쥐고 있는 것으로 아는데 무슨 어려움이 있다는 거요?"

중년문사는 선양상회의 총관으로 있는 유광헌(兪光軒)이었다. 선양상회는 장양현의 시전과 당항의 포구에 삼십 개의 상점을 개설할 만큼 상당한 재력을 지닌 상인들의 연합체였다.

유광헌은 다소 어두운 기색으로 대답했다.

"우리 선양상회는 사십 년 동안 장양현에서 상권을 갈고닦아 왔소. 홍수와 폭우로 어려움을 당한 양민들을 위해서도 많은 재물을 아낌없이 베풀어 장양현 양민들의 신망을 얻고 있지요. 한데 이 년 전 외지에서 굴러온 잡배들이 일부 상인들과 결속해 우리 선양상회를 무너뜨리기 위해 갖은 모략과 술수를 부리고 있소."

황걸은 거만스럽게 차를 마시며 턱짓으로 얘기를 계속하라는 행동을 취했다.

유광헌은 상대의 호감을 사기 위해 더욱 침통한 표정을 지으며 말을 이었다.

"어느 세상이든 좋은 일이 있으면 이를 시기하는 무리들이 있기 마련이지요. 잡배들이 세운 의창상회(宜昌商會)는 우리 선양상회에 다소 불이익을 당한 자들을 꼬드겨 사사건건 부딪쳐 오다 이번에는 외지의 무사를 고용해 무력으로 우리 선양상회를 점거하려 하고 있소이다."

황걸은 점소이들이 부산을 떨며 가져온 술을 한 사발 들이키고는 손등으로 입가를 닦았다.

"무슨 말씀인지 대충 알겠소. 요컨대 의창상회에서 고용한 놈과 상대할 사람이 필요하다는 것 아니오?"

"그렇소이다. 의창상회는 은밀한 대결을 요청하며 이번 대결에서 패한다면 순순히 장양 땅에서 물러나겠다고 했소. 우리 선양상회 소속 상인들은 대부분 순박해 피를 흘리는 대결을 원치 않소. 차라리 관에 고해 중재를 받자는 의견이 대다수이지요. 하지만 회주께서는 이 참에 저들이 요구하는 대결을 통해 분쟁을 말끔히 해결하자고 주장하시오. 그래야 우리 힘으로 장양현의 상권을 지킬 수 있다 하셨소."

황걸은 커다랗게 웃음을 터뜨렸다.

"와핫핫, 당연한 말씀이오. 주먹으로 덤벼드는 놈들은 주먹으로 맞
서야 하고 칼로 덤벼드는 놈들은 칼로 맞서는 것이 세상 이치요. 물러
선다는 것은 비겁한 짓이지."

한껏 호기를 부린 그는 유광헌과 가까이 머리를 맞대며 은근한 어조
로 물었다.

"그래, 선양상회에서는 얼마나 내놓을 생각이오?"

상대가 선뜻 홍정을 걸어오자 유광헌은 뛰어난 상인답게 직설적인
대답을 회피했다.

"소문에 듣기에도 의창상회에서 고용한 자가 대단한 무공을 지녔다
하오. 과연 황 대협께서 감당하실 수 있을지 모르겠소. 사실 회주께서
는 무당파의 장로 한 분과 연분이 두터워 도움을 청할 생각도 하셨소.
하지만 한낱 상인들의 이권 다툼에 무당과 같은 대문파의 고수를 모셔
오는 것은 예가 아니라 달리 사람을 찾게 된 것이오."

"나 호북철한을 어떻게 보고 하는 소리요? 내 유성추와 상명도는 평
소 대의를 위해 쓰이지만 은자가 보태지면 더욱 위력을 발휘하오! 내
가 나서려는 것은 강호의 정의를 위해서지 꼭 은자 때문만은 아니오!"

황걸이 자신의 가슴을 치며 명분을 강조하자 유광헌은 음성을 낮추
어 대답했다.

"하면 황 대협의 명성과 무공을 믿고 은자 백 냥을 내리다. 만일 이
번 대결에서 이겨 의창상회가 완전히 문을 닫는다면 추가로 오십 냥을
더 드리겠소."

생각보다 적은 액수가 제시되자 황걸은 별반 시답지 않다는 표정을
지었다.

"이보시오, 유 총관. 나 황걸의 목숨 값이 은자 백 냥밖에 안 된단

말이오?"

뒤에 시립해 있던 네 명의 청년들까지 가담해 은근히 협박을 가해왔다.

"이보시오, 유 총관. 우리들도 한번 움직이면 족히 은자 수십 냥은 받는 사람들이오. 한데 대형께서 친히 나서시는 일에 고작 은자 백 냥이란 말인가?"

"이거 아무래도 선양상회가 문 닫는 꼴을 지켜봐야겠군."

"대형, 일어나시지요."

"역시 옛말에 틀린 것이 없습니다. 있는 놈들이 더한다면서요?"

넷이서 떠들어대자 유광헌은 다소 주눅이 들고 말았다.

"화, 황 대협, 이 사람은 대협의 높은 협명을 믿고 부탁드리는 것이외다. 일이 성사되면 회주께 말씀드려 은자 오십 냥쯤 더 드리도록 청해보겠습니다."

황걸은 여전히 양에 차지 않은 듯 고개를 흔들었다.

"내가 은자 몇 푼 때문에 이러겠소? 내가 직접 나섰다면 나름대로 예우는 해주어야 하는 것 아니오? 허엄, 선양상회의 재력으로 은자 오백 냥 정도는 부담되지 않을 것이오."

너무도 엄청난 거액을 요구하자 유광헌은 펄쩍 뛰었다.

"그, 그건 너무 과한 액수외다, 황 대협."

"하면 은자 오백 냥이 아까워 선양상회가 이대로 문을 닫겠다는 말이오?"

모처럼 거액을 움켜쥘 기회를 잡은 황걸은 눈을 부라리며 유광헌을 윽박질렀다.

세상을 살아가는 데에도 고수와 하수의 차이가 분명하다.

남의 어려움을 틈타 이익을 챙기려는 자들은 영락없는 소인배이다. 그런 자들은 무공이 아무리 고강해도 하류잡배로 분류된다. 진정한 고수는 곤경을 겪는 사람들을 위해 아무런 대가 없이 나서는 협사들이다. 그런 사람들이야말로 진정한 고수이다.

황걸이 은자 오백 냥이나 되는 거금을 요구하자 유광헌은 선뜻 결정을 내리지 못하고 골머리를 앓아야 했다. 상회의 총관인 그로서는 그만한 결정권이 없기 때문이다.

물론 선양상회의 재력이라면 은자 오백 냥 정도는 충분히 지불할 수 있다. 문제는 상인들의 반발과 협상력 부재에 따른 비난을 면치 못한다는 데 있었다.

사람들은 곤궁에 처할 때면 일단 발등에 떨어진 불을 끄는 게 급해 어떤 약속도 쉽게 하지만 어려움이 해소되면 마음이 변해 손에 쥔 것을 놓기 싫어한다.

선양상회의 상인들 역시 이번 사건이 해소된 후에는 들인 경비를 추렴하는 데 있어 반론을 제기할 것이다.

순수한 협의로 이런 일에 나서줄 협사도 많은데 굳이 은자 오백 냥씩이나 들여야 했는지를 따져 물을 것이고, 나 같으면 이백 냥만으로도 해결할 수 있었을 것이라고 떠들어댈 것이다.

결국 상회의 회주와 자신을 성토해 자리에서 물러나게 만들 수도 있는 일이었다.

황걸은 술을 한 사발 들이키고는 느긋하게 기대앉았다. 그는 이런 일에 능숙한 자라 자신감이 역력했다.

'크흣, 상인 놈들의 주머니를 쥐어짜기는 쉽지 않지. 하지만 결국은 내 요구를 받아들일 수밖에 없을 것이다. 손바닥만한 장양 땅에서 나

같은 고수를 찾기는 어려운 일이니까.'

유광헌은 한참을 고민하다 길게 한숨을 내쉬었다.

"후우, 어쩔 수 없군요. 하지만 은자 오백 냥은 너무 벅차니 삼백 냥 정도로 타협을 하십시다. 선금으로 백 냥을 드리고 일이 성사되면 곧바로 이백 냥을 더 드리겠소."

황걸은 상대의 처음 제시안보다 곱절이나 더 받게 되자 내심 흐뭇했지만 애써 웃음기를 감추며 거드름을 피웠다.

"허엄, 좋수다. 나 황걸이 은자 몇 푼 때문에 선양상회의 어려움을 외면하는 소인배가 될 수는 없지 않겠소? 내 정의를 위해 기꺼이 의창상회와의 대결에 나서주겠소."

그는 받을 만큼 받으면서도 낯 두껍게 의협심을 거론했다.

유광헌은 일단 상대의 수락을 받았다는 데 안도하며 품속에서 은표가 담긴 봉투를 꺼내 들었다.

"고맙소. 당장 준비된 게 은자 백 냥뿐이오. 나머지는 상회로 가서 회주께 사정을 아뢴 후 드리리다. 물론 쌍방 간의 상계약 문서도 작성해야지요."

은표가 담긴 봉투를 본 황걸은 입맛을 쩍 다셨다. 그동안 여러 번 이권에 개입해 은자를 챙겼지만 이번처럼 거액을 쥐기는 처음이었다. 은자 삼백 냥이면 커다란 장원을 한 채 구입할 수 있는 거금으로 한두 해는 향락에 젖어 질펀하게 즐길 수 있다.

한데 그에게 막 은표 봉투가 건네질 때였다.

"진정한 협은 명성을 바라지 않고 진정한 의는 황금을 탐하지 않는 법이라네."

마치 노랫소리와 같은 음성이 들려왔다.

황걸이 인상을 구기며 고개를 돌리자 혼자서 술을 마시던 청년이 흥에 겨워 시문(詩文)을 읊듯이 혼잣말로 중얼거렸다.

"우물 안 개구리는 하늘 높은 줄 모르고 쥐구멍의 쥐새끼는 제 몸 깔리는 줄 모르고 기둥을 쏠아대고 있다네."

언뜻 들어도 자신을 빗댄 비아냥거림이었지만 황걸은 일단 은표를 손에 쥐는 게 급했기에 유광헌을 재촉했다.

"어서 주시오, 유 총관. 내 애들을 대동하고 곧바로 선양상회로 찾아가겠소."

"……?"

유광헌이 뱁새눈을 굴리며 잠시 주저하자 청년의 음성이 또다시 들려왔다.

"소인은 화를 당할 줄 알면서도 탐욕을 주체하지 못하고 악인은 죽임을 당할 줄 알면서도 악행을 씻지 못한다네."

비록 직접적으로 대놓고 말한 것은 아니지만 황걸을 향한 조롱이 분명했다. 황걸의 표정이 수치로 인해 벌겋게 물들자 유광헌은 은표 봉투를 품에 넣으며 정색을 했다.

"생각해 보니 이번 계약은 회주와 직접 하셔야 할 것 같소."

황걸은 막 손에 쥐려던 거금이 보류되자 치밀어 오르는 울화통을 참을 수가 없었다.

콰앙!

그의 커다란 주먹에 애꿎은 탁자만 산산이 부서졌다.

"염병할 새끼, 뒈지고 싶어 환장했구나!"

벌떡 일어선 그는 거친 걸음걸이로 청년을 향해 다가섰다. 그는 대뜸 육중한 유성추를 뽑아 들었다.

"네놈이 대체 뭘 믿고 함부로 주둥이를 나불대는 것이냐?"

청년은 황걸의 살기등등한 기세에도 눈 하나 끔짝하지 않았다. 유성추가 내리 꽂히는 순간 박살이 날 상황이었지만 여유있게 술을 즐기는 태도는 변함이 없었다.

천천히 술잔을 내려놓은 그가 미소를 지으며 황걸을 올려다보았다.

"나 혼자 흥에 겨워 한 말을 갖고 왜 그렇게 화를 내는 것이오?"

"네놈 혼자 나불댔다고? 누구를 바보 천치로 아는 것이냐? 네놈이 날 개구리며 쥐새끼라고 비아냥대지 않았더냐?"

청년은 손을 뻗어 탁자에 올려놓은 검을 천천히 뒤집었다.

"아주 멍청한 자는 아니군. 하지만 스스로 우물 안 개구리이며 쥐새끼인 줄 알았다면 깨닫는 바도 있어야 하지 않겠는가?"

황걸의 수하 넷은 당장에라도 몰매를 가할 듯 청년을 둘러싸고 있다가 뒤집혀진 검집에 새겨진 붉은 글씨를 보고는 안색이 싹 변했다.

탈명(奪命).

검집에 각인된 '탈명'이란 두 글자에는 귀기스런 섬뜩함마저 서려 있었다.

검집에 새겨진 글자를 본 황걸 역시 하얗게 질린 채 주춤주춤 물러섰다. 조금 전의 등등한 기세는 씻은 듯 사라진 채 전신을 부르르 떨었다.

"타, 탈명검? 설마… 귀하가 탈명추혼(奪命追魂)이란 말이오?"

청년은 여태까지의 유유자적함에서 벗어나 냉막하게 응수했다.

"네 더러운 입에 담을 별호는 아니다."

그의 유현한 눈빛을 접하자 황걸은 등줄기가 축축하게 젖어들었다.

'맙소사, 내가 미쳤지. 저승사자라는 탈명추혼과 맞서려 했단 말인가?'

황걸뿐 아니라 그를 수행하는 네 명의 졸개들 역시 와들와들 떨며 숨조차 크게 쉬지 못했다.

탈명추혼(奪命追魂)!

그가 강호에 발을 들여놓은 지는 일 년도 되지 않았지만 그의 명성은 이미 세상에 널리 퍼져 있었다. 그는 서생 같은 생김새와 달리 잔혹한 검법의 소유자였다. 그의 애검인 탈명검을 놓고 강호인들은 이렇게 말했다.

―탈명검은 마검이다. 그 검은 한번 뽑히면 반드시 피를 보며 피를 보지 않고서는 꽂히지 않는다. 하기에 탈명검에 맞서려면 목숨을 걸어야 하며 죽음이 두렵다면 그와 맞서려 하지 마라. 탈명검에는 자비가 없다.

강호의 풍문에 따르면 탈명검에 죽은 자가 이미 일백에 달했다. 감히 그의 은자를 강탈하려던 녹림의 도적들이 떼죽음을 당했고 공연히 시비를 걸던 악적들이 일검에 베어졌으며 그의 명성에 도전한 검수들이 죽었다.

탈명추혼 자신은 살인을 즐기지 않지만 그의 탈명검은 정사(正邪)를 가리지 않았다. 한번 뽑혀지면 반드시 피를 봐야 하기에 그의 탈명검은 달리 탈명마검(奪命魔劍)으로도 불렸다.

그의 내력에 대해서는 아직 밝혀진 바가 없었다. 사문이며 이름조차 몰랐다. 그저 탈명추혼이란 별호만이 세상에 알려졌을 뿐이다.

황걸은 그가 풍문으로만 듣던 탈명추혼임을 확신하고는 냅다 계단으로 달아났다.

네 명의 졸개들 역시 머리를 감싸 쥐고는 달아났다. 그들은 객잔 밖으로 달아나면서도 자신의 머리가 아직 목에 붙어 있는지 연신 확인을 해야 했다.

청년이 검을 뒤집어놓자 객잔 안에 감돌던 귀기스런 냉기가 순식간에 사라졌다. 그가 다시 유유한 태도로 술을 즐기자 유광헌이 다가서며 조심스럽게 물었다.

"정녕 탈명추혼 대협이십니까?"

"난 대협이 아니오."

"그러면 탈명추혼 공자이시오?"

청년은 자신의 존재에 대해 시인도 부인도 하지 않은 채 반문했다.

"내 검을 보고 싶소?"

유광헌은 사색이 되어 급히 세 걸음을 물러섰다.

"아, 아닙니다, 탈명 공자. 소인은 그저 공자께 감히 한 가지 청을 드리고자 말씀드리는 것입니다."

"황가와 하는 얘기를 듣기는 했소. 하지만 내가 왜 당신을 도와야 하오?"

청년의 냉담한 태도에 유광헌은 일순 낙담했지만 그는 재빨리 상인다운 기지를 발휘했다.

"소문에 의하면 탈명 공자는 의협도 아니며 악인도 아니라 했습니다. 하지만 공자께서도 세상을 살아가자면 은자가 필요하지 않겠습니까?"

유광헌은 상대의 표정을 살피고는 빠르게 말을 이었다.

"소인은 공자와 용병 계약을 하고 싶습니다."

"용병?"

"그렇습니다. 우리 선양상회에서 일시적으로 공자를 용병으로 모시겠습니다. 이미 얘기는 들으셨으니 긴 말씀은 드리지 않겠습니다. 의창상회에서 고용한 용병 무사만 물리쳐 주신다면 후히 사례하겠습니다."

청년은 술을 들이키고는 천천히 술잔을 내려놓았다. 그는 잠시 생각에 잠기다 탁자에 놓인 검을 집어 들었다.

"용병이라……. 괜찮은 제안이군. 아주 흥미로워."

유광헌은 뱁새눈을 크게 뜨며 반색을 지었다.

"하면 받아주시겠습니까?"

청년은 검을 품에 안으며 애인처럼 어루만졌다. 그의 입가에 의미심장한 미소가 감돌았다.

"내 검은 좀 비싸오."

2

선양상회는 평지보다 다섯 자는 높은 축대 위에 세워져 있었다. 호북 일대는 장강의 퇴적층으로 형성된 평지라 여름이면 빈번한 홍수로 가옥이 수몰되기 일쑤였다.

가난한 양민들은 말뚝 위에 판잣집을 세워 홍수에 대비하지만 선양상회는 역시 재력있는 상인들의 집회소답게 장원 하단을 돌로 둘러 홍수와 태풍에도 끄떡없는 건물을 세웠다. 또한 장원으로 향하는 진입로에는 반듯한 평석을 깔아 궂은 날에도 질척대지 않게 배려했다.

다각다각!

한 대의 마차가 천천히 선양상회의 진입로 위를 지나고 있었다. 덮개가 없는 마차를 몰고 가는 사람은 탈명추혼으로 불리는 청년이었다.

옆으로는 유광헌이 자신의 말을 타고 따르고 있었는데 그의 눈길은 탈명추혼이 모는 마차의 짐칸에 고정돼 있었다.

마차의 짐칸에는 한 개의 관이 덩그러니 놓여 있었다. 죽은 사람의 시신을 거두는 관을 갖고 다닌다는 것부터 조금은 특이한 취향이었다.

객잔을 나설 때부터 의문을 품고 있던 유광헌이 궁금함을 참지 못하고 물었다.

"탈명 공자, 왜 그 불길한 물건을 갖고 다니는 것입니까?"

탈명추혼은 대수롭지 않은 표정으로 응수했다.

"예전에는 한 번에 수십 명도 죽였는데 기분이 별로 좋지 않았소. 앞으로는 한 번에 한 사람만 죽이겠다는 의도요. 한 명 정도라면 시신을 거둘 수 있다 싶어 관을 지니게 되었소."

담담한 말투였지만 듣는 유광헌으로서는 등골이 오싹했다.

'정말 대단한 자신감이군. 누구를 만나도 죽일 수 있다는 뜻이 아닌가?'

선양상회의 회주는 머리카락 한 올 없는 대머리 노인이었다. 키는 작은데 지나치게 비대해 걷는 모습이 흡사 공이 굴러가는 것 같았다.

그가 바로 선양상회의 회주인 왕표상(王鏢商)이었다. 모두들 그를 왕대인이라 불렀다.

접견실에서 탈명추혼과 수인사를 나눈 왕표상은 바싹 긴장된 표정을 지었다. 살아온 삶이 결코 짧지 않았지만 이렇듯 무시무시한 강호의 고수를 대하기는 처음이었던 것이다.

"고, 고맙소, 탈명 공자. 귀공 같은 고수께서 본 상회를 위해 나서주셨으니 이제 의창상회의 무뢰배들은 문을 닫을 수밖에 없을 것이오."

탈명추혼은 향긋한 용정차를 음미하며 차분하게 응수했다.

"유 총관의 제안대로 용병 계약에 따른 것뿐이니 고마워할 것 없소. 서로가 주고받을 것만 확실하면 되오."

"물론 의창상회의 용병만 쓰러뜨려 준다면 은자 삼백 냥을 드리겠소."

탈명추혼은 왕표상 옆에 시립해 있는 유광헌에게로 시선을 돌렸다.

"유 총관이 제시한 금액과는 다소 차이가 있군."

"그게 무슨 말이오?"

왕표상이 의아한 표정을 짓자 유광헌이 급히 그의 귀에 대고 황걸과의 거래를 얘기해 주었다.

왕표상은 잔뜩 이맛살을 찌푸리며 입맛을 다셨다.

"하면 공자는 얼마를 요구하는 것이오?"

"적어도 의창상회에서 고용한 용병보다는 더 받아야 하지 않겠소? 이것은 내 검에 대한 자존심의 가치요."

탈명추혼이 허리춤의 탈명검을 툭툭 치자 왕표상은 움찔했다. 그는 소매 속에서 작은 주판을 꺼내 토닥토닥 튕기다가 계산을 맞추었다.

"알겠소. 정보에 의하면 의창상회에서 은자 삼백 냥의 거금으로 저들의 용병을 고용했다 들었으니 삼백오십 냥을 드리리다. 일단 선금으로……."

"선금은 필요없소. 대신 일이 해결되면 황금으로 주시오."

“황금으로 말이오?”

“그렇소. 난 은표 따위는 별로 신용하지 않소. 전장을 찾아다니며 바꾸는 것도 번거롭고.”

왕표상은 타고난 상인답게 본능적으로 의구심을 품었지만 선금이 아닌 후불금이란 말에 쾌히 고개를 끄덕였다.

“알겠소. 역시 명성이 쟁쟁하신 탈명 공자답게 자신감이 대단하시오. 일만 해결해 주신다면 즉시 황금으로 지불하겠소.”

“내 검이 황금 때문에 움직였다는 건 수치스러운 일이니 가급적 소문은 내지 맙시다.”

“허허, 그리시겠지요. 우리 상회 또한 한 판의 대결을 위해 거금을 지불한 것이 부끄러운 일이니 서로가 입을 다무는 것이 좋겠소. 탈명 공자께서는 순수한 협의심으로 본 상회를 도와주신 것이오. 뒷거래는 전혀 없었소. 이런 풍문이라면 정말 아름답지 않겠소?”

왕표상의 말에 탈명추혼은 가는 미소를 지으며 고개를 끄덕였다.

“역시 장양 제일의 거상답게 일 처리가 확실하시군.”

이때 문밖에서 경호 무사의 음성이 들려왔다.

“대인, 의창상회에서 대결을 청해왔습니다. 자신들은 이미 준비가 끝났으니 장소와 시간은 우리에게 일임하겠다 했습니다.”

“알았다.”

왕표상은 다소 긴장된 표정을 지으며 탈명추혼을 응시했다.

“일단 푹 쉬시면서 기력을 회복하시오. 내 보약이라도 한 첩 지어 올리리다.”

탈명추혼은 찻잔을 내리며 몸을 일으켰다.

“기껏 들개 한 마리 상대하는 일일 텐데 시간 낭비할 필요가 뭐 있겠소? 당장 대결을 벌이겠소."

그의 호기에 고무된 왕표상은 한껏 상기된 모습으로 따라 일어섰다.

"알겠소. 이 사람 역시 눈엣가시 같은 의창상회 무뢰배들을 한시라도 빨리 쫓아내고 싶은 마음이오."

3

대결의 장소는 장강의 지류인 양하(陽河) 변이었다. 본래는 질척한 진창이었지만 오랜 가을 가뭄으로 인해 흙먼지가 풀풀 날리는 진흙 바닥으로 변해 있었다.

강변으로 물소리가 찰랑거리고 하늘에는 실낱같은 초승달이 둥실 떠 있었다.

선양과 의창 두 상회의 상인들은 삼십 장 간격을 두고 대치해 섰고 양측에서 고용한 두 무사가 대결을 위해 다가서고 있었다. 탈명추혼은 대결 장소까지 관이 실린 마차를 타고 갔다.

의창상회 측 용병 무사는 당당한 체격의 청년으로 구레나룻이 무성했다. 눈빛은 탁했지만 얼굴 한쪽에 새겨진 깊은 검흔이 절로 공포감을 불러일으켰다.

그는 손에 쥔 장창을 크게 휘두르며 자신을 소개했다.

"난 철창진패(鐵槍震覇) 사도강(司徒强)이다! 호남 장사성 출신이지! 내 별호는 익히 들었을 테니 목숨이 아깝거든 썩 꺼져라!"

마차에서 내려선 탈명추혼은 냉소를 쳤다.

"흥, 고작 은자 삼백 냥에 고용된 주제에 뉘 앞에서 큰소리냐?"

"웬 개수작이냐? 나 철창진패는 은자 사백 냥 아래로 용병 계약을 한 적이 없다!"

"사백 냥이라고?"

"흐흣, 아마도 네놈은 고작 이백 냥 정도 받았나 보구나!"

사도강은 등등한 기세를 발하며 철창을 휘둘러 먼지바람을 일으켰다.

탈명추혼은 시답지 않은 표정을 짓다가 마차에 올랐다.

"잠시 기다려라."

그는 급히 마차를 몰아 선양상회 상인들 쪽으로 달려갔다. 그리고 왕표상 앞에 내려선 그는 차갑게 내뱉었다.

"난 싸우지 않겠소."

"탈명 공자, 갑자기 왜……?"

"난 당신을 정직한 상인으로 생각했는데 이제 보니 사기꾼이로군. 저자가 은자 사백 냥에 고용되었다는 것을 알면서 고작 삼백 냥이라고 속이지 않았소? 난 저런 하수보다 적게 받으면서 싸울 수는 없소."

왕표상은 정색을 지으며 반박했다.

"그럴 리가 없소. 용병을 고용하는 데 은자 삼백 냥의 거금을 들였다는 말은 의창상회의 회주 입에서 직접 나왔는데 어찌 이 사람이 공자를 속였다 하시오?"

"그렇다면 돈 받은 놈이 자신의 몸값을 높이려 일부러 부풀려서 거짓을 말했단 말이오?"

"그거야 알 수 없지만……."

"아무래도 뒷거래가 있었던 것 같소. 우리만 아는 은밀한 거래처럼 말이오."

탈명추혼이 전혀 싸울 의사가 없는 듯 말 머리를 돌리자 왕표상은 마음이 급해졌다.

그가 대결을 회피한다면 선양상회는 패배를 자인할 수밖에 없는 일이었다. 의창상회의 상인들은 이를 빌미로 거세게 들이닥칠 것이고 자칫 장양 땅의 상권을 송두리째 날릴 수도 있는 위급한 상황이었다.

왕표상이 유광헌과 몇몇 상인들을 돌아보자 그들은 빠르게 고개를 끄덕였다. 어서 재협상을 하라는 뜻이었다.

급히 마차를 막아선 왕표상은 탈명추혼의 손을 쥐며 정중히 부탁했다.

"알겠소, 탈명 공자. 은자 사백오십 냥에 해당되는 황금으로 보답하겠소. 제발 의창상회의 용병만 꺾어주시오."

탈명추혼은 냉담하게 일축했다.

"필요없소. 감히 날 속이려 한 자들을 위해 싸우고 싶은 생각은 추호도 없소."

"정말 몰랐소, 공자. 본의가 전혀 아니었음을 천지신명께 맹세하겠소. 대신 은자 오백 냥을 드리리다. 제발 우리 선양상회를 버리지 말아주시오."

왕표상이 진땀을 흘리며 읍소하자 탈명추혼은 비로소 수락했다.

"좋소. 하지만 이건 은자 오백 냥이란 돈 때문이 아니라 왕 대인의 간곡한 부탁 때문임을 알아두시오."

"고맙소, 공자. 정말 고맙소."

"곧 돌아오겠소."

탈명추혼은 한마디를 던지고는 다시 마차를 돌려 대결의 장소로 향했다. 사도강 앞에 이른 그는 천천히 마차에서 내려섰다.

그는 사도강과 마주 서며 탈명검의 손잡이를 쥐었다.

"난 탈명추혼이란 사람이다. 내 검이 뽑히면 반드시 피를 본다. 죽기 싫으면 스스로 패배를 인정하고 물러가라."

사도강은 움찔하며 한 걸음 물러섰다.

"타, 탈명추혼? 네가 그 악명 높은 살인마검이란 말이냐?"

"난 살인을 즐기지 않는다. 하지만 내 검에 도전하는 자는 누구든 용서가 없지."

사도강은 그를 훑어보다가 다시 전의를 불러일으켰다.

"네 별호는 익히 들었다. 하지만 강호의 풍문은 믿을 게 못 돼. 기껏 녹림의 도적들 몇을 베었을 뿐이겠지."

"모두들 그런 생각으로 도전했다가 탈명검에 쓰러졌다."

사도강은 철창을 불끈 쥐었다.

"진정한 무사는 죽음을 두려워하지 않는다. 네가 나보다 고수라면 강자의 검에 죽는 일이니 부끄럽지 않다."

탈명추혼은 가볍게 고개를 끄덕였다.

"가상한 용기로군. 고통없이 죽여주겠다."

사도강은 철창을 붕붕 휘두르며 고함을 질렀다.

"이야아아!"

두 상회의 상인들은 불꽃 튀는 대결을 예상하며 서둘러 결전장으로 다가섰다.

사도강은 자욱한 흙먼지를 일으키며 기세 좋게 달려들었다. 절정고수의 날렵한 보법에는 전혀 미치지 못했지만 그것을 주시하는 상인들은 없었다. 무공에 대해 문외한인 그들은 자신들이 알아볼 수 없는 절기 따위보다 대결의 결과에만 관심을 가졌다.

탈명추혼은 사도강의 철창이 날아들 때까지 잠자코 지켜보기만 했다. 역시 사도강보다는 한 수 위의 고수다운 면모였다.

마침내 그의 탈명검이 발출되었다.

빠른 쾌검도 아니었고 화려한 검화를 일으키는 환검도 아니었으며 가공할 검기를 발하는 패검도 아니었다. 마치 검법을 처음 배우는 수련생이 펼치는 듯한 단조로운 발검술일 뿐이었다.

차아앙!

맑은 금속성과 함께 두 사람이 교차되었다.

탈명추혼 옆을 지나친 사도강은 창을 높이 치켜들고 있었다. 어느새 베어졌는지 그의 앞자락이 붉게 물들고 있었다. 그의 손에 쥐어진 철창마저 동강나 바닥으로 떨어졌다.

"크으윽! 과, 과연 탈명추혼이로군."

사도강은 울컥 피를 토하고는 썩은 통나무처럼 쓰러졌다. 단 일 합에 승부가 난 것이다.

선양상회의 왕표상과 상인들은 환호를 지르며 서로를 얼싸안았다.

"와아아!"

"이겼다! 우리 선양상회의 승리다!"

"회주, 이제 장양의 상권은 다시 우리 선양상회의 것이외다!"

너무도 창졸간에 전개되고 매듭지어진 승부라 의창상회의 상인들은 입을 딱 벌린 채 다물 줄을 몰랐다.

호남 장사 땅에서 쟁쟁한 명성을 떨친 철창진패 사도강이 이렇듯 허무하게 패배당하리라고는 누구도 생각지 못했다.

게다가 단순한 패배 정도로 끝난 것이 아니라 목숨까지 잃었으니 그를 고용한 의창상회의 상인들로서는 참담한 마음을 금할 수 없었다.

"아, 공연한 욕심 때문에 귀중한 목숨까지 잃게 만들었군."

의창상회의 회주인 정계명(鄭溪明)은 길게 탄식을 하며 상인들과 함께 결전장으로 다가섰다. 약속대로 장양 땅에서 물러서야 할 상황이지만 자신들을 위해 싸우다 죽은 사도강의 시신을 스습해 주기 위해서였다.

탈명추혼은 탈명검을 거두고는 서둘러 관을 내렸다. 그는 사도강의 시신을 관에 담고는 베어진 창날과 창대까지 챙긴 후 뚜껑을 덮었다.

정계명은 탈명추혼의 잔혹한 손속에 두려움을 느껴 조심스럽게 청했다.

"탈명 대협, 본 상회에서 계약한 무사니 우리가 잘 수습해 고향으로 돌려보내 주겠소."

탈명추혼은 생김새와 달리 힘이 좋은지 간단히 관을 안아 들고는 마차 위에 얹었다.

"됐소. 내 검에 의해 죽은 사람이니 내가 거두겠소. 내가 받은 보수의 절반까지 보태 이 사람의 가솔에게 보내질 것이오. 나 탈명추혼은 결코 돈 때문에 움직이는 사람이 아니니까."

양측의 상인들은 풍문과 달리 자상한 뒤처리까지 하는 탈명추혼에 대해 놀라워하면서도 감격을 금치 못했다.

그가 마부석에 올라앉자 왕표상이 선양상회의 상인들과 함께 다가섰다.

왕표상은 큼지막한 비단 주머니를 정중히 건넸다.

"탈명 공자, 비록 우리 상회의 승리지만 서로 간의 욕심 때문에 훌륭한 무사가 목숨을 잃어 가슴이 아프오. 약간의 장려비를 추가로 넣었으니 좋은 장의사를 찾아 염습을 부탁드리겠소."

탈명추혼은 비단 주머니 안의 황금을 확인하고는 손으로 무게를 가늠했다.

"왕 대인을 믿고 굳이 금액을 헤아리지는 않겠소. 감히 나를 속이지는 않으리라 믿소."

일검에 장사성의 고수를 해치운 그의 검술을 보아서인지 왕표상은 그의 한 마디 한 마디에 등골이 오싹해졌다.

"무, 물론이외다, 공자. 어찌 감히 공자를 속이겠소?"

탈명추혼은 황금을 전대에 단단히 채우고는 양측의 상인들을 향해 점잖게 충고했다.

"서로 간에 약간만 양보했다면 이런 불상사는 없었을 것이오. 내 비록 황금을 받고 탈명검을 뽑았지만 부끄러운 마음을 금할 수 없소. 상인들이라 하여 이익만 챙기는 데 급급해서는 안 될 것이오. 힘들게 사는 양민들을 생각해 폭리는 취하지 말고 이익의 일부는 양민들을 위해 아낌없이 베푸시오. 결국은 남에게 베푼 만큼 돌아올 것이오."

양측의 상인들은 세상의 진리가 담긴 그의 말에 모두 감복해 허리를 굽신거렸다.

"명심하겠소, 탈명 공자. 의창상회의 상인들에게도 상점을 개설할 수 있도록 노력해 보겠소."

왕표상이 크게 양보하자 정계명은 감동을 금치 못했다.

"왕 회주, 그리만 해주신다면 과거의 악감정을 씻고 선양상회의 일원이 되겠소."

"허허, 탈명 공자의 말씀대로 욕심을 조금만 버리면 되는 일 아니겠소?"

뜻하지 않게 양측 상인들이 화합의 뜻을 표명하자 탈명추혼은 일순 당황한 표정을 지으며 서둘러 마차를 몰아갔다.

"그럼 난 가겠소."

다각다각!

관을 실은 마차는 자욱한 흙먼지를 날리며 양하 변을 따라 멀어져 갔다.

상인들은 그가 사라진 후에야 뭔가 석연치 않은 몇 가지 의문점을 느꼈지만 자신들 때문에 사람이 목숨을 잃었다는 사실에 더는 생각지 않기로 했다.

피를 흘린 상권 다툼을 벌였다는 사실이 장양 땅에 널리 알려져서 그들 모두에게 득이 될 일은 아니기 때문이었다.

왕표상은 의창상회를 제압했다는 데 만족했고 정계명을 비롯한 의창상회의 상인들은 쫓겨나지 않고 그나마 장양 땅에 뿌리를 내릴 수 있게 된 것을 기쁘게 생각했다.

양측 상회에서 구백 냥에 달하는 거금을 지불했지만 오랜 분란이 해소됐으니 그다지 아깝지 않은 돈이었다.

왕표상은 정계명과 어깨를 나란히 하고 걸으면서 물었다.

"정 대인, 사도강이란 무사를 고용하는 데 얼마를 지불했소? 이제 끝난 일이니 솔직하게 말씀해 주시오."

"사도강이란 무사가 자신의 명성 때문에라도 은자 삼백 냥은 받아야 한다며 고집하기에 모두 주었소. 우리 입장에서는 정말 어렵게 마련했소."

"그렇소?"

왕표상은 이해가 되지 않는 듯 머리카락 한 올 없는 대머리를 연신 긁적거렸다.

"그것참, 탈명 공자 말에 의하면 사도강이란 자가 은자 사백 냥을 받았다면서 대결을 못하겠다고 우겨 오백 냥씩이나 주고 말았소. 뭔가 좀 이상하지 않소?"

한번 의심의 물꼬가 터지자 여러 가지 의혹이 꼬리를 물고 이어졌다.

"다시 생각해 보니 대결이 너무 시시한 것 같았소. 우리 같은 사람이야 무공에 대해 뭘 알겠소만 그래도 보는 눈은 있지 않소?"

정계명도 잔뜩 이맛살을 찌푸렸다.

"그래도 창이 베어지고 사람이 죽지 않았소?"

"죽은 사람이야 수습한다지만 굳이 베어진 창날과 창대는 왜 가져간단 말이오?"

"왕 대인, 하면 대인 말씀은?"

왕표상은 서늘한 날씨에도 불구하고 진땀을 줄줄 흘렸다.

"아무래도… 우리가 사기를 당한 것 같소."

◀제2장▶
천부(天府)의 비화(秘花)

1

"하하하!"

무창성으로 향하는 사잇길을 지나는 마차에서 들려오는 웃음소리가 마냥 즐겁기만 하다.

관이 하나 실려 있는 마차에 타고 있는 두 사람 중 한 명은 스스로 탈명추혼임을 밝힌 청년이었다.

그 옆에서 박장대소를 터뜨리는 사람은 놀랍게도 그의 탈명검에 의해 죽은 철창진패 사도강이었다. 피를 토하고 죽은 후 관에 담긴 사도강이 멀쩡하게 살아 있는 것이다.

구레나룻의 청년은 술을 적신 수건으로 얼굴을 문지르며 웃음 섞인 음성으로 지껄였다.

"에이, 나쁜 놈! 오랑(五郞) 넌 정말 나쁜 놈이야."

"그런 소리 마, 임마. 일은 같이 저질러 놓고 왜 나 혼자 나쁜 놈이라는 거냐?"

"정말 왜 나쁜 놈인 줄 몰라서 하는 소리야?"

구레나룻 청년은 접착제를 붙여 새겨놓은 가짜 칼자국을 지우며 말을 이었다.

"나야 장난 삼아 은자 사백 냥을 받았다고 한 소리인데 그래, 그걸 빌미 삼아 멍청한 선양상회 놈들에게 악착같이 돈을 더 뜯어냈으니 정말 나쁜 놈이지."

문사건을 두른 청년은 킥 하고 실소를 터뜨렸다.

"기회가 생겼을 때 쥐어짜야 하는 것 아냐? 상인 놈들은 대부분 폭리를 취하는 도둑놈이니 그 정도는 뜯어내도 상관없어."

어처구니없게도 양하 변의 대결은 두 청년이 꾸민 기막힌 사기극이었다.

문사건을 두른 청년의 이름은 용오랑(龍五郎).

그는 무창(武昌) 출신으로 아버지가 운영하는 용문장의사(龍門葬儀社)에서 일을 돕고 있었다. 배운 바는 많지 않지만 태생이 영특해 꾀가 많고 계략을 잘 꾸몄다.

그는 초상집에 관을 배달하기 위해 친구인 주세창(周世昌)과 함께 왔다가 장양 땅의 두 상회를 상대로 은자 팔백 냥이라는 엄청난 금액을 뜯어낸 것이었다.

그는 장양현의 상권 다툼에서 열세에 몰린 의창상회에서 용병 무사를 구한다는 소문을 듣고 주세창을 들여보냈다.

장양현과 같은 작은 마을에서 철창진패와 같은 고수를 알아볼 사람은 별로 없었다. 게다가 주세창은 힘이 좋고 창술도 웬만큼 구사할 줄 알아 철창진패로 행세하는 일은 어렵지 않았다.

굳이 철창진패 사도강의 명성을 택한 이유는 그의 독특한 용모 때문
이었다. 사도강의 얼굴에 새겨진 깊은 칼자국은 그의 명성만큼이나 널
리 알려져 있기에 주세창이 적당한 변장을 통해 사도강처럼 행세하기
가 수월했기 때문이다.

용오랑은 누구로 행세할까 하다가 최근 들어 명성이 자자한 탈명추
혼을 선택했다.

무공이라야 동네 무술 도장에서 수련생들이 연마하는 모습을 훔쳐
본 것이 전부였기에 무공으로 논한다면 그는 하수 중에서도 최하류에
불과했다. 하지만 그는 배짱이 두둑했고 임기응변에 능했으며 말솜씨
가 뛰어났다.

그는 철기점에서 구한 중고품 장검의 검집에 탈명이란 글자를 새겨
마치 탈명추혼인 듯 행세했다.

객잔에서 만난 호북철한 황걸은 그에게 있어 자신의 신분을 확신시
켜 줄 좋은 디딤돌이었다.

마을 불량배에 불과한 그런 하수를 다루는 일은 손바닥 뒤집기보다
쉬운 일이었다. 그런 자들은 약한 사람들 앞에서는 천하의 고수처럼
당당하지만 정작 고수를 만나면 죽음이 두려워 쉽게 꼬랑지를 내리는
소인배이기 때문이었다.

그가 굳이 야간에 대결을 벌였던 이유도 어설픈 검술이 드러날 우려
가 있어서였다. 다행히 겁 많은 상인들이 멀찌감치 서 있었기에 그들
을 속이는 일이 가능했다.

물론 주세창은 미리 준비해 둔 소 피를 이용해 피를 흘리고 쓰러지
는 것처럼 연기를 했고 창도 미리 베어서 붙여놓았기에 용오랑의 검이
닿지도 않았는데 베어진 것이다.

그가 서둘러 관에 주세창을 집어넣은 것도 상인들에 의해 주세창의 거짓 죽음이 발각될 수 있기 때문이었다. 어쨌든 사기극은 대성공이었고 그들은 엄청난 황금과 은자를 손에 쥐게 되었다.

그들은 행여 상인들이 뒤쫓아올 것을 우려해 사람들이 잘 다니지 않은 사잇길을 택해 무창으로 돌아가는 중이었다.

용오랑은 허리춤 전대에서 황금이 가득한 비단 주머니를 손에 쥐며 무게를 가늠했다.

"와아, 정말 묵직하군. 내 생애 이런 거금은 처음이야."

주세창도 자신이 받은 은자 주머니와 은표를 손에 쥐었다.

"흐흐, 이게 정말 우리 돈이란 말이지?"

그가 은표를 손에 쥐고 헤아리자 용오랑은 인상을 잔뜩 찌푸렸다.

"임마, 은표는 안 된다고 했잖아!"

"어쩌겠어. 당장 준비된 은자는 백 냥밖에 없대. 나머지만 은표로 받은 거야."

"안 돼."

용오랑은 정색을 하며 그의 손에서 은표를 뺏어 들고는 주저없이 박박 찢었다.

"야, 미쳤어?"

주세창이 만류하려 했지만 은표는 이미 용오랑 손에서 조각조각 찢겨 바람에 날아갔다. 그가 씩씩거리자 용오랑은 자신의 황금을 일부 나누어 주며 조용히 타일렀다.

"잘 들어, 세창. 이런 일은 뒤가 깨끗해야 돼. 은표를 전장에서 바꾸게 되면 우리의 위치가 탄로나. 만일 상인들이 사기당했다는 것을 알아채고 관부에 고하면 각 전장마다 통문이 간단 말이야. 그렇게 되면 어떻게 되겠냐? 멋모르고 은표를 바꾸려 했다가 그냥 잡히는 거지."

주세창은 그제야 이해가 된 듯 힘있게 고개를 끄덕였다.

"그래, 오랑. 너란 녀석은 정말 용의주도해. 글줄이라도 읽었으면 한림학사라도 되었을 거야."

"하하, 그 따위 벼슬이 무슨 대수냐? 난 이렇게 사는 게 훨씬 재미있어."

용오랑은 주세창의 어깨를 다독이며 주의를 주었다.

"돈푼깨나 생겼다고 함부로 써대지 마. 없는 놈이 갑자기 은자를 뿌려대면 남의 의심을 사게 되니까."

"그래, 알았어."

주세창은 전대에 은자와 황금을 단단히 챙기고는 은근한 어조로 물었다.

"그런데 말이야, 우리 또 언제 한 건 더 할 수 있지?"

용오랑은 마차를 끄는 말 엉덩이에 대고 채찍을 한번 가했다.

"옛말에도 있잖아? 꼬리가 길면 밟히는 법, 세상은 넓고 먹을 것은 많으니 조바심 낼 필요 없어."

2

무창에서 서쪽으로 삼백여 리 떨어진 곳에 선도(仙桃)라는 지역이 있다. 가파른 능선 위로 빽빽하게 들어선 수목이 산 전체를 감싸고 있어 마치 초록의 융단이 덮인 듯하다.

선도라는 이름대로 이 지역은 먹음직스러운 복숭아가 유명하며 이를 따기 위해 여름날 저녁 선녀가 은밀히 하강한다는 전설이 있다. 하기에 이 지역 곳곳은 선계의 이름을 따온 지명이 많은데 복숭아를 한 아름 딴 선녀들이 잠시 쉬어갔다는 선유림(仙遊林)도 그중 하나다.

샛별도 가물거리는 여명 무렵 긴 옷자락을 이끌며 선유림 위를 날아가는 여인이 있었다.

백설처럼 흰옷과 그보다 더 하얀 피부, 검은 허리띠와 그보다 검고 영롱한 진줏빛 눈망울이 이채롭다.

아마도 복숭아를 따러 왔다가 일행을 놓쳐 뒤늦게 승천하는 선녀인 듯싶었다. 하지만 복숭아 열매가 모두 떨어진 가을이었기에 그녀를 선녀라고 상상하기에는 다소 무리가 있었다.

여인은 하얀 면사로 얼굴을 가리고 있어 그 용모를 확인할 수 없었지만 면사 위로 드러난 맑은 미간과 수려한 눈망울만으로 가히 절색임을 짐작케 해주었다.

여인의 신법은 흐르는 구름처럼 유연해 하늘거리는 나뭇잎을 밟고 날아가는 데에도 잎사귀 하나 흔들리지 않았다.

그녀의 뒤로 몇 개의 그림자가 빠르게 따라붙었다. 그들의 신법 또한 범상치 않아 일견해도 무림의 고수임을 알 수 있었다.

일순 면사여인의 앞쪽에서 두 명이 솟아오르며 쾌도를 전개했다.

"팔상백첨(八相百尖)!"

"개화출세(開花出世)!"

두 도객의 예리한 도기가 좌우에서 날아들자 면사여인은 급히 신형을 뒤집어 하강했다.

그녀가 선녀처럼 표표히 수림의 공터로 내려서자 모두 아홉 명이 주위로 내려서며 에워쌌다. 그들의 가슴 부위에는 '궁(宮)' 이란 글자가 수놓아져 있었다.

아홉 명 중 수장으로 보이는 중년인이 한 걸음 나서며 정중히 포권지례를 취했다.

"용서하시오, 소저. 귀하를 막을 수밖에 없어 감히 도법을 펼쳤소. 하지만 살심은 전혀 없었소."

"……."

면사여인은 긴 옷소매 사이로 팔짱을 끼며 그를 응시했지만 별다른 반응은 보이지 않았다.

중년인은 자신과 수하들을 소개했다.

"우리는 파천궁(破天宮) 소속의 파천구성(破天九星)이며 난 성건(星乾)이라 하오. 존엄하신 궁주님의 명을 받들어 귀하를 궁으로 모셔가야 하니 순순히 응해주시오."

"……."

"우리는 귀하가 천부(天府)의 비화(秘花)임을 알고 있소."

면사여인은 비로소 나직이 한숨을 쉬며 입을 열었다.

"내 신분을 알고서도 어찌 내 앞을 막는 겁니까?"

인간의 음성이라 하기에는 너무도 맑고 영롱했다. 전설의 화씨벽(和氏璧)을 갈아 만든 옥 종이 울리는 듯한 음성에 파천구성은 절로 맥이 탁 풀렸다.

성건은 겨우 심기를 가다듬으며 정중히 청했다.

"우리는 궁주님의 지엄한 명을 수행할 뿐이오. 성심껏 비화를 모시겠소."

비화라 불린 여인은 파천구성을 둘러보았다.

"과거 무림계는 천부의 도움을 받은 이후 절대 닿서지 않겠다는 맹약을 했어요. 파천궁의 이런 행동은 무림공법을 어기는 무례한 행위입니다.”

“그것은 파천궁 창건 이전의 일일 뿐이오. 파천궁은 그런 맹약을 한 적이 없소.”

그들의 강경한 태도에 비화라 불린 여인의 눈빛이 다소 차가워졌다.

“사패(四霸) 중 파천궁주의 야망이 가장 무섭다 하던데 당신들 말을 들으니 사실이군요. 하지만 날 데려갈 수는 없을 겁니다.”

“그렇다면 강제로 끌고 갈 수밖에.”

성건은 표정을 굳히며 휘하들에게 눈짓을 보냈다.

“구궁천합진(九宮天合陣)을 펼쳐라!”

파천구성은 신속하게 움직이며 진세를 구축했다.

오 장 밖에서 아홉 방위를 점유한 그들은 제각기 병장기를 꺼내 쥐었다. 도, 검, 창 세 가지 병기는 각기 대각선으로 배치되어 철통같은 조화를 이루었다.

비화는 살짝 아미를 찌푸렸다.

‘상당한 진세로군. 파천궁이 사패 중 으뜸이라는 풍문이 헛된 게 아니야.’

피할 수 없는 충돌이라 생각한 그녀가 양손 가득 공력을 운기하자 폭 넓은 소매가 한껏 부풀어 올랐다.

사사삭!

파천구성은 유연한 보법을 펼치며 비화의 주변을 맴돌았다. 이내 그들의 모습은 사라진 채 도, 검, 창 세 가지 종류의 병기 아홉 자루만이 허공 가득 교차되었다.

성건은 회심의 미소를 지으며 충고를 던졌다.

“본 궁의 구궁천합진은 소림의 소나한진을 능가할 정도요. 비화가 다치기를 원치 않으니 순순히 항복하시오.”

비화는 시선만 약간 쳐든 채 차분한 어조로 응수했다.

“날 제압할 수 있다면 당신들 뜻에 따르겠어요.”

성건은 말로는 설득시킬 수 없다 싶자 진세의 위력을 최고조로 높이고는 외쳤다.

“쳐라!”

그가 앞서 공격을 펼치자 도와 창이 뒤를 이었다. 나머지 세 명은 계속 주변을 선회하며 진세의 공백을 메워 혹시나 있을 상대의 도주를 차단했다.

양손을 교차한 비화는 한 발을 축으로 빙글 회전하며 소매 속에 운집한 공력을 발출했다.

“봉황운상무(鳳凰雲翔舞)!”

그녀의 동작은 무공이 아니라 춤사위처럼 보였다.

한 마리 봉황이 너울너울 춤을 추듯 그녀의 손놀림은 유연하면서도 가벼웠다. 하지만 그녀의 아름다운 춤사위 속에 담겨진 위력은 실로 대단했다. 짙은 자황색 기운이 어른거리며 파천궁 무사들의 시야를 어지럽혔다.

“허억!”

“조심해라!”

여섯 무사는 공세를 회수하며 급히 방어로 전환했다.

퍼퍼펑!

연이은 폭음과 함께 파천육성은 답답한 신음을 토하며 뒤로 물러섰다. 하지만 이 정도로 무너질 구궁천합진이 아니었다. 전열의 여섯 명이 물러서자 이번에는 후열의 파천삼성이 날아들며 폭풍처럼 몰아

쳤다.

창은 가슴을, 검은 등을, 그리고 도는 얼굴을 향해 뻗어 나갔다. 절묘하게 배합된 일 초 삼 식의 공세는 쾌속하면서도 강렬했다.

파천구성이라면 강호에서도 일류급에 해당되는 고수들이다. 더군다나 단순한 합공이 아닌 진세에 의한 합격술이라 그 위력은 상당한 위력을 지녔다.

비화는 감히 경시하지 못하고 버들가지 같은 허리를 뒤로 꺾어 회전하며 양손을 활짝 펼쳤다.

"난화섬수(蘭花閃手)!"

그녀의 섬섬옥수가 흩뿌려지는 꽃처럼 허공 가득 피어올랐다.

파천삼성은 그녀의 신묘한 절기에 정신이 아득했지만 자신들의 위험은 무시한 채 그대로 공세를 유지했다. 명을 받으면 목숨을 던져서라도 수행해야 하는 것이 파천궁의 엄격한 규율이었다.

세 자루의 병기가 손 그림자 속으로 파고들었다.

차차창─!

요란한 금속성이 터지며 그들의 병기는 모두 튕겨졌다. 동시에 비화의 현란한 각법이 전개되자 그들은 면상과 가슴을 얻어맞고 나동그라졌다.

"악!"

"크윽!"

파천궁이 자랑하는 구궁천합진이 대번에 와해된 것이다.

성건은 상상을 초월하는 비화의 무공절기에 하얗게 질리고 말았다.

'이럴 수가? 아무리 천부의 제자라지만 이렇듯 강하단 말인가?

그는 자신이 섣불리 그녀를 압박한 것을 후회했다. 상부의 지시대로 소궁주가 당도할 때까지 포위망을 유지한 채 추격을 했어야 옳았다.

비화는 본래의 위치로 내려서며 성건을 응시했다. 숨소리 하나 흐트러지지 않았고 승자로서의 오만한 기색도 보이지 않았다.

"천부는 강호와의 분란을 원치 않습니다. 그만 돌아가세요."

성건은 눈알을 데굴데굴 굴리다 한쪽 무릎을 꿇었다.

"패배를 인정하겠소."

비화는 소매 사이로 두 손을 넣은 채 돌아섰다.

"다시는 천부의 비화들을 추적하는 일이 없었으면 좋겠군요."

순간 성건은 소매 속에서 암기통을 꺼내 쥐며 비화의 등을 향해 겨누었다.

"쓰러져라!"

쐐애액—!

수백 개의 쇠 바늘이 빛살처럼 뻗어 나갔다. 전혀 예상치 못한 기습인 데다 거리마저 가까웠다.

비화는 본능적으로 호신강기를 발출해 몸을 보호하며 암기를 향해 쌍장을 휘둘렀다.

"봉황신공!"

위력적인 강기막에 수백 개의 쇠 바늘이 분쇄되겨 사위로 비산되었다. 그러나 몇 개의 쇠 바늘은 그녀의 호신강기마저 뚫고 몸속으로 파고들었다.

"흐윽!"

비화는 온몸이 싸늘하게 식어가는 한기를 느끼며 비틀비틀 뒤로 물러섰다.

성건은 검은 빛으로 번들거리는 암기통을 손에 쥔 채 한 걸음 다가섰다.

"카하핫, 무공은 뛰어나도 역시 애송이군. 강호가 그렇게 호락호락한 곳인 줄 알았더냐?"

그는 암기통을 어루만지며 회심의 미소를 지었다.

"한독신침(寒毒神針)은 누구도 피할 수 없지. 천병부(千兵府)에서 입수한 암기답게 과연 대단해."

비화는 혈도 몇 곳을 찍어 한독의 침해를 막았다.

"으윽, 독한 자들! 살계(殺戒)를 지켜 해치지 않았거늘."

성건은 검을 치켜들고는 그녀를 향해 달려들었다.

"계집을 제압하라! 후한 상이 주어질 것이다!"

파천구성은 득의에 찬 함성을 지르며 일제히 공격에 나섰다.

가슴을 누른 채 가쁜 숨을 몰아쉬던 비화의 눈에서 자색 안광이 폭사되었다. 독한 마음을 먹은 듯 그녀는 양손을 불끈 쥐며 팽그르 회전했다.

"자전강기(紫電罡氣)!"

은은한 뇌성벽력과 함께 그녀의 전신에서 눈부신 광채가 폭사되었다.

너무도 강렬한 빛에 파천구성은 정신이 아득해졌다. 암천을 뚫고 날아드는 벼락처럼 아홉 가닥의 자황색 번갯불이 그들을 향해 내리 꽂혔다.

퍼— 퍼펑—!

잇단 폭음과 함께 파천구성은 일제히 나동그라졌다. 그들 모두의 가슴에 선명한 손바닥 자국이 새겨졌다. 절정의 자전강기에 오장육부가 으깨진 채 그대로 절명한 것이다.

“우욱!”

한독에 당한 상황에서 과도한 진기를 쏟아낸 비화는 붉은 선혈을 토하며 한쪽 무릎을 꿇었다. 하얀 면사가 장밋빛으로 물들었다. 그녀는 답답함을 이기지 못하고 면사를 뜯어냈다.

가히 경국의 절색이었다.

한독의 기운으로 안색이 백지장처럼 희게 변색되었지만 완벽한 이목구비는 어느 곳 하나 흠잡을 데 없는 조화를 이루고 있었다. 부상의 고통으로 아미를 찌푸리고 있는 모습이 오히려 전설의 서시지상(西施之相)이었다.

그녀는 힘겹게 몸을 일으키며 비틀비틀 걸음을 옮겼다. 속히 내상을 치유해야 했지만 파천궁의 또 다른 추적자들이 몰려들 것을 우려했다.

그녀는 양손을 교차해 어깨를 감싸며 전신을 와들와들 떨었다.

“으음… 몸이 얼어붙는 것 같아.”

빽빽한 수림 사이를 헤치고 들어간 그녀는 나무 기둥에 기대섰다. 갓 솟은 여명의 햇살이 잎새를 뚫고 수림 속으로 쏟아져 들어왔다.

그녀는 품속에서 약병을 하나 꺼내 들었다. 밀랍으로 단단히 봉해진 약병이었다. 어렵게 밀랍을 벗겨낸 그녀는 한 알의 환약을 손바닥 위로 쏟았다.

“봉황신단(鳳凰神丹)이라면… 한독을 해소시킬 수 있어.”

그녀는 솟구치는 기혈을 참으며 환약을 입으로 가져갔다. 하지만 기혈이 절로 솟구치며 그녀는 연거푸 선혈을 토해내야 했다.

“우욱!”

아찔한 현기증과 함께 그녀는 풀썩 쓰러졌다.

낙엽 더미 속으로 쓰러진 그녀의 몸은 가파른 언덕을 타고 데굴데굴 굴러갔다. 손에 쥔 환약만 복용했어도 한독을 해소시킬 수 있었지만 그녀의 정신은 이미 혼미해진 상태였다.

다만 살고자 하는 본능적인 생명의 의지로 환약을 꼭 쥐고 있을 따름이었다.

2

다각다각!

한 대의 마차가 좁은 산길을 따라 고갯마루를 넘어서고 있었다. 용문장의사(龍門葬儀社)라는 작은 삼각 깃발이 꽂힌 마차의 짐칸에는 관이 하나 덩그러니 놓여 있었다.

마부석에 앉아 마차를 모는 청년은 용오랑이었다.

탈명추혼으로 행세하면서 입었던 산뜻한 백삼을 뒤집어 입었고 문사건 대신 끈으로 머리를 질끈 묶었다. 탈명추혼에서 본래의 초라한 행색로 돌아온 것이다.

친구인 주세창은 자신의 고향인 장사성으로 떠났다.

용오랑이 그를 만난 건 수년 전 장사성까지 관을 팔러 나갔을 때였다.

어디를 가나 있는 토박이 건달들과 다툼을 벌이던 중 주세창의 도움을 받게 되었다. 둘은 하룻밤 술을 마시며 의기투합이 되었고 평생을 함께할 친구가 되기로 약속했다.

이후 둘은 번갈아 무창과 장사를 방문해 우정을 쌓았고, 용오랑은 먼 곳까지 관을 배달할 일이 생기면 종종 주세창을 불러 함께 다니곤 했다.

용오랑은 흥겹게 장송곡을 흥얼거리며 전대에 가득 찬 황금을 다독였다.

"이 거금을 어떻게 쓸까? 지니고 다니자니 번거롭고 아버지한테 드려봐야 술로 다 탕진할 테고……."

약간은 고민이 되는 문제였다.

그렇다고 번듯한 장원을 사서 호화롭게 지내자니 주변의 눈이 마음에 걸렸다. 평범한 장의사 집안이 벼락부자가 되었다면 이유는 두 가지이다.

하나는 부호나 황실의 무덤을 도굴해 부장품을 챙긴 것이고 다른 하나는 염습을 하면서 고가의 수의나 장신구를 가로챈 것이다. 어느 쪽이든 엄청난 죄가 되기에 그들 부자는 관청에 끌려가 혹독한 심문을 받게 될 것이다.

그동안 그가 영악한 꾀를 발휘해 남의 주머니를 턴 일은 몇 번 있었지만 은자 삼백 냥에 달하는 황금을 손에 쥐기는 이번이 처음이었다.

그는 잠시 생각하다가 자신의 머리를 탁 쳤다.

"그렇지, 손(孫) 아주머니에게 맡기면 되겠군. 깐잔이 성업을 이루니 이 정도 황금을 지녔다 하여 의심받을 일도 없고 가장 믿을 만한 사람이지."

고민을 해결한 그는 호로병을 꺼내 맛있게 술을 한 모금 들이켰다. 싸구려 죽엽청이었지만 귀한 설향로만큼 달고 향긋했다.

"좋군, 정말 좋아."

몇 모금을 더 들이킨 그는 오줌보가 부풀어오자 산비탈 아래 마차를 세웠다.

허리띠를 풀고 바위 뒤에서 힘차게 방뇨를 하던 그는 무성한 풀숲 사이로 언뜻 보이는 흰 옷자락에 찔끔했다.

'뭐야? 누가 있었어?'

그는 자세를 돌려 계속 방뇨를 하면서 풀숲 쪽을 힐끔 돌아보았다.

언뜻 보아도 여인의 옷자락이고 긴 모발이 풀숲 사이로 보였다. 공연히 심술이 난 그는 홱 몸을 돌려 풀숲을 향해 냅다 오줌 줄기를 날렸다.

"젠장, 사내 오줌 싸는 거 처음 봐? 그래, 실컷 봐라!"

누군가 자신을 훔쳐본다 생각했지만 풀숲 속의 여인은 전혀 반응을 보이지 않았다.

"……?"

뭔가 수상쩍은 생각이 든 용오랑은 급히 허리춤을 치켜 올리고는 풀숲으로 뛰어들었다. 비탈에서 흘러내린 낙엽이 수북해 무릎까지 푹푹 빠졌다.

그의 예상대로 흰옷을 걸친 사람은 여인이었다. 하지만 이미 죽은 시신인 듯 꼼짝도 하지 않았다.

어지간한 사람이라면 동물의 사체만으로도 질겁하고 사람의 시신에는 공포심마저 느끼겠지만 그는 직업이 장의사였다. 어린 시절부터 아버지를 도와 시신을 씻는 염(殮)과 수의를 입히고 염포로 묶는 습(襲)을 하며 살아왔기에 시신 따위에 겁낼 그가 아니었다.

그는 낙엽을 헤치고 여인을 바로 눕혔다. 입가에 검게 변색된 피가 묻어 있고 안색이 창백했지만 세상에 드문 절색의 미녀였다.

용오랑은 난생처음 대하는 미녀의 용태에 입을 딱 벌렸다.

"와아, 세상에 이토록 아름다운 여인이 있었단 말인가? 인간이 아니라 요지선녀야."

　그는 소매에 술을 묻혀 여인의 입가에 묻은 피를 닦아주었다. 백옥을 깎아 만든 옥녀상처럼 흰 피부와 반듯한 이목구비는 더할 수 없을 만큼 완벽했다.

　그는 본능적으로 욕정을 느꼈지만 여인을 강제로 겁탈할 만큼 사악한 색마는 아니었다.

　"정말 죽었나?"

　그는 여인의 손목을 쥐고 맥을 짚어보았다. 싸늘한 기운이 느껴질 뿐 맥은 전혀 뛰지 않았다. 심장 부위에 귀를 대고 들어보았지만 박동 소리도 들리지 않았다.

　그는 사람을 치유할 의술은 배우지 못했지만 죽은 사람을 분별하는 데에는 일가견이 있었다. 하기는 장의사로서 사람이 죽었는지 살아 있는지를 분별하지 못한다면 엄청난 사건이 발생한다. 아직 채 숨을 거두지 않은 사람을 염습하다 깨어날 수도 있고 멀쩡한 사람을 관에 넣어 생매장시킬 수도 있기 때문이다.

　그의 아버지는 밤낮으로 술을 마시는 고주망태기지만 사람의 생사를 분별하는 데에는 아주 능통했다.

　뛰어난 의원들조차 운명했다고 단정한 칠순 노인을 염습하러 갔다가 아직 살아 있음을 밝혀 구한 적이 있었고 질식해 죽은 갓난아이를 묻으려는 산골 부부를 호통 쳐 아기를 구한 적도 있었다.

　그의 아버지는 사람의 생사를 네 가지로 판단한다고 가르쳐 주었다.

　"사람의 목숨은 덧없으면서도 명주실처럼 질기다. 하기에 염습을 하고 입관을 하기 전에 반드시 생사를 판명해야 한다. 이를 사기판명(四氣判明)이라 하는데 장의사라면 반드시 알아두어야 하는 지식이다."

용오랑은 백의여인의 용태를 면밀하게 살폈다.

"맥이 뛰지 않고 호흡도 없어. 체온도 없고 땀도 없어. 죽은 게 확실해."

그는 너무도 아름다운 여인이 죽었다는 사실에 안타까움을 금할 수 없었다. 그는 고개를 들어 그녀가 굴러 떨어진 가파른 비탈을 올려다보았다.

"낙상을 했나? 하지만 머리가 깨진 것도 아니고 몸에 큰 외상도 없어 보이는데?"

잠시 생각에 잠겼던 그는 백의여인을 안아 들고 마차로 향했다. 생면부지의 여인이지만 짐승의 밥이 되게 그냥 내버려 둘 수가 없었던 것이다.

그는 여인을 관에 눕혔다.

"미인박명이라더니… 정말 아깝군, 아까워."

3

강남이라도 가을의 밤 공기는 차다.

낡은 창문이 삐걱거리는 허름한 관제묘(關帝廟)는 이미 사람의 발길이 끊긴 지 오래된 듯 을씨년스러운 폐가처럼 보였다. 그나마 지붕과 기둥은 멀쩡해 객잔에 들 돈이 없는 가난한 행인들이 하룻밤 이슬을 피하기에는 충분했다.

관제묘 옆에 마차를 세워놓은 용오랑은 관을 걸머메고 안으로 들어섰다.

제단에 모셔진 관우의 신상에는 뽀얀 먼지가 쌓여 있고 곳곳에는 거미줄이 늘어져 있었다. 대충 먼지를 털어내고 자리를 잡은 용오랑은 관 뚜껑을 열었다.

눈을 꼭 감고 있는 여인은 죽어서도 여전히 아름다웠다.

"거 이상하네? 분명 죽은 게 확실한데 왜 죽었다는 생각이 들지 않는 걸까?"

그는 행여나 하는 마음에 다시 여인의 맥을 짚어보았지만 여전히 뛰지 않았다. 오히려 싸늘한 한기가 더 심해진 것 같았다.

"확실히 죽었군."

그는 아쉬움을 달래며 관 뚜껑을 닫으려다 문득 여인의 몸에서 풍겨오는 향긋한 냄새에 코를 벌름거렸다.

"어라? 죽은 사람에게서 체향이 풍길 리 없는데?"

그는 관 뚜껑을 내려놓고 다시 여인의 몸을 살폈다.

규방의 여인들이 흔히 지니는 사향 냄새는 아니었다. 깊이 들이킬수록 정신을 맑게 해주고 가슴을 편하게 해주는 향기는 그녀의 굳게 쥐어진 손에서 풍겨지고 있었다.

여인의 섬섬옥수를 강제로 펼치자 짙은 향기를 풍겨내는 환약이 눈에 들어왔다. 자황빛이 감도는 환약을 집어 든 그는 코에 가까이 대고 냄새를 맡았다.

"굉장하군. 아마도 세상의 좋은 약재란 약재를 죄다 배합해 제련한 영단임이 분명해."

그는 영단과 여인을 번갈아 보며 나름대로 상황을 추리했다.

"손에 꼭 쥔 것으로 봐서 이 약을 먹으려다 미처 삼키지 못하고 굴러 떨어진 것 같군. 세상에 기사회생의 영단이라는 것이 있다 들었는데 혹시 그런 영단이 아닌가 몰라."

여인을 한참 들여다본 그는 마음을 정했다.

"그래, 먹고 죽은 귀신은 때깔도 좋다던데 이 약이라도 먹어보자."

그는 손가락으로 여인의 굳게 닫힌 입술을 벌려주면서 실없이 키득거렸다.

"혹시 깨어나면 색시로나 삼을까? 이렇게 예쁜 색시와 함께 산다면 제왕도 부럽지 않을 텐데 말이야."

여인의 상앗빛 치아는 손끝이 겨우 들어갈 만큼 벌려졌다.

용오랑은 영단을 입에 넣고는 우물우물 씹었다.

형용할 수 없는 향긋함과 뜨거운 기운이 느껴지며 절로 기운이 솟았다. 그는 그냥 자신이 먹어버릴까 하다가 죽은 사람에 대한 예우가 아니다 싶어 고개를 기울였다.

여인과 입술을 맞춘 그는 자신의 침으로 녹인 영단을 그녀의 입 안으로 흘려 넣어주었다.

여인의 입술은 얼음처럼 차가웠지만 의외로 부드러웠다. 한참 동안 입을 맞추며 영단을 흘려 넣어준 그는 고개를 들며 입맛을 다셨다.

"쩝, 시체와 입맞춰 보기도 처음이군."

그는 잠시 더 여인을 내려다보다 관 뚜껑을 닫았다. 염습이라도 해주고 싶었지만 수의도 없고 가져온 약품도 없었다. 쐐기를 박아 뚜껑을 단단히 고정시켜 주는 게 고작이었다.

"내일 아침 가다가 양지바른 곳에 묻어주기나 해야지 뭐."

그는 나무토막을 베개 삼아 누우며 잠을 청했다.

영단의 약효가 남아서인지 아직 입 안이 달콤했다. 뜨거운 기운이 체내를 감돌며 나른해졌고 시장기조차 느껴지지 않았다.

그는 편안히 잠을 청하며 잠꼬대를 하듯 중얼거렸다.

"용오랑 너, 오늘 정말 좋은 일 했다. 죽은 사람을 수습해 주는 선행은 배고픈 사람을 구해주는 것보다 백배는 착한 일이지. 공짜라는 게 좀 아쉽지만 황금은 충분히 지녔잖아?"

관제묘 밖에서 들려오는 밤새의 울음소리가 요란하다. 멀리서 여우의 울음소리가 귀신의 애절한 흐느낌처럼 들려온다.

용오랑은 기분 좋은 꿈이라도 꾸는 듯 자면서도 연신 히죽거렸다.

이 순간 여인이 들어 있는 관이 조금씩 요동치기 시작했다. 틈새를 통해 자색의 연기가 흘러나왔다. 돌연 관이 심하게 진동하며 관 뚜껑이 튀어 올랐다.

펴엉!

일진 폭음에 잠에서 깨어난 용오랑은 눈을 번쩍 떴다. 벌떡 일어나 앉은 그는 눈앞에서 펼쳐지는 아찔한 광경에 그만 입을 쩍 벌리고 말았다.

"뭐, 뭐야?"

뚜껑이 날아간 관 속에서 짙은 자색의 연기가 뭉클뭉클 피어오르고 있었다. 이어 연기 속에서 여인의 시신이 꼿꼿하게 일어섰다. 죽은 시체가 되살아났으니 실로 세상에 다시없을 괴변이었다.

용오랑은 너무도 놀라 턱이 빠질 정도였다.

"귀, 귀신?"

산발한 여인은 스르르 눈을 뜨며 용오랑을 바라보았다. 희미한 자색이 감돌았지만 진주 알처럼 맑은 눈이었다.

즐겨 관 속에서 자고 시체와 더불어 놀 만큼 간담이 큰 용오랑이었지만 이 엄청난 괴변에는 온몸의 털이 일제히 곤두섰다.

"으아아아!"

그는 비명을 지르며 냅다 문쪽으로 달려갔다.

야심한 시각에 관 뚜껑을 깨부수고 일어선 시신은 누가 보아도 영락 없는 귀신이었다. 더군다나 자신의 손으로 입관한 시신이었기에 놀라움은 이루 말할 수 없었다.

한데 그가 채 문을 나서기도 전에 백의여인은 유령처럼 그 앞을 막아섰다.

"커억!"

용오랑은 심장이 내려앉는 기분이었다. 그는 몸을 홱 돌려 창문 쪽으로 달려가며 허리춤의 요령을 뽑아 흔들었다.

"아버님, 부처님, 천지신명이시여! 원귀야, 물러가라!"

그러나 그가 다섯 걸음을 채 옮기기도 전에 백의여인은 다시 그의 앞으로 내려섰다.

그녀는 급히 몸을 낮추며 부복했다.

"놀라지 마십시오, 은공. 소녀는 귀신이 아닙니다."

아직 제정신이 아닌 용오랑은 시신을 매장할 때 불사르는 부적과 지전을 마구 뿌려대며 요령을 흔들었다.

"악귀야, 물러가라! 난 널 위해 관에 넣어준 죄밖에 없단 말이야!"

여인은 손을 모으며 차분하게 말했다.

"놀라게 해드렸다면 정말 송구스럽습니다. 소녀는 귀신이 아니니 심기를 가라앉히십시오. 소녀는 귀신이 아니라 분명 살아 있는 사람입니다."

"뭐, 살아 있는 사람?"

용오랑은 진땀을 흘리며 주춤주춤 뒤로 물러섰다. 그는 놀란 가슴을 진정시키며 그녀를 뚫어져라 직시했다.

아직 창백하기는 했지만 양 볼에 생기가 감돌았고 초롱초롱한 눈빛도 부드러웠다. 몸에서 풍기는 체향도 달콤했고 음성은 옥구슬이 흐르는 듯 맑고 청명했다.

귀신이 아닌 게 분명했다. 아니, 귀신이라 해도 전혀 두려워할 이유가 없는 예쁜 여귀(女鬼)였다.

용오랑은 소매로 땀을 닦으며 요령을 허리춤에 꽂았다.

"정말 귀신이 아닌 게 확실하오?"

"그렇습니다. 은공의 구명지은에 진심으로 감사드립니다."

여인은 정중하게 배례를 올렸다.

"……?"

용오랑은 그녀가 귀신이 아님을 확신했지만 그녀의 부활을 도저히 믿을 수가 없었다. 조심스러운 걸음으로 그녀에게 다가선 그는 손을 내밀었다.

"좀… 만져 봐도 되겠소?"

"그러시지요."

여인은 꽃보다 화사한 미소를 지으며 고개를 끄덕였다.

용오랑은 떨리는 손끝으로 그녀의 볼을 어루만졌다. 비단처럼 부드러우면서도 따뜻한 온기가 느껴졌다. 체온이 있다던 살아 있다는 증거다. 그녀의 코끝에서도 뜨거운 숨결을 느낄 수 있었다.

"정말이네?"

그는 심장 고동을 살피기 위해 그녀의 가슴으로 손을 가져갔다. 그녀는 움찔하며 두 손으로 가슴을 감쌌다.

"은공……?"

용오랑은 그제야 제정신을 차리고는 자신의 머리를 툭툭 쳤다.

"아, 미안하오. 정말 확실히 살아났군. 죽은 귀신이 아니라 분명 살아 있는 사람이야."

그는 안도의 한숨을 내쉬고는 호로병을 기울여 벌컥벌컥 술을 들이켰다. 뜨거운 술기운이 뱃속으로 스며들자 그는 본래의 호기로운 모습을 되찾았다.

"대체 어떻게 된 거요?"

그가 마주 앉으며 묻자 그녀는 숨김없이 대답해 주었다.

"소녀는 악도들의 추격을 물리치다 한독신침이란 암기에 맞아 정신을 잃게 되었습니다. 한데 은공께서 봉황신단을 복용시켜 주시는 바람에 목숨을 건질 수 있게 된 것입니다."

"그런 거요? 하지만 내 사기판명법에 의하면 소저는 분명 죽었소. 죽은 사람을 식별하는 데 일가견이 있는 내 아버지도 분명 그렇게 판단했을 거요. 그 영단이 그렇게 영험한 것이었소?"

"은공께서는 무림인이 아니라 잘 모르실 겁니다. 한독신침은 워낙 극렬한 독이라 전신을 마비시키고 피를 동결시킵니다. 소녀가 한 모금의 진기로 심맥을 유지시켜 두었지만 봉황신단을 적시에 복용하지 못했다면 영영 깨어나지 못했을 겁니다. 봉황신단은 소녀 사문의 비전 영단으로 한 가닥 숨만 붙어 있다면 어떤 독과 내상도 치유하는 효능을 지니고 있지요."

여인은 다시 한 번 공손히 머리를 숙였다.

"소녀는 은공의 은혜에 어떻게 보답해야 할지 모르겠습니다."

"됐소. 아침까지 깨어나지 않았으면 공연히 생매장당할 뻔했소. 어쨌든 살아났으니 다행이오."

용오랑이 손을 내젓자 여인은 잠시 망설이다 자신의 이름을 밝혔다.

"소녀는 화옥미(花玉媚)라 하옵니다."

"화옥미라……. 이름도 예쁘군. 내 화 소저처럼 아름다운 여인은 난생처음이오."

화옥미는 살포시 미소를 지었다.

"은공의 대명을 알고 싶습니다."

"난 용오랑이란 사람이오. 뭐, 죽은 사람들 염이나 하고 관이나 묻어주는 별 볼일 없는 장의사일 뿐이오."

"아, 용 공자셨군요. 게다가 착한 심성만큼 좋은 직업을 지니셨어요."

"지금 날 놀리는 거요?"

용오랑이 공연한 자격지심에 인상을 굳히자 화옥미가 영롱한 음성으로 응수했다.

"아닙니다, 은공. 진심으로 드리는 말씀입니다. 의원은 사람들의 몸을 치유하지만 장의사는 염습을 통해 죽은 사람들의 영혼을 편안히 쉬게 해주죠. 얼마나 훌륭한 일입니까?"

용오랑은 힐끔 그녀를 보며 응수했다.

"영혼을 쉬게 해준다……. 말은 괜찮군. 하지만 소저가 생각하는 것만큼 난 착한 놈은 아니오. 아마 소저가 죽은 몸이 아니었으면 강제로 능욕을 했을 수도 있소."

"그러실 분이 아니란 것 잘 알고 있습니다. 생면부지의 소녀를 위해 관에 수습해 주시지 않았습니까? 만일 소녀가 살아나지 못해 귀신이 되었어도 공자의 따뜻한 배려에 감격했을 것입니다."

그녀가 워낙 자신을 신뢰하자 용오랑도 굳이 그녀에게 자신의 나쁜 인상을 심어주고 싶지 않았다.

문득 그는 그녀에게 영단을 복용시켜 준 일을 떠올리며 피식 실소를 지었다.

"한 가지 사과할 게 있소. 난 소저가 죽은 줄로만 알고 내 입으로 영단을 녹여 소저에게 먹여주었소."

화옥미의 양 볼이 발갛게 달아올랐다.

"그, 그러셨군요."

용오랑은 그녀의 상기된 모습이 보기 좋아 더욱 짓궂게 굴었다.

"사심은 없었지만 감촉은 참 좋았소. 아마 평생 못 잊을 추억이 될 거요. 한데 말이오, 사내와 입맞춰 본 게 혹시 처음이오?"

"소, 소녀는……."

화옥미는 목덜미까지 발갛게 물들인 채 말을 잇지 못했다.

"하하하!"

한바탕 웃음을 터뜨린 용오랑은 양손을 흔들었다.

"농담이오, 농담."

화옥미는 그의 소탈한 성격에 호감 어린 미소를 지으며 옷자락을 매만졌다.

그녀는 잠시 고민하다 목에 건 목걸이를 끌렀다. 금으로 만든 사슬에 푸른 옥이 매달려 있었는데 일견해도 정교하게 세공된 보물임을 알 수 있었다.

"소녀가 지닌 패물이 없어 우선 이것으로 대신하겠습니다. 훗날 공자를 다시 뵙고 은혜에 보답하겠어요."

"이거 비싼 거요?"

"소녀에게는 아주 소중한 신표이옵니다."

용오랑은 목걸이를 손에 쥐고 유심히 살펴보았다.

금 사슬에 걸린 옥패는 따뜻한 온기를 발하는 온옥(溫玉)으로 맑고 투명했다. 또한 옥 속에 '화(花)'란 글자가 새겨져 있는 게 신기했다. 옥을 쪼개 글자를 새긴 후 다시 붙여야 가능한 일인데 아무리 살펴보아도 옥을 쪼갠 흔적이 없었다.

그는 목걸이를 만지작거리다 다시 그녀에게 건넸다.

"소저의 신표라면 받을 수가 없군. 나 같은 사람이 가질 물건은 아닌 것 같소."

화옥미는 목걸이를 그의 손에 쥐어주며 공손히 청했다.

"소녀의 성의니 받아주세요. 그래야 훗날 이 신표를 찾기 위해서라도 공자를 찾아뵐 수 있으니까요."

용오랑은 그녀를 한 번 더 만날 수 있다는 즐거움을 생각하며 비로소 목걸이를 품에 챙겼다.

"알겠소. 그때까지만 보관해 두겠소."

화옥미는 천천히 몸을 일으켰다.

"소녀는 이만 가봐야겠습니다. 공자께서는 옥체 보중하십시오."

"아니, 이 야밤에 어디를 가겠다는 거요?"

용오랑이 따라 일어섰다.

관제묘를 나선 화옥미는 예리한 눈빛으로 주변을 살피고는 안도하는 표정을 지었다.

"다행히 저들의 추적은 없는 것 같군요."

그녀는 용오랑을 향해 신중하게 부탁했다.

"공자, 사문의 엄한 규율 때문에 소녀의 신분을 밝힐 수 없음을 용서하십시오. 또한 소녀를 만난 사실은 절대 비밀로 하셔야 합니다. 만일 이 사실이 강호에 알려지면 공자께서는 큰 화를 당하실 수 있습니다.”

“걱정 마시오. 난 무림인도 아니니 별일없을 거요.”

“공자의 은혜는 평생 잊지 않겠어요.”

화옥미가 공손히 포권지례를 올리자 용오랑은 그녀 앞으로 바싹 다가섰다.

“화 소저, 훗날의 보답 대신 한 가지 청이 있소.”

“말씀하십시오.”

“소저를 한번 안고 싶소.”

용오랑은 답변을 듣기도 전에 그녀를 힘껏 부둥켜안았다.

“……?”

화옥미는 움찔했지만 굳이 그의 포옹을 뿌리치지 않았다.

서로의 가슴이 맞닿으며 화옥미의 심장이 어린 새처럼 두근두근 뛰었다.

용오랑은 그녀의 고운 머릿결에 얼굴을 묻으며 다정하게 속삭였다.

“다시는 죽지 마시오. 혹시 아오? 훗날 소저가 내 색시가 될지 말이오.”

의문의 죽음

1

선유림 전체에 부산스러운 움직임이 일고 있었다.

경장 차림의 무사들 이십여 명이 선유림 일대를 샅샅이 수색하는 중이었다. 가슴에 수놓아진 글자로 미루어 파천궁 소속의 무사들로 보였다.

그들은 단서가 될 만한 작은 조각 하나도 놓치지 않고 수집해 평석 위에 올려놓았다.

수하들이 수집한 단서를 세심히 살피는 사람은 짙은 눈썹의 여인이었다. 눈매가 다소 날카로웠지만 세상에 드문 절색의 용모였다.

요요한 색기를 풍겨내는 여인은 복장부터 남달랐다.

쌀쌀한 가을 날씨에도 불구하고 풍만한 젖가슴이 절반은 드러나 보이는 얇은 나삼을 걸치고 있어 젖가리개와 속곳까지 그대로 내비쳐 보였다. 치마는 무릎이 드러날 만큼 짧아 가벼운 바람에도 희멀건 허벅지가 언뜻언뜻 보일 정도였다.

아무리 강호의 여인이라도 이렇듯 노출이 심한 복장은 극히 드물었다.

여인은 가늘지만 짙은 아미를 잔뜩 찌푸린 채 바닥으로 시선을 돌렸다. 화옥미를 암습하다 죽은 아홉 구의 시체가 가지런히 눕혀져 있었다.

"바보같이……. 내가 당도할 때까지 놓치지 말고 추적만 하라 일렀거늘 공명심이 앞서 당하고 말았어."

옆에서 시체를 살피던 냉막한 표정의 중년인이 아뢰었다.

"외상이 거의 없는 것으로 미루어 강력한 내가중수법에 당한 듯싶소, 소궁주."

"그런 것 같군요."

요염한 미녀도 동조하듯 고개를 끄덕였다.

여인은 바로 파천궁의 소궁주인 천수요화(千手妖花) 강매염(姜梅艶)이었다.

아름다운 용모와 달리 독한 심성과 잔인한 손속으로 널리 알려져 있었다. 그녀는 다양한 무공에 능하며 특히 기습적인 암기술은 독보적인 경지에 이르러 있었다.

과거 멋모르고 그녀의 외모를 탐해 덤벼들던 녹림의 도적들 삼십 명이 그녀의 암기에 의해 몰살된 적도 있었다.

냉막한 표정의 중년인은 파천칠살(破天七煞)의 수좌인 냉혼살(冷魂煞)이었다. 그의 철척(鐵尺)은 사람을 해치는 데 있어 한 번도 주저함이 없었다. 갓난아이든 늙은이든 죽이고자 마음먹은 상대는 반드시 죽였다.

강매염은 팔짱을 낀 채 선유림을 거닐며 앵두 입술을 꼭 깨물었다.

  '과연 천하에서 가장 신비하다는 천부답군. 한낱 비화의 신분으로 본 궁의 일류고수 아홉을 모두 해치다니.'

  냉혼살이 그녀의 옆으로 다가섰다.

  "성건의 손에 쥐어진 암기통이 열려 있는 것으로 미루어 한독신침이 발사된 것은 확실하오. 그 무서운 암기까지 피해냈다면 비화의 무공은……."

  강매염은 손가락을 자신의 입술에 대며 그의 달허리를 잘랐다.

  "이번 추적 건은 본 궁의 기밀입니다. 천부의 제자를 추적했다는 것이 알려지면 본 궁의 처지가 아주 난처하게 됩니다. 냉혼 수좌도 가급적 말을 아끼세요."

  "알겠소, 소궁주."

  "한독신침이 흩어진 것으로 미루어 모두 피해낸 것은 아닌 게 확실해요. 한독에 중독됐다면 멀리 가지는 못했을 겁니다."

  이때 수림 안을 수색하던 무사 하나가 결정적인 단서를 찾아냈다.

  "소궁주, 이런 물건이 떨어져 있습니다!"

  강매염과 냉혼살은 날렵하게 몸을 날려 수림 안으로 들어섰다. 무사 하나가 자기로 된 약병을 바쳤다.

  강매염은 약병의 향기를 맡고는 고개를 끄덕였다.

  "세상에 알려지기로 천부의 봉황신단은 기사회생의 영단이라 하더군요. 그 계집이 봉황신단을 복용해야 할 정도면 한독신침에 적중된 게 틀림없어요. 속히 추적하면 찾을 수 있을 겁니다."

  냉혼살은 주변의 수하들에게 지시했다.

  "더 샅샅이 뒤져라! 보다 확실한 단서를 찾아내야 한다!"

  무사들은 산비탈을 뒤지고 소로에 새겨진 발자국과 마차 바퀴 자국을 면밀히 수색했다. 희미하지만 단서는 여러 곳에 남아 있었다.

산비탈 아래 낙엽 더미에 묻어 있는 혈흔이 발견되자 강매염은 회심의 미소를 지었다.

"한독신침에 맞은 상태에서 파천구성을 상대하느라 심한 내상을 입은 게 분명해. 누군가의 도움을 받아 옮겨졌음이 틀림없다."

그녀는 겹쳐진 마차 바퀴 자국을 가리키며 냉랭하게 지시했다.

"사방 백 리 이내를 이 잡듯 뒤져서라도 어제저녁 이후 이곳을 통과했던 마차를 수소문해라. 반드시 찾아내야 한다. 알겠느냐?"

"예, 소궁주."

파천궁 무사들은 힘차게 복명한 후 사방으로 흩어져 달려갔다.

강매염은 가볍게 약병을 쥐었다. 그녀의 날카로운 눈매 속에서 기광이 번득였다.

'천외천(天外天)! 천부만이 그 전설의 문을 열 수 있다!'

2

무창은 호북성의 주도(主都)답게 번화했다.

사통팔달로 뻗은 관도 주변으로 상점이 즐비하고 부호들의 장원마다 높은 누대와 전각이 서로의 재력을 과시하듯 화려하게 세워져 있었다.

무호객잔(武湖客棧)은 무창성 서쪽 변경에 위치했다.

호화롭지는 않아도 숙박비가 저렴하고 음식 맛이 좋아 무창을 오가는 사람들이 즐겨 찾았다. 특히 중, 장년의 상인들과 한량들이 뻔질나게 드나들었는데 그 이유는 무호객잔의 주인이 과부이기 때문이었다.

여인의 신분 중 가장 공략하기 쉬운 대상이 바로 과부다.

처녀는 부담이 되고 유부녀는 위험을 감수해야 하지만 과부를 유혹하는 데에는 걸림돌이 없다. 더군다나 재물도 넉넉하고 미색까지 갖추고 있다면 금상첨화였다.

하기에 숱한 사내들이 무호객잔의 과부 주인을 낚기 위해 갖은 술수를 부렸지만 아직 그녀를 품어본 자는 없었다. 그럴수록 사내들은 더욱 애간장을 태울 수밖에 없었는데 과부는 그것을 즐기듯 간혹 흐트러진 차림새로 사내들에게 추파를 던지곤 했다.

어설픈 낚시꾼들은 미끼만 뜯긴 채 물고기들의 놀림감이 되는데 과부 주인을 노리는 사내들이 바로 그런 신세였다. 그녀의 높은 단수를 조금씩 알아챈 사내들은 한숨을 지으며 물러섰다.

그녀가 바로 무창의 여걸 중 하나인 손 대부인(孫大婦人)이었다.

시전에 들러 집 안에 필요한 물품을 구입해 마차에 실은 용오랑은 무호객잔으로 향했다. 그는 손 대부인을 위해 구입한 서역산 머리 장식품을 감상하며 미소를 지었다.

"손 아주머니는 화려한 것을 좋아하니 마음에 들어할 거야."

그는 장식품을 품에 넣고는 말 엉덩이에 채찍을 가했다. 마차는 거미줄처럼 복잡하게 펼쳐져 있는 운하를 가로지르는 다리를 몇 개 지나 작은 관도로 들어섰다.

그 순간 관도 옆 수림 속에서 여인의 다급한 비명 소리가 들려왔다.

"아앗! 안 돼!"

입을 제압당했는지 여인의 비명성은 이내 막혔지만 키득거리는 사내들의 웃음소리가 간간이 들려왔다.

용오랑은 대충 무슨 일인지 짐작했지만 굳이 끼어들고 싶지는 않았다.

무창성의 무뢰배들은 무술이 뛰어나고 결속력이 아주 강했다. 공연히 잘못 건드렸다가는 언제 뭇매를 맞아 죽을지도 모르는 일이었다.

물론 그는 보기보다 완력이 뛰어나고 웬만한 주먹에도 쓰러지지 않는 강골의 소유자였지만 자신의 몸을 던질 만큼 의협심을 지닌 사람은 아니었다.

과거 그도 주세창과 함께 계집을 하나 붙잡아다 강제로 능욕을 하려 한 적이 있었다. 계집이 혀를 깨물고 자결을 기도하는 바람에 놀라 달아났지만 그 역시 불량스런 전력이 있었던 것이다.

한데 그가 잠시 멈춰 세운 마차를 다시 움직이려 할 때였다. 길가에 떨어져 있는 구슬 인형이 그의 눈을 아프도록 자극했다.

"아니, 이건?"

마차에서 급히 뛰어내린 그는 구슬 인형을 집어 들고는 자세히 살폈다. 그가 직접 만들어준 귀공녀 형상의 인형이었다.

"더러운 새끼들, 가엾은 아문(雅紋)을 범하려 하다니!"

잔뜩 격분한 그는 마차에서 삽을 한 자루 꺼내 들고는 수림 속으로 뛰어들었다.

수림 속 공터에서는 네 명의 청년이 작당을 해 한 여인의 옷을 벗기는 중이었다. 가냘픈 체구의 여인은 몸부림쳤지만 그녀의 연약한 힘으로 사내들의 억센 손길을 뿌리치기는 무리였다.

한 명은 여인의 입을 틀어막은 채 가슴을 주물럭거렸고 다른 둘은 좌우에서 여인의 다리를 벌리며 치마를 들추고 속바지를 찢듯이 벗겨 내리고 있었다.

비단옷을 걸친 뚱보는 바지춤 속에 손을 넣어 자신의 것을 주물럭거리며 동료들을 재촉했다.

"헤헤, 어서 빨리 벗겨. 어서 하고 싶단 말이야.'

여인의 입을 틀어막고 있는 칼자국청년이 키득거렸다.

"왕보, 너무 심하게는 하지 마. 우리도 맛은 봐야잖아?"

여인의 발을 찍어 누르고 있는 청년 둘이 투덜거렸다.

"이 바보 년이 제법 바둥거리네?"

"그러게. 백치라서 그냥 당할 줄 알았는데 말이야."

뚱보청년은 욕정을 주체할 수 없는 듯 여인 사이로 무릎을 꿇었다.

"병신들, 어서 벗기지 않고 뭐 해?"

그는 여인의 붉은 속옷을 움켜쥐고 거칠게 찢었다.

"으욱… 흑……!"

여인은 도리질을 치며 눈물을 흘렸지만 그녀의 애절한 모습이 오히려 사내들의 욕정을 자극했다. 여인의 은밀한 부의가 드러나자 왕보는 자신의 바지를 끌어내리며 짐승처럼 덤벼들었다.

"으흐, 정말 미치겠군."

순간 박 깨지는 소리와 함께 뚱보청년은 돼지 멱 따는 비명과 함께 나가동그라졌다.

"캐애액!"

뚱보의 뒤통수에 일격을 가한 용오랑은 삽을 휘두르며 청년들을 향해 덤벼들었다.

"새끼들, 니들 모두 죽고 싶어?"

칼자국청년의 눈매가 살벌하게 번득였다. 그는 대번에 용오랑을 알아보았다.

“젠장! 이 새끼, 장의사집 용가 놈 아냐?”

그는 날렵하게 박차 오르며 각법을 전개했다. 연속적으로 일곱 번을 찰 수 있는 연환퇴였다.

퍼퍼퍽!

용오랑은 가슴과 면상을 연이어 가격당하며 뒤로 나자빠졌다. 칼자국청년은 빙글 돌아 사뿐 내려서며 호통 쳤다. 불량배치고는 제법 뛰어난 무술 솜씨였다.

“용가야, 뒈지기 전에 어서 꺼져!”

용오랑은 흐르는 코피를 손등으로 닦고는 삽으로 땅을 짚고 일어섰다.

“젠장, 무술을 제법 익혔군.”

강한 충격에 현기증이 일었지만 이 정도로 쓰러질 그가 아니었다.

“오랑! 오랑!”

여인은 용오랑을 보자 울음을 터뜨리며 안타깝게 부르짖었다. 용오랑은 삽을 고쳐 쥐며 힘차게 외쳤다.

“걱정 마, 아문! 내가 구해줄게!”

그는 삽을 휘두르며 칼자국청년을 향해 저돌적으로 달려들었다.

“새끼, 죽여 버리겠어!”

날렵한 몸놀림으로 삽을 피해낸 칼자국청년은 잔뜩 인상을 긁었다.

“젠장, 소문대로 강골이군.”

그는 자신의 연환퇴에 맞고서도 멀쩡히 일어선 용오랑에 대해 다소 겁을 집어먹었다. 맞대결을 펼치다가는 자칫 그의 삽에 맞아 죽을 수도 있는 상황이었다.

“계집을 놔줘라!”

그의 지시에 두 청년이 여인을 풀어주고 물러섰다.

"오랑!"

여인은 용오랑의 품에 안기며 아이처럼 소리쳤다.

"내 옷을 벗겼어! 강제로 벗겼어! 엉엉!"

용오랑은 그녀를 안으며 다독였다.

"이제 괜찮아. 안심해, 아문."

두 청년이 머리가 깨진 뚱보를 좌우에서 부축하 일으켜 세우자 칼자국청년은 용오랑을 직시했다.

"용가 놈, 우리 일을 방해했으니 넌 이제 죽었다."

"어서 꺼져, 더러운 새끼들! 이 사실이 알려지견 철문(鐵紋) 형님이 너희들을 가만두지 않을 것이다!"

아문의 오라비인 손철문이 천병부(千兵府) 소속 무사가 되었다는 소문은 마을의 건달패들도 익히 아는 사실이었다.

그들은 손철문의 이름이 거론되자 떨떠름한 표정을 지으며 서로를 살폈다. 천병부는 천하사패 중 하나인 대방파이기에 건달 패거리들로서는 그들의 하급 무사조차 감당할 수 없었다.

"가자."

칼자국청년이 앞서 몸을 돌리자 두 청년이 피를 질질 흘리는 뚱보를 대동한 채 서둘러 숲을 빠져나갔다.

여인은 무뢰배들이 달아나자 토끼처럼 뛰며 외쳤다.

"혼내줘! 혼내줘, 오랑! 날 아프게 했어!"

그녀는 하반신을 거의 드러내 놓고 있었지만 가릴 생각도 하지 않았다.

용오랑은 자신의 장삼을 벗어 그녀의 몸을 가려주었다.

"이만하길 다행이야. 다친 데는 없지?"

"응. 한데 소화(小花)를 뺏어갔어. 오랑이 만들어준 소화를 뺏어갔다
고."

"아니야. 소화는 여기 있어."

용오랑이 구슬 인형을 꺼내 흔들어 보이자 여인은 아이처럼 활짝 웃
었다.

"어마! 소화잖아!"

여인은 인형을 품에 안고는 볼을 비볐다.

"됐어. 이제 가도 돼."

그녀는 능욕당할 뻔한 두려움도 잊은 채 해맑게 웃으며 고개를 끄덕
였다.

"그래, 가자."

용오랑은 그녀의 어깨를 감싸 안으며 천천히 숲을 나섰다.

여인은 바로 손 대부인의 막내딸인 손아문(孫雅紋)이었다. 용오랑 또
래의 나이에다 성숙한 몸매를 지니고 있지만 정신 연령은 아이와 같은
백치였다.

집을 벗어나면 길을 찾지 못하고 아주 가까운 몇 사람 외에는 구별
도 못했다. 하기에 그녀는 대부분 객잔의 후원 뜰에서 혼자 지냈다. 용
오랑이 만들어준 구슬 인형이 그녀의 유일한 친구였다.

"소화야, 너도 다친 데 없지?"

손아문은 구슬 인형의 얼굴에 입을 쪽쪽 맞추며 즐거워했다. 용오랑
은 그녀의 순진한 모습을 보며 내심 한숨을 쉬었다.

'백치만 아니라면 정말 근사한 여인이 되었을 텐데……'

그러했다. 손아문은 눈빛이 모호하고 입꼬리가 한쪽으로 쏠렸지만
자세히 뜯어보면 오목조목한 이목구비가 놀랍도록 예뻤다. 천하의 절

색이 백치라는 너울에 가려져 있는 것이다.

삼 푼이 부족한 미완의 절색. 그녀가 바로 손아문이었다.

3

"아이구, 내 새끼."

손 대부인은 손아문을 끌어안고는 연신 등을 다독였다. 온전치 못한 딸이었기에 큰 봉변을 당할 뻔한 일을 듣고는 너무도 가슴이 아팠다.

손아문은 엄마의 애절한 심정을 전혀 모르는 듯 손에 쥔 구슬 인형에만 정신이 팔려 있었다.

"오랑이 구해줬어, 소화도 찾아주고. 오랑은 참 좋아."

"오냐, 다행이구나. 정말 다행이야."

손 대부인은 딸의 볼을 어루만지며 안도의 한숨을 내쉬었다.

"나, 소화 재워야 돼."

"그래, 너도 좀 자려무나."

손 대부인은 하녀를 불러 손아문을 내보내고는 용오랑의 손을 이끌었다.

"대체 어떤 자식들이냐? 내 당장 철문(鐵紋)을 보내 그 새끼들 아랫도리를 요절내고야 말겠어!"

손철문은 손 대부인의 둘째 아들이다.

그는 어렸을 때부터 병법과 무술을 좋아해 독학으로 익히다가 천병부에 입문했다. 그 후 칠 년이 지나 호북성 하구 분타의 부향주까지 승진했다.

부향주라야 열 명 정도의 수하를 거느리는 하급 직책이지만 명색이 천하사패 중 하나인 천병부의 제자이기에 그 위세는 제법 당당했다.

용오랑이 차분하게 그녀를 위로했다.

"다행히 별일없었으니 일을 크게 만들지 마세요. 공연히 아문만 구설수에 오를 겁니다."

손 대부인은 식은 차를 단숨에 들이키며 겨우 분통을 가라앉혔다.

"그래, 딸자식 잘못 건사한 내 죄가 크지. 오죽 답답했으면 저 혼자 후원 담을 넘어서 나갔겠니."

"제가 가게를 지키고 있을 때는 같이 놀아줄게요."

"그래, 친구라고는 너밖에 없으니……."

손 대부인은 대견한 눈빛으로 그를 응시했다.

그녀는 중년을 훌쩍 넘긴 나이에 짙은 화장을 해 다소 천박해 보였지만 밉상은 아니었다. 사내처럼 건장한 체격에 다소 살이 쪘지만 성격이 호방해 무창의 여걸로 불렸다. 그런 그녀도 딸 앞에서는 걱정 많은 여느 어머니와 다를 바 없었다.

용오랑은 전대를 끌러 탁자 위에 올려놓았다.

"이 돈은 아주머니가 잠시 맡아주세요. 집에 두었다가는 아버지가 언제 꺼내가 주루와 기루에 죄다 뿌릴지 몰라서요."

"이그, 그놈의 술귀신, 언제나 정신을 차릴지……."

손 대부인은 무심코 전대를 끌러보다 빛나는 황금 조각을 보고는 깜짝 놀랐다.

"아니, 이건 황금이 아니냐?"

용오랑이 어색한 웃음을 지었다.

"그동안 제가 틈틈이 모아둔 돈입니다."

손 대부인은 밤톨만한 황금 조각을 살피다 정색을 했다.

"오랑 이 녀석, 너 설마 값비싼 수의나 부장품을 훔친 건 아니겠지?
망자를 욕보이는 일은 세상에서 가장 큰 죄야."

"그런 일은 한 적 없어요."

"믿을 수가 없구나. 관 팔고 염습해서 받은 돈은 술귀신인 네 아버
지가 죄다 써버렸을 텐데 어떻게 이런 큰돈을 모을 수 있었단 말이냐?"

"절 믿지 못하겠다면 그만두세요."

용오랑이 시큰둥한 표정을 짓자 손 대부인은 호기롭게 웃었다.

"호호, 아니다. 네 녀석이 하도 꾀가 많고 영악해 혹시 사기를 치지
는 않았나 해서 물어본 거다. 너도 아주 착한 놈은 못 되잖아?"

손 대부인이 전대를 거두자 용오랑은 그제야 안도하며 히죽 웃었다.

"그래도 간혹 착한 일도 한다고요."

4

대부분 농기구를 진열해 놓은 철기점은 대장간을 겸하고 있었다. 대
장간 앞마당에서 달궈진 쇠를 담금질하는 대장장이는 추레한 모습의
곱추노인이었다.

곱추노인은 담금질을 하기도 힘겨운 듯 몇 번을 두드리다 쉬고는 다
시 망치를 내려쳤다.

"아이구, 죽을 때가 되었나? 이제 너무 힘이 드는군."

곱추노인은 기침을 토하며 달군 쇠를 물속에 넣어 식혔다.

"다녀왔습니다, 철 아저씨."

용오랑은 마차를 몰고 가다 곱추노인을 향해 꾸벅 인사를 했다.

노인은 용문장의사와 이웃인 철기점의 주인 철왜군(鐵倭君)이었다.

자신의 아버지보다 훨씬 연배가 높았지만 친구처럼 지내기에 용오랑은 그를 백부처럼 대했다.

철왜군은 반쯤 늘어진 눈까풀을 들어 올리며 공허한 웃음을 지었다.

"허허, 그래, 관은 잘 팔았느냐?"

"팔기는요, 아버지 술값 대신으로 배달하는 바람에 고생만 했습니다."

철왜군은 혀를 찼다.

"저런저런, 그놈의 술귀신이 언제나 정신을 차리려나."

용오랑은 싱긋 미소를 지었다.

"그래도 몇 푼 챙겼으니 제가 맛있는 오리 구이를 만들어 드릴게요."

"그래그래, 오랑 덕분에 오늘 저녁은 포식을 하게 되겠구나."

철왜군은 기분 좋게 웃으며 다시 장작을 집어 들었다.

용오랑은 낡아 빠진 용문장의사 깃발이 늘어진 가게로 고개를 돌렸다.

"아버지는 어디 가셨습니까?"

철왜군은 화덕에 장작을 던져 넣고는 다시 풀무질을 시작했다.

"대패질 소리가 안 들리는 것으로 보니 어디 가서 또 술을 푸고 있겠지. 그놈의 술귀신이 어디 제대로 붙어 있더냐?"

"하기는요."

용오랑은 마차를 몰아 가게 앞마당으로 들어섰다. 마당 곳곳에 관을 짜는 목재가 어수선하게 늘어져 있었다.

가게 안으로 들어선 그는 고개를 절레절레 저었다.

장례 물품들이 뒤죽박죽된 가게 안은 발을 들여놓을 수도 없을 정도

었다. 그가 장양 땅으로 떠나기 전 말끔하게 정돈해 놓은 일도 허사가
되어버렸다.

용오랑은 투덜거리며 향로며 부적, 제기(祭器) 등을 다시 헝겊으로
닦아 진열대에 하나씩 올려놓았다.

"젠장, 손을 대지나 말지 이게 뭐야? 남들이 보면 귀신이 다녀간 줄
알겠네."

가게 안이 겨우 정돈되었을 즈음 독한 술 냄새와 함께 한 사람이 들
어섰다.

"끅, 이놈아! 이제 왔냐?"

초로의 중년인은 머리에 문사건을 둘렀지만 반은 비집고 나와 어지
럽게 흩어졌고 수염은 제대로 손질을 하지 않아 지저분했다. 술독으로
코는 붉었고 입가로 연신 침을 흘리고 있어 일견해도 폐인과 다름없어
보였다.

그럼에도 불구하고 중년인의 오관은 뚜렷하고 반듯해 흐트러진 모
습만 아니라면 청수한 문사로서 손색이 없을 정도였다.

그가 바로 용문장의사의 주인이자 용오랑의 아버지인 용화군(龍華
君)이었다.

그는 눈을 뜨면 술을 마셨고 코가 삐뚤어질 때까지 마신 후에야 잠자
리에 들었다. 하루라도 취하지 않은 날이 없기에 모두들 그를 주귀(酒
鬼)라 칭했다.

그는 술병을 기울여 벌컥벌컥 들이키고는 빈 병을 휙 내던졌다.

"고얀 놈, 그동안 어디를 싸돌아다니다 이제야 온 거냐? 끅, 이제 아
비를 모시기도 싫단 말이지?"

"그런 말씀 마세요. 아버지 술값 대신으로 멀리 장양 땅까지 관을

배달해 주고 왔단 말입니다.”

“끅, 관을 팔고 왔다고? 그럼 은자가 두둑하겠구나. 어서 내놔라.”

용오랑은 짜증스럽게 외쳤다.

“술값 대신 배달했다고 했잖아요! 돈이 어디 있습니까?”

용화군은 아들의 멱살을 움켜쥐며 강짜를 부렸다.

“이놈아, 어서 내놔! 밀린 외상값을 갚아야 또 한잔 마실 것 아니냐?”

“없어요.”

“이런 고얀 놈, 아비가 널 어떻게 키웠는데 이렇게 아비를 무시하는 게냐? 이 나쁜 자식!”

용화군은 총채를 손에 쥐고는 마구 휘둘렀다.

용오랑은 묵묵히 맞기만 했다. 어렸을 적에는 혹독한 매질에 달아나기도 했지만 이제는 맞아도 그다지 아프지 않았다. 부친의 기력이 갈수록 쇠퇴해지고 있다는 사실에 오히려 가슴이 아팠다.

이때 철왜군이 들어서며 용화군을 잡아끌었다.

“허어, 이 술귀신아, 고생하며 먼 길을 다녀온 아이를 왜 때려?”

“이거 놔라, 철가야! 내 자식 내가 패는데 네가 무슨 상관이야?”

“이놈의 술귀신, 대낮부터 취해서는…….”

용화군은 주귀답게 응수했다.

“그럼 술을 낮에 마시지 야밤에 마시냐?”

“그래, 원하는 만큼 사줄 테니 실컷 마시고 자빠져 자기나 해.”

술을 사준다는 말에 용화군은 철왜군을 와락 끌어안았다.

“헤헤, 친구야, 역시 너밖에 없어. 이왕이면 근사한 계집이 있는 곳으로 가자. 내가 봐둔 곳이 있어.”

그는 앞서 철왜군을 끌고 나갔다.

용오랑은 관 위에 걸터앉으며 머리를 마구 헝클어뜨렸다.

"젠장."

그의 아버지가 정상적인 생활을 하지 못한 지도 여러 해가 지났다. 자세한 내막은 알 수 없지만 오래전에 세상을 떠난 그의 어머니에 대한 그리움 때문인 것은 확실했다.

하지만 아버지는 그에게 어머니에 대해 한마디도 하지 않아 그는 어머니의 존재조차 떠올릴 수 없었다.

"이제 잊으실 때도 되지 않았나?"

그는 애꿎은 관을 내려치고는 몸을 일으켰다.

그도 꿈이 있는 청년이었다. 배운 바는 적지만 세상을 보는 눈은 뛰어났다.

어렸을 적에는 검을 차고 허공을 비월하는 무사를 동경해 무림계에 입문하고 싶은 마음도 있었지만 그런 기회는 주어지지 않았다. 대상들을 따라 훌쩍 떠나고 싶은 생각도 있었지만 혼자 남게 될 아버지가 마음에 걸려 그럴 수도 없었다.

사람이 체념을 하게 되면 현실에 안주한다.

그럭저럭 한평생을 살게 되겠지만 그는 한낱 장의사로 지내면서 평범한 삶을 영위한다는 것이 견딜 수 없었다. 그의 포부를 펼칠 수 있고 그의 기량을 뽐낼 수 있는 그런 삶을 살고 싶었다.

'내게도 기회는 올 거야. 아직 그 길이 어떤 것인지 나도 모르겠지만.'

그는 스스로를 위로하다 문득 떠오른 생각에 가슴속으로 손을 집어넣었다.

따뜻함이 느껴지는 옥 목걸이가 손에 잡혔다. 단 한 번뿐인 대면이었지만 그는 화인(火印)처럼 뇌리에 새겨진 화옥미를 떠올리며 잠시 행복함에 젖었다.

잠시 동안이지만 그녀를 품에 안고 있었던 순간은 평생토록 그의 기억에 남을 것이다.

'화옥미… 화옥미……. 아마 내 삶이 바뀐다면 당신 때문이겠지. 당신 때문에 어떤 고초를 겪는다 해도 결코 당신을 원망하지 않을 거야. 다시는 못 만난다 해도… 당신에 대한 그리움을 평생 가슴에 간직하겠어.'

화옥미의 영상이 가슴 가득 차자 그는 부쩍 힘이 났다. 또한 오랜 세월 어머니에 대한 애타는 그리움으로 한스러운 삶을 살아온 아버지의 심정도 십분 이해가 되었다.

'그래, 아버지도 이런 마음이겠지. 하지만 난 좌절하지 않는다. 그녀는 나의 희망이며 꿈이야. 잡을 수 없는 신기루이겠지만 그녀를 그리워하며 사는 것을 행복으로 삼겠다.'

그는 힘찬 걸음으로 가게를 나섰다.

아직 서툴지만 목재를 다듬어 관을 만들어볼 요량이었다. 그의 아버지는 관을 제작하는 솜씨가 아주 뛰어나 잠깐 술에서 깨면 순식간에 관을 만들어놓는다. 그런 후 질펀하게 술을 마시지만 또 어느샌가 관을 만들어놓기에 관이 부족한 일은 없었다.

용오랑이 널빤지를 눕혀 막 대패질을 할 때였다.

"주인장 있는가?"

늙수그레한 음성과 함께 두 명의 노인이 마당으로 들어섰다. 두 사람을 태우고 온 마부는 길옆에 마차를 세웠다. 노인들은 복장과 행색으로 미루어 작은 마을의 정장(亭長)쯤 되는 듯싶었다.

"관이 필요하시오?"

용오랑이 다가서자 관모를 쓴 노인이 가게 안을 살피며 물었다.

"이곳이 용문장의사가 분명하지?"

"그렇소. 장례 물품이 필요하면 내게 말씀하시오."

"자네 아버지는 어디 계신가?"

"아버지는 종일 술에 취해 계시니 만나서도 소용없소. 염습서부터 입관, 하관까지 내가 할 수 있소."

두 노인은 엄숙한 장례 의식을 치르기에는 너므 어리다 싶은지 미심쩍은 모습으로 연신 용오랑을 살폈다.

"자네가 다 한다고?"

"열 살 때부터 아버지를 따라 보조를 했으니 경력만도 십 년이 넘소."

두 노인은 서로를 보다 합의를 한 듯 고개를 끄덕였다.

"우리는 상무현(象武縣)에서 왔네. 좋은 관이 필요해. 염습과 입관이 급하니 일단 가면서 얘기하세."

초상을 당한 사람들은 대부분 마음이 급하다. 이런 사람들을 상대로 하는 홍정은 아주 쉬웠다. 이제 용오랑이 수완을 발휘해야 할 상황이었다.

"그럽시다. 하지만 우리 집 관은 하나같이 명품이라 비싸다는 것만은 알아두시오. 세상에서 가장 추잡스러운 일이 고인의 저승 가는 길 노자 아까워하는 일이오. 혹시 들어보셨나 모르겠소? 관 값과 수의 값을 깎게 되면 고인이 평생 쌓아놓은 선행과 공적도 깎인다고 합디다."

5

　망자를 위해 정성껏 장례식을 치러준 덕분에 용오랑은 두둑한 은자를 손에 쥐게 되었다.

　그는 가난한 초상집은 저렴하게 봉사를 해주지만 있는 집 초상에서는 최대한 받아내었다. 받아낼 상황이라면 절대 양보하지 않는 게 그의 신조였다.

　상가(喪家)에서 후하게 식사까지 대접받은 그는 관이 잔뜩 실린 마차를 몰고 느릿느릿 무창으로 향하고 있었다.

　초상집을 찾을 때 관을 여분으로 가져가는 것도 그의 장사 수완 중 하나였다. 값이 싼 버드나무 관서부터 은자 스무 냥이나 하는 가래나무 관까지 다양하게 가져가면 비교적 값비싼 관을 팔 수 있기 때문이었다.

　전대에 가득 찬 은자를 손에 쥐며 헤아리던 그는 문득 죽음의 향기를 느꼈다.

　"응……?"

　물론 눈에 보이지도 않고 냄새로도 감지할 수 없는 기운이지만 오랜 장의사 생활을 하면서 그는 본능적인 육감으로 터득하게 되었다.

　"호상(好喪)은 아닌 것 같군."

　그는 마을을 가로지르는 관도를 지나며 주변을 살펴보았지만 상을 당한 집은 없어 보였다.

　그는 고개를 갸웃거리며 자신의 머리를 툭툭 쳤다.

　"이상하군. 내 육감이 틀린 적은 거의 없는데……?"

　마을과 약간 떨어진 곳에 화려한 장원이 무성한 단풍 사이로 보였다. 다소 먼 거리지만 그는 문 기둥에 걸린 조등(弔燈)을 발견할 수 있었다. 누군가 죽었다는 것은 모두에게 슬픈 일이지만 세상에서 오직

장의사만이 그것을 기뻐한다.

용오랑은 회심의 미소를 지었다.

'역시 내 육감은 정확해.'

그는 장원으로 뻗은 진입로를 따라 마차를 몰아갔다.

담 위로 솟은 높은 누대와 전각 지붕으로 미루어 대단한 부호 아니면 세도가의 장원임이 분명했다.

이런 가문의 장례 예식은 절차가 복잡하고 까다롭다. 그래도 제대로 장례식을 치러주면 거금을 손에 쥐기는 어렵지 않은 일이다. 물론 자칫 실수라도 하는 날에는 혹독한 매질을 당할 각오도 해야 한다.

장원으로 다가서자 여인네들의 구슬픈 곡성이 희미하게 담을 넘어 들려왔다.

"아이고! 아이고! 불쌍한 아가씨!"

"갑작스레 급살을 당하시다니 이게 웬 날벼락이란 말입니까?"

용오랑은 나름대로 생각을 굴렸다.

'호상의 기운이 아니다 싶었는데 역시 악상(惡喪)이었어. 급살을 당한 귀공녀라……. 내게는 돈벌이가 되는 일이라도 기분은 별로 좋지 않군.'

붉은 칠을 한 대문 주변으로 흉갑을 두른 관병들이 삼엄하게 지켜서 있었다. 초상을 당한 집에 관병들이 파견을 나왔다면 상당한 권력을 지닌 명문세가임이 분명했다.

대문 앞에서 염소 수염을 한 총관 차림의 깡마른 중년인이 관병들을 향해 엄히 지시했다.

"일체 잡인의 출입을 금해라! 친족 외에는 문상을 받지 않으니 문상객이 찾아오면 가까이 있는 별채로 모셔라! 알겠느냐?"

“예, 총관!”

관병들은 힘차게 복명하고는 대문과 담장을 지켜 섰다.

용오랑은 마차에서 내려 말을 끌고 장원으로 향했다. 관병 둘이 창을 교차하며 그를 멈춰 세웠다.

“네 이놈, 썩 꺼지지 못할까?”

“감히 뉘 댁 앞이라고 함부로 얼씬대는 거냐?”

용오랑은 가볍게 포권을 취했다.

“이 사람은 장의사요. 초상이 난 것 같은데 혹시 좋은 관이 필요치 않나 해서 찾아왔소.”

관병들은 그의 신분을 알게 되자 더욱 언성을 높였다.

“천한 장의사 주제에 어디를 찾아온 것이냐? 썩 꺼지지 못해!”

“한번 윗분께 아뢰나 주시오.”

“이 새끼가 정말!”

관병이 소리를 버럭 지르며 창대로 후려치려 하자 총관이 돌 계단을 내려섰다.

“웬 소란이냐?”

관병 둘이 황급히 허리를 꺾었다.

“송구스럽습니다, 총관 어른.”

“웬 놈이 관을 팔러 왔기에.”

총관은 세모꼴 눈을 가늘게 뜨며 용오랑을 직시했다.

“장의사냐?”

“그렇습니다. 상문현에서 장례식을 엄숙히 마치고 돌아가는 길에 잠시 들르게 되었습니다.”

“통보를 받은 것도 아닌데 우연히 찾아왔다?”

용오랑은 자신의 가슴을 탁 쳤다.

"제가 상가를 찾는 데는 귀신입니다."

총관은 시답지 않은 표정으로 물었다.

"어린 네가 염습(殮襲)이나 제대로 하겠느냐?"

"나이는 어려도 경력은 십 년이 넘습니다. 그동안 제 손으로 염습하고 입관해 드린 분이 족히 수백은 될 겁니다."

"흠, 그래?"

총관은 잠시 생각을 굴리면서 턱을 어루만졌다. 나름대로 결정을 내린 그는 앞서 걸음을 옮겼다.

"좋다. 염습에 필요한 물품과 관을 갖고 나를 따르거라."

용오랑은 염습에 필요한 도구와 물품이 담긴 타랑을 어깨에 걸치고는 관병들에게 지시했다.

"관은 댁들이 들어주셔야겠소. 맨 아래쪽의 가래나무 관이 최상품이오. 우리 가게에도 하나밖에 없는 관이니 조심해서 다뤄야 하오."

그가 관병들을 상대로 이렇게 큰소리를 내보기도 처음이었다.

용오랑은 내심 휘파람을 불며 장원 안으로 들어섰다. 하지만 장원의 경내 곳곳을 지켜 선 관병들의 엄숙한 모습에 이내 주눅이 들고 말았다.

'대단해. 관병들이 이렇게 많이 파견 나올 정도면 엄청난 가문인가 보군.'

그는 총관을 따라 두 개의 대문을 지나 후원의 별채 앞에 이르렀다. 넓은 연못과 가산, 진귀한 수석으로 장식된 후원은 그야말로 그림 속 절경이었다.

상복을 입은 하녀들은 별채 밖에서 소리를 죽인 채 오열하고 있었다. 곡(哭)을 금해서인지 그녀들은 손으로 입을 막은 채 소리를 낮추어

울었다.

별채로 들어서자 총관이 빈소를 가리켰다.

"망자는 이 댁 노부인 마님의 장중보옥이시다. 염습에 정성을 다하되 어떤 의혹도 품어서는 안 된다. 너는 네 할 일만 충실히 해라. 알겠느냐?"

"예, 총관 어른."

"성심을 다하면 후한 상이 주어질 것이다. 그러나 한 치의 실수라도 있었다가는 네 목이 성치 못할 것이야."

총관은 단단히 으름장을 놓고는 복도를 나섰다.

병풍이 세워진 제단에는 촛불과 향불이 밝혀져 있을 뿐 지나치게 조용했다. 관병이 파견되고 하녀들이 상복을 입은 것을 감안한다면 귀공녀가 사망한 지 족히 하루는 지났을 성싶었다.

'좀 이상하군. 아무리 급살을 당했다 해도 이런 가문에서 장의사를 못 구해 여태 염습을 하지 않았단 말인가?'

병풍 뒤는 귀공녀가 살아생전 지내던 침실이었다.

용오랑은 조심스러운 걸음으로 침실 휘장 앞에 섰다. 가벼운 한숨으로 긴장을 떨어낸 그는 휘장을 걷고 안으로 들어섰다. 독한 향 냄새가 모락모락 피어오르고 있었지만 음습한 죽음의 기운을 지울 수는 없었다.

귀공녀의 시신은 하얀 천으로 덮여져 있었다.

천을 끌어내리자 귀공녀의 모습이 드러났다. 겨우 방년을 넘어선 앳된 소녀였다. 명문세가의 귀공녀답게 귀티 어린 용모가 빼어났다. 꽃이 채 피기도 전에 떨어졌으니 참으로 안타까운 일이었다.

용오랑은 갓난아이서부터 노파에 이르기까지 숱한 시신을 대했지만 이처럼 가슴 저린 순간은 처음이었다.

"하늘도 무심하시군. 이렇게 아리따운 미모를 주시고 왜 이리도 짧은 수명을 주었단 말인가?"

그는 귀공녀를 살피다 등골이 오싹해졌다.

너무도 고통스런 모습으로 죽은 것이다. 가족들이 억지로 눈까풀을 내린 흔적이 역력했고 치아는 입술에 깊숙이 박혀 있었다. 얼굴 근육은 딱딱하게 굳어 있는데 마치 죽기 전에 엄청난 공포를 대한 듯싶었다.

"급살이라 해도 이렇게 고통스럽게 죽지는 않는데?"

용오랑은 일단 사기판명법을 통해 귀공녀의 생사를 살펴보았다. 족히 하루는 지난 시신은 얼음장처럼 차가웠다. 호흡, 맥박, 체온, 땀의 흔적은 전혀 찾아볼 수 없었다.

"설마 화옥미처럼 다시 살아나는 건 아니겠지?"

그는 하도 호되게 당한 기억이 있어 귀공녀의 성사를 세심하게 살폈지만 죽은 것이 확실했다. 화타나 편작이 이 자리에 있다 해도 그녀를 되살릴 수는 없을 것이 분명했다.

그는 솜에 약품을 묻혀 소녀의 얼굴을 깨끗하게 닦아주었다. 이어 비단 잠옷의 앞자락을 열자 채 부풀지 않은 육봉이 드러났다.

'엇?'

일순 그의 눈망울이 부릅떠졌다.

왼쪽 젖가슴 아래 심장 부위에 새겨진 깊숙한 상처를 찾아낸 것이다. 그것은 사람의 목숨을 앗아갈 만큼 치명적인 검흔이었다.

용오랑은 비로소 귀공녀의 죽음에 대한 비밀을 알게 되었다.

'급살이 아니라 타살이다!'

◀ 제4장 ▶

요녀(妖女)의 유혹

1

염습이 끝난 것은 한밤중을 지나 새벽 무렵이 다되어서였다.

용오랑이 가장 신경 쓴 부분은 얼굴이었다.

그는 굳은 근육을 잘 주물러 귀공녀의 고통스런 모습을 말끔히 지워 평온하게 바꾸어놓았다. 이미 혼백이 떠나간 육신이지만 시신의 모습이 평온해야 혼백도 편하게 구천으로 간다는 것이 그의 신념이었다.

망자가 곤히 자는 듯한 모습으로 저승으로 갈 수 있도록 배려하는 것은 그만의 솜씨이며 염습의 최고 단계였다.

입관까지 마친 용오랑은 가족들이 고인의 마지막 모습을 볼 수 있도록 얼굴 부위만 열어놓고는 별채를 나섰다.

경호 무사 둘을 대동한 채 서 있던 총관이 대뜸 물었다.

"염습은 제대로 했느냐?"

"이토록 오랜 시간 성심을 다해보기는 처음이오."

“수고했다.”

총관이 경호 무사에게 눈짓을 보내자 그들은 용오랑의 좌우 팔을 끼며 강제로 끌고 갔다.

“이게 무슨 짓이오?”

용오랑은 본능적으로 위기를 느끼며 몸을 빼려 했지만 경호 무사들은 더욱 힘을 가해 그를 부여잡았다.

“조용히 따라와라.”

두 무사는 용오랑을 이끈 채 쪽문을 통해 장원 밖으로 나섰다. 그들이 거칠게 밀치는 바람에 용오랑은 풀숲으로 처박히고 말았다.

차앙!

무사 하나가 칼을 뽑아 들었다. 그는 냉막한 표정으로 용오랑을 향해 칼을 겨누었다.

“고통없이 죽여줄 테니 반항하지 마라.”

용오랑은 주저앉은 채 어처구니없는 웃음을 지었다.

“날 죽인다고? 이게 성심껏 염습을 해준 대가란 말이오? 대체 나 같은 장의사를 왜 죽이려 한단 말이오?”

“우리는 총관의 지시를 따를 뿐이다.”

무사는 칼을 번쩍 치켜들었다.

용오랑은 눈앞이 아득해졌다. 자신이 이토록 허무하게 죽어야 한다는 사실을 믿을 수가 없었다. 죽는 이유조차 모르고 죽는다는 건 너무도 원통한 일이었다.

그의 목을 향해 예리한 칼날이 떨어졌다. 그의 마지막 생각은 내 시체는 누가 염습해 줄까 하는 우려였다.

한데 이때였다.

"멈춰라!"

짤막한 음성이 들려오며 무사의 칼이 용오랑의 목을 베기 직전에 우뚝 세워졌다. 쪽문을 통해 나선 총관이 턱짓으로 두 무사를 물리쳤다.

"놈을 살려주라는 노마님의 지시다."

용오랑은 겨우 목숨을 건졌다는 안도감보다 아무런 잘못도 없이 죽음의 순간에 처했다는 분노가 불끈 치밀어 올랐다. 그는 벌떡 일어서며 총관을 향해 따져 물었다.

"대체 왜 죄없는 사람을 함부로 죽이려는 것이오? 당신들이 이토록 잔악한 무리들이오?"

총관은 뒷짐을 진 채 몸을 옆으로 세웠다.

"어린 녀석이 제법 간담이 크군."

경호 무사들이 쪽문 안으로 사라지자 그는 세모꼴 눈을 가늘게 떴다.

"네놈의 죄는 아가씨의 시신을 본 죄다. 그것만으로도 죽을 이유가 충분하다."

"말도 안 되는 소리 마시오! 시신을 보지도 않고 어떻게 염습을 한단 말이오?"

"목소리를 낮추어라."

총관은 엄한 표정을 짓고는 가까이 다가섰다.

"너도 이미 눈치를 챘겠지만 아가씨는 급살을 당한 게 아니라 자객에 의해 척살을 당하신 거다."

"……?"

"본래 네놈을 죽여 입을 막으려 했지만 아가씨의 편안한 모습을 보신 노마님께서 감격하시는 바람에 네놈을 살려주는 거다."

용오랑은 자비를 베푸는 듯한 그의 태도에 배알이 꼴렸다.

"그게 사람을 죽일 만큼 중대한 비밀이란 말이오?"

"너같이 천한 놈이 무엇을 알겠느냐?"

총관은 일침을 가하고는 말을 이었다.

"이곳은 전 병부상서를 지내신 안국공(安國公) 대인의 둘째 부인께서 거하시는 녹류장(綠留莊)이다. 그런 위치에 계셨던 분의 따님께서 한낱 자객의 손에 척살되셨다는 건 치욕이기도 하지."

"그래서 급살로 소문을 낸 거란 말이오?"

"그렇다. 너도 이 사실에 대해서는 무덤에 갈 때까지 입을 다물어야 한다. 만일 함부로 주둥이를 놀렸다가는 쥐도 새도 모르게 죽을 것이다."

그가 손으로 목을 베는 시늉을 하자 용오랑은 옷자락에 묻은 덤불을 떨어내며 물었다.

"귀한 따님께서 왜 척살을 당하신 거요?"

"네놈 따위가 알 문제가 아니다."

총관은 홱 돌아서며 쪽문으로 향했다.

"냉큼 꺼져라."

용오랑은 팔짱을 끼며 그를 불러 세웠다.

"총관 나으리, 한 가지 잊은 게 있는 것 같소."

"뭐라?"

"염습 비용과 관 값은 지불해야 하는 거 아니오?"

총관은 조금은 희한한 놈이다 싶어 몸을 돌리며 날카롭게 쏘아보았다.

"죽을 목숨을 살려주었거늘 돈까지 달라고?"

"모르시는 것 같아 알려 드리겠소. 세상에서 술값, 계집 값, 물건 값은 다 떼어먹을 수 있지만 관 값과 염습의 대가는 절대 떼어먹어선 아니 되오. 공짜 관에 묻힌 아가씨께서 과연 편안히 구천으로 가실 것 같소?"

총관의 염소 수염이 부르르 떨렸다.

"이, 이놈이?"

"아가씨의 죽음에 대한 비밀은 무덤에 갈 때까지 지키겠지만 관 값을 떼어먹은 사실만은 세상에 소문을 낼 것이오!"

용오랑은 주변을 향해 커다랗게 외쳤다.

"마을 사람들아, 내 말 좀 들어보소! 녹류장에서 관 값을 떼어먹었소!"

당황한 총관이 득달같이 다가섰다.

"닥치지 못할까?"

"그래, 천하의 녹류장이 돈이 없어서 관 값을 떼어먹는단 말이오?"

그의 고집스런 요구에 총관은 질린 듯 고개를 내저었다.

"오냐, 돈을 주겠다. 네놈이 하는 꼬락서니를 보니 비밀은 지킬 것 같구나."

그는 비단 주머니를 바닥에 떨구었다. 누렇게 빛나는 황금 조각이 여명 속에서 빛을 발했다.

황금을 챙긴 용오랑은 비로소 회심의 미소를 지었다.

"역시 있는 집안이라 씀씀이가 크시군. 염습과 관 값으로 황금을 받아보기는 처음이오. 아가씨께서는 필히 극락으로 가실 게요."

2

용오랑은 신시 무렵이 되어서야 무창성 안으로 들어설 수 있었다. 밤을 꼬박 새워 몸은 무척 피곤했지만 의외로 정신은 맑았다.

그는 오는 도중 녹류장 귀공녀의 죽음에 대해 곰곰이 생각해 보았지만 도저히 의혹을 풀 수가 없었다.

'대체 누가 그 아리따운 귀공녀를 죽이려 했을까? 상처 부위를 본다면 정면에서 찌른 게 틀림없어. 강호의 살수들은 무자비하다 들었는데 정말 끔찍해. 갑자기 무술을 배우고 싶은 마음이 싹 사라지는군.'

마차는 무호객잔의 높은 담을 끼고 이동했다.

"오랑! 오랑!"

해맑은 음성에 용오랑은 퍼뜩 정신을 차리며 고개를 들었다. 손아문이 담장 위로 모습을 드러내며 구슬 인형을 흔들었다.

"나 심심해. 놀아줘."

"아문, 내가 지금 무척 피곤하거든. 대신 내일은 하루 종일 같이 놀아줄게. 도랑에서 물고기도 잡고 산에 가서 열매도 따자. 괜찮지?"

"정말이야?"

"그래, 약속할게."

"그럼, 약속해."

손아문이 담 밖으로 손을 내밀며 새끼손가락을 세웠다. 마부석에서 일어선 용오랑은 그녀와 새끼손가락을 마주 걸며 다짐했다.

"오늘은 푹 자고 내일 아침에 보자. 함부로 나돌아다니면 안 돼. 알았지?"

"알았어."

손아문은 아이처럼 해맑은 웃음을 지었다. 삼 푼이 부족한 모호한 미소였지만 오히려 편안한 기분을 느끼게 해주는 그런 미소였다.

철기점 앞에서 달군 쇠를 두드리던 철왜군은 용오랑을 보자 굽은 허리를 두드리며 말을 건넸다.

"인석아, 이제 오냐?"

"예, 철 아저씨."

용오랑은 진열대의 철물들을 쓸어보고는 물었다.

"물건 사는 사람도 별로 없는데 뭘 그리 열심히 만드세요?"

"허헛, 이런 일마저 하지 않으면 나보고 죽으란 얘기냐?"

"사실 철 아저씨가 만든 물건은 너무 단단해요. 쉽게 망가져야 사람들이 철물을 다시 사러 오는데 한번 사가면 수년 동안 찾지를 않잖아요."

"이 나이에 철물을 팔아 무슨 영화를 누리겠다고 그런 야비한 술수를 쓰겠느냐? 그저 열심히 만들 뿐이지."

용오랑은 그의 건전한 의식이 오히려 고지식하게만 느껴졌다.

"세상 사람들이 어디 철 아저씨의 그런 마음을 알아주기나 하겠어요?"

"허허, 사람은 말이다, 남이 알아주지 않아도 살아가는 데 전혀 문제가 되지 않아."

철왜군은 노인다운 충고를 던지고는 다시 쇠를 두드리기 시작했다.

가게 안으로 들어선 용오랑은 가까이 있는 관 뚜껑을 열고 들어가 몸을 눕혔다.

그의 집에는 별도의 침상이 없었다. 널려 있는 관이 곧 침상이었다. 그의 아버지도 관 속에서 자고 그 역시 관에서 잤다. 관은 두 부자에게 있어 더없이 편안한 잠자리이며 휴식처였다.

하룻밤을 꼬박 새워서인지 그는 이내 깊은 수면의 세계로 빠져들었다.

연분홍 복숭아꽃이 휘날리는 꽃비 속을 한 여인이 걷고 있다. 하늘거리는 백색 나삼 차림의 여인은 바로 화옥미다. 그녀가 걸음을 내디딜 때마다 꽃이 날아와 융단처럼 깔렸다.

용오랑은 환호하며 그녀에게 달려갔다. 밝게 웃는 화옥미가 그를 향해 두 팔을 벌렸다.

한데 꽃길을 따라 달리던 용오랑은 마치 늪에 빠진 듯 걸음을 옮길 수가 없었다. 그의 몸은 점점 깊숙이 빠져들었다. 화옥미가 안타깝게 손을 뻗으며 뭐라 외치지만 그녀의 손을 잡을 수가 없다.

암흑 속으로 빠져든 그는 숨이 막혔다. 깊은 우물 속에 빠진 듯 머리 위로 희미한 빛만 보였다. 빠져나가려 안간힘을 써보지만 그의 몸은 바닥도 없는 암공 속으로 추락했다.

"으아아!"

악몽 속에서 깨어난 용오랑은 흥건하게 땀에 젖어 있었다.

관을 박차고 나온 그는 차갑게 식은 차를 벌컥벌컥 들이켰다. 아직도 가슴이 뛰었다. 안타깝게 부르짖는 화옥미의 음성이 귓전에 맴돌았다.

그는 연거푸 심호흡을 하며 놀란 가슴을 가라앉혔다.

"젠장, 생전 꾸지 않던 악몽을 다 꾸다니⋯⋯."

밖은 이미 어둑어둑해지고 있었다. 두 시진 정도를 잤을 뿐인데 아주 오랜 시간 잔 듯한 기분이었다.

"뭐라도 좀 먹어야겠군."

시장기를 느낀 그가 주방으로 향할 때였다. 가게 안으로 본능을 자극하는 야릇한 향기가 불어왔다.

"……?"

가게로 들어선 여인을 보는 순간 용오랑은 입을 딱 벌리고 말았다.

요사한 향기를 풍기는 여인은 지극히 뛰어난 절색의 미녀였다. 아미는 가늘었지만 짙었고 도톰한 아랫입술은 뭇 사내를 유혹할 도발적인 염색(艶色)의 기운을 담고 있었다. 앞자락은 깊숙이 패여 풍만한 가슴이 절반이나 드러났고 치마는 허벅지를 겨우 가릴 만큼 짧았다.

그녀는 다름 아닌 파천궁의 소궁주인 천수요화 강매염이었다.

용오랑은 난생처음 대하는 유혹적인 옷차림에 절로 아랫도리가 팽창되었다.

"어, 어떻게 오셨소?"

강매염은 관능이 철철 넘쳐흐르는 미소를 지었다.

"동생이 여기 주인이야?"

"주인은 아버지고 난 보조요."

"아버지는 어디 가셨지?"

용오랑은 그녀의 아름다움 속에 숨겨진 잔혹한 기운을 느끼며 퉁명스레 응수했다.

"대부분 술에 취해 계시니 장례 물품이 필요하면 내게 말씀하시오."

강매염은 가게 안을 거닐며 예리한 눈빛으로 주변을 살폈다.

"관을 먼 곳까지 배달하기도 하나?"

"용문장의사는 제법 유명해 먼 곳에서 주문이 오는 경우도 종종 있소."

강매염은 진열대에 놓인 목제 향로를 집어 들며 다시 물었다.

"그럼 얼마 전 선유림을 지나온 적도 있었겠군?"

본능적으로 경각심을 느낀 용오랑은 퉁명스럽게 응수했다.

"자주 지나는 길 중의 하나요. 한데 왜 자꾸 죄인 다루듯 캐묻는 거요?"

"아니, 됐어. 관이 조금 필요해."

"몇 개면 되겠소?"

"모두 아홉 개."

"아홉 개씩이나?"

용오랑은 일단 큰 고객이다 싶어 냉담한 태도를 지우며 주판을 집어 들었다.

"이거 가격이 만만치 않겠는데? 보통 관으로 해도 은자 스무 냥은 되겠소."

강매염은 가격 따위는 전혀 관심이 없는 듯 향로를 유심히 살폈다.

"이건 누가 만들었지?"

"아버지 솜씨요."

"흐음, 대단하군. 무창성 변두리에 이렇듯 명장(明匠)이 숨어 있는 줄 몰랐어."

"명장이라면 이런 변두리에서 장의사나 하며 지내겠소?"

용오랑이 시큰둥하게 응수하자 여인은 야릇한 미소를 지었다.

"그건 동생이 몰라서 하는 소리야."

그녀는 진열대 위의 위패와 제기, 장례 도구를 둘러보고는 확신에 찬 어조로 말했다.

"내 판단이 틀리지 않다면 동생의 아버지는 예전에 뛰어난 의원이었을 거야. 전문 조각가가 아니고서 이렇듯 뛰어난 솜씨를 지닌 사람은 의원들뿐이지. 환자의 살을 째고 뼈를 이으려면 그만큼 뛰어난 손재주가 있어야 하니까."

제법 안목을 갖춘 판단이었지만 용오랑은 그녀의 지나친 노출이 천박하게만 느껴져 별반 호감을 가질 수 없었다.

"소저는 굉장히 똑똑한 척하지만 이번은 틀렸소. 그렇게 뛰어난 의원이라면 수입이 짭짤한 의원이나 차리지 장의사를 하겠소?"

강매염은 용오랑 앞으로 바싹 다가섰다.

"동생, 혹시 사흘 전 선유림을 지나오면서 부상당한 계집을 보지 못했어?"

용오랑은 순간적으로 가슴이 서늘해졌다. 화옥미를 떠올린 그는 등줄기가 축축하게 젖어들었다.

'그녀를 부상 입힌 악적들이다!'

하지만 그는 자연스럽게 고개를 돌리며 담담하게 되물었다.

"누구를 말하는 것이오? 부상당한 계집이라니?"

"나도 직접 얼굴을 보지 못했지만 상당한 절색을 지녔다 하더군. 하지만 생긴 것 답지 않게 악독한 마녀야. 내 수하를 아홉이나 해쳤거든."

그녀는 손을 뻗어 용오랑의 턱을 어루만지며 자신 쪽으로 돌렸다. 한 자도 안 되는 가까운 거리라 그녀의 향긋한 숨결이 용오랑의 욕정을 자극했다.

그녀의 눈망울이 불꽃처럼 이글거렸다.

용오랑은 혼백이 빠져나가는 듯한 혼미함에 젖었지만 이내 신지를 회복하며 뒤로 물러섰다.

"난 모르는 일이오. 왜 이렇게 가까이 대고 말하는 것이오?"

강매염은 더욱 붉은 빛을 발하며 바싹 다가섰다. 그의 어깨를 움켜

쥔 그녀는 심령술사처럼 물었다.

"사실대로 말해. 만난 적 있지?"

용오랑은 전신의 맥이 탁 풀리고 심한 현기증까지 느꼈다. 눈이 반쯤 풀린 그가 뭐라 입을 열려 할 때였다. 일순 뇌리 속에 새겨진 화옥미의 영상이 피어오르며 그의 정신을 일깨웠다.

"공자, 소녀를 만난 사실은 절대 비밀로 하셔야 합니다. 만일 이 사실이 강호에 알려지면 공자께서는 큰 화를 당하실 수 있습니다."

퍼뜩 정신을 차린 용오랑은 잔뜩 불쾌한 표정을 지으며 버럭 소리쳤다.

"모른다고 하지 않았소! 대체 관을 살 거요, 말 거요?"

강매염은 그가 자신의 심령술에 전혀 제압되지 않자 상당한 놀라움에 젖었다.

'대단한 정신력이군. 한낱 장의사 따위가 내 쇄심탈혼술(碎心奪魂術)을 이겨내다니……'

오기가 치민 그녀가 지공으로 그를 제압하려 할 때였다. 때마침 독한 술 냄새를 풍기며 용화군이 들어섰다.

"인석아, 손님한테 웬 큰 소리냐?"

용오랑은 다행이다 싶어 얼른 아버지에게 주판을 건넸다.

"관을 사러 왔다면서 자꾸 귀찮게 굴잖아요. 아버지가 대신 맡으세요."

용화군은 노출이 심한 강매염의 몸매를 훑으며 마른침을 꿀꺽 삼켰다. 취중이라 그의 눈에 비친 그녀의 자태는 너무도 매혹적이었다.

"헤헤, 정말 아름다우십니다."

"관 아홉 개와 수의 아홉 벌이 필요해요."

"아이구, 아홉 개씩이나?"

용화군은 큰 고객을 만났다 싶어 정신을 바싹 차리며 주판 알을 퉁겼다.

"뭐 달리 필요하신 것은 없습니까?"

"염은 필요치 않으니 질 좋은 수의로 주세요. 이건 선금이에요."

강매염이 커다란 은덩이를 건네자 용화군의 허리가 바로 꺾였다.

"아이구, 고맙습니다, 아가씨. 당장 최상품으로 마련하겠습니다."

"난 무호객잔에 묵고 있으니 그곳으로 배달해 주세요."

강매염은 힐끔 용오랑 쪽으로 시선을 돌리며 야릇한 미소를 지었다.

"배달은 반드시 동생이 해줘야 돼. 알았지?"

그녀가 가게를 나가자 용화군은 바깥까지 따라나와 연신 허리를 굽실거렸다.

"그럼 살펴 가십시오, 아가씨. 수의와 관은 즉시 배달해 드리겠습니다."

그는 가게 안으로 들어서며 은덩이에 대고 입을 맞추었다.

"헤헤, 이 돈만 있으면 며칠은 줄곧 마셔도 되겠어."

용오랑은 수의를 챙기며 퉁명스럽게 말했다.

"배달은 아버지가 하세요. 난 저런 요녀를 다시 만나고 싶지 않아요."

"이놈아, 이 나이에 아비가 하랴? 난 술 마시러 가야 돼."

용화군은 은덩이를 품에 챙겨 넣고는 횡하니 가게를 나갔다.

"한 며칠 못 볼 거다."

부친이 가게를 나가자 용오랑은 관 위에 털쎄 주저앉았다. 그는 관을 주문한 여인을 떠올리며 불안한 마음을 금할 수 없었다.

'선유림에서 부상당한 여인을 묻는 것으로 보아 화옥미를 찾는 게 분명해. 저 요녀가 왜 화옥미를 추적하는 거지? 정체가 뭘까?'

그는 잠시 상념에 젖다가 마음을 다졌다.

'비밀은 반드시 지킨다. 이건 화옥미와의 약속이야.'

한편 철기점 앞을 지나던 강매염은 진열대 위에 걸린 농기구를 유심히 살피고 있었다.

검이나 창칼 같은 병기는 없고 낫과 괭이, 쇠스랑 등만 진열돼 있어 무림의 고수인 그녀가 관심을 가질 만한 물건은 아니었다. 하지만 그녀는 무딘 철기에서 뿜어지는 예리한 기운에 절로 걸음을 멈추게 되었다.

그녀는 호미를 하나 집어 들고는 아미를 살짝 찌푸렸다.

'이건 예사 대장장이 솜씨가 아니야. 비록 농기구에 불과하지만 하나같이 예리함이 숨겨져 있어.'

풀무질을 하고 있던 철왜군은 강매염이 다가서자 허리를 툭툭 치며 고개를 돌렸다.

"하나 사시려오?"

강매염은 그를 직시하며 물었다.

"도검이나 창 같은 병기도 있나요?"

"병기 따위는 없소. 주방에서 쓰는 칼이라면 모를까."

"그거라도 좀 보고 싶군요."

"뭐 그러시다면……."

철왜군이 철기점 안으로 들어서자 강매염이 뒤를 따랐다.

가게 안에는 철제 물건들로 가득했다. 쇠로 만들 수 있는 물건은 거의 갖추어져 있었다. 낫, 호미, 쇠스랑, 괭이, 삽을 비롯해 쇠사슬과 망치 등이 어지럽게 진열돼 있었다.

철왜군은 나무 상자 안을 뒤적거렸다.

"주방 칼이라……. 어디 있을 텐데?"

이를 지켜보던 강매염이 양손을 가슴 앞으로 교차했다.

"집(集)!"

순간 진열대의 낫과 쇠스랑, 호미 등이 일제히 솟아올랐다. 철물들은 예리한 파공성을 발하며 철왜군을 향해 내리 꽂혔다.

쐐애액!

고개를 돌린 철왜군은 새파랗게 질린 채 털썩 주저앉았다.

"아이쿠!"

그가 머리를 감싸 쥔 채 웅크리자 강매염의 눈끄리가 살짝 치켜 올라갔다.

'아닌가?'

그녀는 빙글 회전하며 교차한 양팔을 좌우로 펼쳤다.

"산(散)!"

철왜군을 향해 날아들던 철물들은 급격히 상승하며 허공으로 솟아올랐다. 강매염이 소매를 저으며 빠르게 손을 놀리자 철물들은 본래의 자리에 가지런히 내려앉았다. 실로 놀라운 격공섭물의 절기였다.

철왜군은 사색이 되어 와들와들 떨었다.

"으으, 사, 살려주십시오, 아가씨. 이 늙은 것이 무슨 죄가 있습니까요!"

얼마나 놀랐는지 오줌까지 지려 바지를 타고 줄줄 흘러나왔다.

강매염은 다소 신경질적인 표정을 지으며 돌아섰다. 그녀의 손에서 은덩이 하나가 바닥으로 툭 떨어졌다.

"내가 사람을 잘못 봤군."

그녀가 가게를 나가자 나무 상자에 기대앉은 철왜군은 놀란 가슴을 부여안고 헐떡거렸다.

"아이구, 십년감수했구먼."

그는 엉금엉금 기어 강매염이 떨구고 간 은덩이를 집어 들었다. 은덩이를 쥔 그의 거친 손이 부르르 떨렸다. 이어 딱딱한 은덩이가 그의 손에서 찰흙처럼 짓이겨졌다.

노인의 힘으로는 도저히 해낼 수 없는 놀라운 괴력이었다.

3

저녁 무렵의 무호객잔은 무척 부산했다. 손 대부인은 문 옆에 서서 들어오는 손님들을 반겨 맞이했다.

"어머나, 풍 대인, 오랜만이시네? 소문에 들으니 홍화루의 기녀를 첩실로 들였다면서요? 이제 소첩을 볼 일이 없겠군요?"

"허어, 무슨 소린가? 그래도 술 친구로 손 대부인만한 사람이 어디 있다고."

"호호호, 입담은 여전하시군. 좋아요. 내 취향로를 한 병 공짜로 올리겠어요."

"허허헛, 내 이래서 무호객잔을 찾는다니까."

객잔의 서쪽 문은 번잡스런 반점을 거치지 않고 곧바로 객방으로 들 수 있기에 숙박만 할 사람들은 이리로 드나든다.

서쪽 문 옆에 마차를 세운 용오랑은 점소이들의 도움을 받아 관을 후원 별채로 옮기고 있었다. 손 대부인은 용오랑을 아들처럼 대우하기에 점소이들도 대다수 그와는 절친했다.

점소이 하나가 두 개의 관을 메고 걸으며 히죽거렸다.

"오랑 네가 부럽구나."

"뭐가, 임마?"

"히힛, 그 선녀 같은 아가씨를 가까이서 뵙고 얘기도 할 수 있으니 말이야."

"선녀 좋아하네. 내가 보기에는 앙큼한 불여우야."

용오랑은 한마디로 일축하고는 나직이 충고했다.

"생긴 것 답지 않게 요사하니 너도 조심해. 공연히 흑심을 품었다가는 쥐도 새도 모르게 죽는 수 있어."

후원의 별채 주변으로 여러 명의 무사들이 삼엄한 경비를 펼치고 있었다. 점소이들이 관을 내려놓자 무사들은 퉁명스럽게 내뱉었다.

"네놈들은 어서 꺼져라!"

점소이들은 그들의 기세에 질겁하며 달아나듯 물러갔다.

용오랑이 주변을 쓸어보며 물었다.

"염습할 시신들은 어디에 모셔두었소?"

무사 하나가 턱짓으로 별채를 가리켰다.

"들어가 소궁주님의 지시부터 받아라."

용오랑은 별채 안으로 들어서며 빠르게 생각을 굴렸다.

'가슴에 궁(宮) 자가 새겨진 것으로 보아 사패 중 하나라는 파천궁(破天宮) 소속의 무사들이 분명해. 그 요녀가 소궁주라면 정말 엄청난 신분이로군.'

그는 가볍게 숨을 들이켰다. 그는 어떤 곤경을 겪더라도 화옥미와의 약조를 지켜야 한다는 의지를 곱씹었다.

방문 앞에 선 용오랑이 가볍게 문고리를 두드렸다.

"용문장의사에서 왔소."

"들어와."

방으로 들어선 용오랑은 너무도 아찔한 광경에 그만 눈을 질끈 감고 말았다.

강매염은 커다란 동경 앞에 앉아 머리를 빗고 있었다.

갓 수욕을 끝냈는지 풋풋한 살 내음이 풍긴다. 속옷조차 걸치지 않아 엷은 잠옷을 통해 잘록한 허리와 펑퍼짐한 둔부가 그대로 내비쳐 보였다.

용오랑은 마른침을 꿀꺽 삼키며 사타구니를 움켜쥐었다.

'젠장, 산수갑산을 가는 한이 있더라도 콱 눌러 버리고 싶군.'

강매염은 가볍게 화장을 마치고 몸을 일으켰다.

"앉아. 차라도 한잔 줄까?"

그녀가 돌아서자 봉긋한 젖가슴과 미끈한 허벅지가 여실히 드러났다.

엷은 잠옷을 걸쳐서인지 그녀의 관능은 더욱 유혹적이었다. 백 년 면벽의 고승조차 굴복시킬 만큼 살인적인 농염함에 용오랑은 절로 얼굴이 달아올랐다.

"지시할 것이 있으면 어서 하시오. 난 입관 준비를 서둘러야겠소."

강매염이 요사한 미소를 머금으며 한 걸음 한 걸음 다가왔다. 그녀가 접근해 올수록 짙은 방향이 코를 찔렀다.

"급할 것 없잖아?"

그녀는 용오랑의 볼을 부드럽게 어루만졌다.

"준수하지는 않아도 사내다운 용모로군. 뛰어난 무공을 수련했다면 계집깨나 울렸을 거야."

"왜… 이러시오?"

"네게 묻고 싶은 게 있어."

그녀는 그의 허리를 감싸며 휘장이 둘러진 침실로 끌어들였다. 용오랑은 뭐라 말할 겨를도 없이 침상에 벌렁 눕혀졌다.

강매염은 거침없이 그의 몸 위로 올라탔다.

"내가 누군 줄 알아?"

"잘 모르겠소."

"무림인이라면 내 이름만 듣고도 사색이 되지. 난 파천궁의 소궁주 천수요화 강매염이야."

용오랑의 안색이 싹 변했다.

'맞아. 세창 녀석 말에 의하면 파천궁에 천수요화라는 아주 독한 계집이 있다 들었는데 바로 이 요녀로군.'

그는 애써 두려움을 감추며 짐짓 그녀의 둔부를 감싸 쥐었다.

"대단한 신분이신 것 같은데 나와 한번 하자는 거요?"

"호홋, 너같이 천한 놈이 나와 살을 섞자고?"

"그게 아니면 왜 이러는 거요?"

강매염은 그의 앞자락을 벌리며 가슴을 어루만졌다. 긴 손톱이 그의 목을 타고 그어졌다.

"좋아, 네가 한 가지 사실만 확인시켜 주면 기꺼이 너와 하룻밤을 보내겠다. 뿐만 아니라 엄청난 재물까지 선물하지."

"무엇을 말이오?"

"선유림에서 누구를 만난 적이 있지?"

용오랑은 신경질적으로 응수했다.

"없다고 하지 않았소?"

"아니, 넌 틀림없이 만났어. 선유림을 지나간 모든 마차 바퀴 자국을 조사했지. 대다수 상인들과 농사꾼들로 혐의는 없었다. 하지만 네게서는 분명 냄새가 나."

강매염이 하반신을 밀착시킨 채 압박해 오자 용오랑은 솟구치는 욕정에 숨이 가빠졌다.

옷 하나를 사이에 두고 여인의 은밀한 부위와 접촉하자 정신이 혼미해졌다. 당장이라도 모든 사실을 실토하고 그녀를 부둥켜안고 싶었다.

순간 위기를 경고하는 화옥미의 안타까운 음성이 그의 혼미함을 일깨워 주었다.

'안 돼. 이 요녀는 사악한 계집이다. 비밀을 털어놓으면 오히려 날 죽일 거야.'

용오랑은 이를 악물며 굳은 심지를 유지했다.

"난 모르오."

그는 그녀를 밀쳐 내려 했지만 가녀린 손가락이 미간을 누르자 꼼짝도 못했다. 평소 완력이라면 자신이 있는 그였지만 그녀의 가벼운 손가락 하나 감당할 수가 없었다.

"어서 말해! 아주 특별한 계집이라 누구든 기억할 정도다! 넌 그 계집을 만났어! 그 계집의 신분은 천부의 비화다! 어서 고백해!"

그녀의 눈빛이 등잔불처럼 밝아졌다. 상대의 심혼마저 말살한다는 최명파심대법이었다.

용오랑은 전신을 부르르 떨었다.

너무도 고통스러운 정신적 압박에 머리가 터질 것만 같았다. 심장이 조여지며 호흡이 막혀왔다.

'그래, 털어놓자. 내가 화옥미를 지켜야 할 이유가 대체 뭐지? 설사

내가 그녀를 만났다 해도 이미 멀리 떠나갔으니 어떤 위험도 없어. 그녀를 만났다는 사실이 뭐 중요하겠어? 솔직하게 털어놓자. 자칫 개죽음을 당할 수도 있는 상황이야.'

의지를 갉아먹는 악마의 유혹이 점차 그를 지배했다. 눈을 거슴츠레 뜬 그가 막 입을 열려는 순간이었다.

뇌리 속에서 환영처럼 피어오른 화옥미의 영상이 그를 향해 애처롭게 외쳤다.

용오랑은 퍼뜩 정신을 차리며 고개를 저었다.

"몰라. 난 모르는 일이오."

"독한 놈!"

강매염의 눈꼬리가 사납게 치켜 올라갔다.

문득 그녀는 그의 목에 걸린 옥 목걸이를 찾아내고는 눈을 가늘게 떴다. 옥 목걸이를 손에 쥔 그녀는 옥 속에 새겨진 글자를 되뇌었다.

"화(花)……. 설마 비화의 표식?"

그녀가 손목을 비틀자 한 자루 유엽비수가 그녀의 손에 쥐어졌다. 종잇장처럼 가는 비수가 용오랑의 목으로 살짝 파고들었다. 그녀는 용오랑의 눈앞에 옥 목걸이를 내보이며 차갑게 물었다.

"이건 곤산온옥(昆山溫玉)이라는 보물이다. 너같이 천한 놈이 어떻게 이런 보물을 지닐 수 있단 말이냐?"

용오랑은 한순간 말문이 막혔다.

"그, 그것은……."

“어서 말해. 네가 그년을 구해주고 보답으로 받는 게 분명하지?”

“아니오! 절대 아니오!”

강매염이 비수에 약간 힘을 가하자 예리한 유엽비수가 반 치 깊이로 파고들었다. 붉은 핏방울이 흐르며 가슴을 적셨다. 그녀는 악귀처럼 사납게 다그쳤다.

“마지막으로 묻겠다. 이 패물이 어디서 났느냐?”

용오랑은 체념한 모습으로 길게 한숨을 내쉬었다.

“그것은… 녹류장에서 염습을 하다 훔친 거요.”

“녹류장? 전 병부상서의 첩실이 살고 있다는 그 장원 말이냐?”

용오랑은 간절하게 호소했다.

“그렇소. 급살당한 귀공녀를 염하던 중 너무 탐이 나서 그만……. 이 사실이 밝혀지면 난 죽소. 제발 비밀을 지켜주시오.”

용오랑은 별채에 딸린 헛간에 구금되었다.

일단은 기지를 발휘해 잠시 위기를 모면했지만 아직 안심할 단계는 아니었다. 그는 혈도가 찍혀 꼼짝도 할 수 없었다. 눈만 말똥말똥 뜬 채 강매염의 처분을 기다려야 할 상황이었다.

그는 자신이 염습해 준 녹류장의 귀공녀를 떠올렸다.

‘잘하면 그 아가씨 덕분에 목숨은 건지겠군.’

잠시 한숨을 돌린 그는 화옥미를 떠올렸다.

단 한 번의 짧은 만남이었지만 그녀의 존재는 너무도 깊숙이 그의 가슴속에 자리잡았다. 그녀를 떠올리면 멀리 떨어져 있어도 외롭지 않고 어떤 위험 속에서도 두렵지 않았다. 설사 강매염의 손에 죽는다 해도 그녀를 원망하고 싶은 마음은 추호도 없었다.

그녀와의 약속을 지킬 수 있다면, 그래서 그녀가 안전할 수 있다면 기꺼이 죽을 용의도 있었다.

'옥미… 죽기 전에 한 번만이라도 당신을 만날 수 있다면 난 행복할 수 있소.'

강매염은 피풍의를 어깨에 두른 채 혼자 술을 마시고 있었다.

그녀는 한낱 장의사 따위를 심령으로 제압하지 못했다는 사실에 몹시 분개하고 있었다. 강호를 종횡하면서 그녀의 최명파심대법이 무산되기는 이번이 처음이었다.

"독한 새끼, 네 말이 거짓이라면 네놈을 갈기갈기 찢어서라도 반드시 사실을 실토하게 만들겠다."

그녀는 손에 쥔 옥 목걸이를 살피며 스스로 확신했다.

"확실한 물증이야. 놈이 천부의 비화를 만난 게 틀림없어."

옥 속에 새겨진 글자를 감상하는 그녀의 눈빛에 경이로움이 서렸다.

"놀랍군. 단단한 옥을 깨뜨리지 않고 안에 글자를 새길 수 있다니… 정말 신기한 재간이야."

이때 문밖에서 감정 하나 실리지 않은 냉막한 음성이 들려왔다.

"속하 냉혼이오."

강매염은 피풍의를 잠옷 위로 둘렀다.

"들어오세요, 냉혼 수좌."

파천칠살 중 냉혼살이 들어서자 강매염이 서둘러 물었다.

"확인해 보셨나요?"

"놈의 말은 사실이오. 이틀 전 녹류장의 귀공녀가 급살을 당했고 놈이 염습을 해준 것이 확실하오."

예상이 빗나간 강매염의 표정이 보기 흉하게 일그러졌다.

“그래요?”

“한데 급살이 아니라 타살이라는 소문도 있소.”

“십야회(+夜會)의 짓이겠지요. 당금 천하에서 관부와 맞설 놈은 그들뿐이니까.”

강매염은 낙담을 하며 옥 목걸이를 그에게 건넸다.

“천한 놈의 말이 사실이군요. 일단 풀어주세요. 목걸이도 돌려주고.”

“그럴 거 뭐 있겠소? 소궁주의 심문을 받은 사실이 소문날 수도 있으니 죽여 버립시다.”

“아니에요. 호북은 천병부 관할 지역이라 쓸데없는 분란은 피하는 게 좋아요. 또한 그런 천한 놈을 죽여 파천궁의 명예를 더럽히고 싶지도 않고요.”

냉혼살이 옥 목걸이를 손에 쥐며 삭막한 어조로 말을 받았다.

“그보다는 소궁주가 아직 놈을 믿지 않는 것 같소.”

강매염은 가는 미소를 지으며 고개를 끄덕였다.

“정확히 보셨군요. 놈의 정신력과 의지는 초인적이에요. 신분은 천해도 내력이 궁금하군요. 일단 풀어준 후 은밀히 관찰해야겠어요.”

그녀는 역시 심기제일이라는 파천궁주의 딸답게 신중했다.

그녀의 능력으로 용오랑을 죽이는 일은 버러지 한 마리 죽이는 정도에 불과했다. 물증이 없어 용오랑을 더 심문할 수는 없었지만 그녀는 한 가닥 미련을 두고 있었다.

‘놈은 무언가를 숨기고 있다.’

천외천의 열쇠 천궁지시(天宮之鍉)

1

"아문, 어서 고기를 몰아!"

"호호호! 알았어, 오랑!"

용오랑은 손아문과 함께 도랑에서 천렵을 즐기고 있었다. 초겨울 날씨라 물은 차가웠지만 둘은 대나무 족대로 도랑을 훑으며 물고기를 잡느라 추운 줄도 몰랐다.

손아문은 마냥 즐거워했고 그런 손아문을 지켜보는 용오랑도 절로 유쾌해졌다.

천렵으로 잡은 물고기를 굽는 동안 둘은 산 열매를 따기 시작했다. 손아문은 몸이 가벼워서인지 나무를 잘 탔다. 하기는 후원의 높은 담을 뛰어넘어 몰래 바깥 세상을 즐기려면 나무를 잘 탈 수밖에 없었다. 그녀는 높은 나뭇가지에 올라 깔깔거리며 밤을 털었다.

용오랑은 장작불 가에 앉아 밤을 구우며 젖은 옷을 말렸다.

탁탁 소리를 내며 타는 장작불 속에서 강매염의 요사한 영상이 피어 올랐다. 생각만 해도 끔찍한 순간이었다.

기지를 발휘해 둘러대는 바람에 그는 무사히 강매염의 손에서 무사히 풀려날 수 있었다. 만일 녹류장의 귀공녀를 염습하는 일을 맡지 못했다면 그는 혹독한 고문을 당했을 것이다.

파천궁은 천하에서 가장 무서운 방파 중 하나다. 그런 자들에게 있어서 자신을 죽이는 일은 버러지 하나 밟는 정도에 불과한 일일 것이다.

'요녀는 화옥미를 천부의 비화라 했어. 천부… 강호의 소문에 의하면 천부는 십정(十鼎) 중 가장 신비로운 문파로 무림사에는 거의 관여하지 않는다 하던데 왜 그녀를 추적하는 걸까?'

그는 그저 오가면서 귀동냥으로 들었을 뿐 무림계의 상세한 사정은 잘 몰랐다. 무공에 관심이 많은 주세창을 만나고서야 겨우 한두 가지 들었을 뿐이다.

무림계에는 수백, 수천의 문파가 난립해 있고 전통의 구대문파와 개방, 오대세가를 비롯해 다수의 문파들이 있다. 당금 무림에서 가장 강력한 세력은 중원의 네 곳을 관장하는 사패(四覇)와 독특한 규율을 지닌 단체인 삼회(三會)가 있다.

그중에서 가장 신비로운 세력은 천하일비(天下一秘)라 불리는 천부다.

주세창은 나름대로 부연 설명까지 해주었지만 크게 관심이 없는 용오랑으로서는 복잡한 내력을 귀담아듣지 않아 잘 기억할 수가 없었다.

용오랑은 대충 마른 옷을 걸치며 고개를 저었다.

'역시 강호는 험악해. 무공이라고는 일 초 반 식도 모르는 나로서는 그냥 이대로 사는 게 낫겠어.'

그는 애써 꿈을 접으려 했지만 뇌리에 떠오르는 화옥미의 영상만은 지울 수가 없었다. 자신이 뛰어난 무공을 수련해 그녀를 보호할 수 있었으면 하는 바람으로 다시 갈등에 빠져들었다.

'보고 싶군. 마음을 훔쳐서라도 갖고 싶은 여인이야.'

이때 손아문의 비명 소리에 그는 화들짝 상념에서 깨어났다.

와지끈!

나뭇가지 끝에 걸린 밤을 따던 손아문이 가지가 부러지며 떨어지는 중이었다.

"아문!"

용오랑은 기겁을 하며 달려갔지만 거리가 너무 멀었다.

그대로 낙상을 당하면 목뼈가 부러져 죽을 수도 있는 상황이었다. 용오랑은 자신의 부주의로 인해 엄청난 일이 벌어졌다 싶어 미칠 것만 같았다.

그 순간 지축을 울리는 굉음과 함께 하나의 인영이 달려왔다. 그는 힘차게 몸을 날리며 떨어지는 손아문을 받아 들었다. 가까스로 그녀를 감싸 안은 그는 바닥을 데굴데굴 굴렀다.

"아!"

용오랑은 비로소 안도의 한숨을 내쉬었다.

적시에 나타나 손아문을 구한 사람은 구레나룻이 무성한 건장한 체구의 청년이었다.

그는 손아문을 번쩍 안아 들며 호탕하게 웃음을 터뜨렸다.

"하하핫, 미래의 신부가 다쳐서는 안 되지."

용오랑은 자신의 눈을 의심했다.

"세창, 너 이 녀석?"

건장한 체구의 청년은 그의 유일한 친구라 할 수 있는 주세창이었

다. 장사성으로 갔어야 할 그가 무창성에 와 있을 줄은 꿈에도 생각지
못한 일이었다.

"놔, 놔줘!"

손아문이 발버둥을 치자 주세창은 그녀를 내려주었다.

"겁내지 마, 아문. 몇 번이나 만났는데 날 모른단 말이야?"

손아문은 쪼르륵 용오랑에게 달려와서는 등 뒤로 숨었다. 그녀는 용
오랑의 등을 두드리며 아이처럼 울었다.

"오랑은 왜 보고만 있었어? 나, 다칠 뻔했단 말이야."

"그래, 미안해. 하지만 무사하니 다행이야."

용오랑은 그녀를 달래주고는 주세창의 앞으로 다가섰다.

"너, 어떻게 된 거야? 장사성으로 가지 않았냐?"

"염병, 아무래도 우리가 사기친 일이 발각된 것 같아. 두 상회의 상
인 놈들이 관청에 고했는지 여기저기 장사성 곳곳에 방문이 붙어 있더
군. 그래서 피신해 있으려고 온 거야."

주세창은 용오랑의 어깨에 손을 얹었다.

"네 말대로 은표를 찢지 않았으면 큰일날 뻔했어. 멋모르고 은표를
바꾸려 전장을 찾아갔으면 꼼짝없이 붙잡혔을 것 아냐?"

"어쨌든 잘 왔다. 덕분에 아문이 다치지 않아 정말 다행이야."

"가자. 이왕 왔으니 장모님께 인사라도 드려야지."

주세창이 손아문을 향해 눈을 찡긋해 보이자 용오랑은 그만 어처구
니없다는 표정을 지었다.

"뭐야? 장모?"

2

손 대부인도 기가 막힌 듯 손사래부터 쳤다.

"장모는 무슨 장모, 아문을 구해준 것은 인정하지만 그렇다고 내 딸을 달란 말이냐?"

"장모님, 제가 아문을 어디 한두 번 보았습니까? 그간 몇 차례 대하면서 제 색시가 될 여인으로 진작부터 점찍어놓았습니다."

주세창이 무릎을 꿇은 채 넉살 좋게 말하자 손 대부인은 실소를 지었다.

"고얀 놈, 네가 원하는 건 아문이 아니라 내 재산이겠지. 아니 그러하냐?"

"아무렴 어떻습니까? 예쁜 색시도 얻고 많은 재물도 얻을 수 있다면 금상첨화죠."

손 대부인은 그의 호쾌함을 진작부터 알고 있었기에 그다지 노여워하지는 않았다.

"내 재산이야 모두 철문이가 이어받을 텐데 그러면 어찌하겠느냐? 네 창술 솜씨로는 겨우 떠돌이 약장사나 할 수 있으면 다행일 테지."

주세창이 능글맞게 응수했다.

"하핫, 그것도 괜찮겠군요. 제가 창술로 묘기를 부리고 아문이 약을 팔면 장사가 잘될 겁니다. 설마 우리 두 내외 입에 거미줄 치며 살겠습니까?"

"이런 고얀 놈을 봤나? 쓸데없는 소리 말고 술이나 마셔. 다행히 철문이도 곧 당도한다 했으니 모처럼 한자리에 모이겠구나."

손 대부인이 몸을 일으키자 용오랑이 물었다.

"철문 형님이 오신다고요?"

"그래, 그 못난 놈이 또 손 벌리러 오는 거겠지. 지난번 부향주에 오를 때에도 은자 수백 냥을 상납해서 겨우 한자리 얻었으니 말이다."

손 대부인은 주세창의 등판을 찰싹 때렸다.

"아문은 안 돼. 진심으로 아문을 사랑할 사람이 아니면 평생 내가 끼고 살 거다."

"그러면 어서 장모님이 돌아가실 때만 기다려야겠군요."

"뭐야? 이런 고얀 녀석 보게?"

"하하, 어서 술이나 주십시오, 장모님."

주세창은 손 대부인의 등을 밀어 객방에서 내보냈다.

무호객잔에서 얼근하게 취한 두 사람은 밤이 늦어서야 용문장의사로 돌아왔다. 용오랑의 아버지는 또 어디서 술을 마시고 있는지 가게에는 등 하나 밝혀져 있지 않았다.

용오랑은 장의사임을 알리는 조등(弔燈)을 내걸곤 관을 탁자 삼아 다시 술상을 펼쳐 놓았다.

술을 한 사발 비운 주세창이 입을 열었다.

"아무래도 방파를 하나 정해 입문해야겠어. 정식으로 무공을 배워야지 혼자 수련해서는 더 이상 성취가 없겠어."

"강호에는 왜 뛰어들려는 거야?"

"그럼 넌 평생 장의사나 하며 살 거냐?"

용오랑은 실소를 지었다.

"큭, 내가 아니면 누가 죽은 사람들 염습을 해주겠냐? 영혼을 치유해 주는 장의사도 좋은 직업이야."

"넌 이렇게 살 운명이 아니야. 난 느낄 수 있어. 넌 용이 될 재목이야. 아직 깨어나지 않은 잠룡(潛龍)일 뿐이지."

용오랑은 피식 실소를 지었다.

"토룡(土龍:지렁이)이면 다행이겠다. 그리고 내가 잠룡이면 넌 뭔데?"

"하하, 난 봉추(鳳雛)지. 아직 날지 못하는 어린 봉황이지만 머지않아 세상을 내 날개로 덮을 거야."

"그래서 용과 봉황이 싸우면 누가 이기는데?"

주세창은 호탕하게 웃음을 터뜨렸다.

"하하핫, 그야말로 용음복명(龍吟鳳鳴)이로구나. 하지만 우리가 싸울 일이 뭐 있겠냐? 천하라도 나누어 가질 우정인데."

"맞아. 친구 사이에 다툼은 있을 수 없어."

두 사람은 잔이 깨져라 부딪치며 건배를 했다. 이때 비틀거리는 걸음으로 용화군이 들어섰다.

"이것 봐라? 내 집에서 술 냄새가 나다니? 귀신 오줌 냄새는 분명 아니렷다?"

주세창이 얼른 몸을 일으키며 넙죽 절을 올렸다.

"아버님, 세창입니다."

용화군은 이미 얼근히 취한 상태에서도 술타령을 했다.

"오냐, 네놈이 왔구나. 왔으면 당연히 어른을 찾아뵙고 술을 올려야 하는 것 아니냐?"

"물론입니다, 아버님."

그는 용화군을 모시고 나가며 용오랑에게 눈짓을 보냈다.

"내가 한잔 거하게 사드릴 테니 넌 푹 쉬어."

용화군에게 있어 가장 좋은 사람은 술을 사주는 사람이었다. 그는 주세창의 허리에 팔을 두르고 흥에 겨워하며 외쳤다.

"헤헤, 내 자식놈은 형편없어도 친구 하나는 잘 뒀구나. 세상에서 가장 훌륭한 일이 어른을 찾아 미주가효를 대접하는 일이지. 암, 그렇고말고. 훗날 네 염습은 내가 해주마."

"아이구, 아버님. 듣기만 해도 등골이 오싹합니다."

"헤헤, 그런가?"

두 사람이 어둠 속으로 멀어지자 용오랑은 철기점 쪽으로 시선을 돌렸다. 철왜군은 벌써 잠이 들었는지 철기점 문은 굳게 닫혀 있었다.

용오랑은 조등에 기름을 더 채워 넣었다. 죽을 사람은 밤낮을 가리지 않기에 장의사 문은 항상 열려 있어야 했다.

이때 한 필의 말이 쏜살같이 달려오며 마당으로 들어섰다.

이히힝!

뛰어난 기마술로 말을 멈춰 세운 청년은 빙글 회전하며 사뿐 내려섰다. 그는 용오랑을 향해 성큼 다가섰다.

"오랑, 마침 집에 있었구나!"

"아니, 철문 형님이 아니십니까?"

다소 마른 체구의 이십 대 후반쯤 되어 보이는 청년은 바로 손 대부인의 둘째 아들 손철문이었다.

사내치고는 곱상한 용모로 무골이라기보다는 지략에 밝아 보였다. 첫째 아들은 어려서 죽었고 셋째는 수년 전 거금을 가로채 집을 나갔기에 지금으로서는 그가 손 대부인의 유일한 아들이었다.

그는 푸른 장삼을 걸쳤는데 가슴 한쪽에 천병부의 제자임을 알리는 '병(兵)'이란 글자가 선명하게 새겨져 있었다.

안으로 들어선 손철문은 의례적인 인사를 건넨 후 심각한 표정으로 말머리를 꺼냈다.

"오랑, 어머님을 뵙기도 전에 널 찾아온 것은 한 가지 사실을 확인하기 위해서다."

"뭡니까?"

"얼마 전 파천궁의 요녀가 우리 무호객잔에 묵은 적이 있었지?"

용오랑은 께름칙한 표정으로 고개를 끄덕였다.

"그렇습니다."

"너도 알다시피 호남과 호북은 천병부의 관할 지역이다. 현 무림은 남부북궁(南府北宮)과 동사서독(東邪西毒)으로 나뉜 사패가 주도하고 있지. 특히 파천궁주는 야망이 큰 자로 당대의 효웅이다. 그 딸인 천수요화 역시 아비를 닮아 심성이 악랄하고 손속이 독하기로 유명하지. 한데 강매염이 수하들을 대동하고 공공연히 호북으로 들어섰다는 것이 천병부 총단에 알려지면서 비상이 걸리게 되었다. 강매염이 타 문파의 관할 지역까지 직접 출동했다는 것은 심상치 않은 일이기 때문이지."

손철문은 용오랑의 표정을 한번 살피고는 얘기를 계속했다.

"최근에 천궁지시(天宮之鍉)라는 천외천(天外天)의 열쇠가 세상에 출현했다는 소문 때문에 무림천하가 발칵 뒤집힌 상황이라 총단의 관심이 아주 크다. 혹시 강매염이 천궁지시에 대한 단서를 포착해 호북으로 온 것이 아닌가 하는 의혹을 품게 된 것이지."

무림사에 대해 잘 모르는 용오랑은 떨떠름한 표정이 되어 물었다.

"천궁지시는 뭐고 천외천은 또 뭡니까?"

"나도 자세한 내막은 모른다. 하지만 천외천을 열게 되면 천하를 제패할 무공과 엄청난 신병을 얻을 수 있다고만 알려져 있지. 하기에 모두가 목숨을 걸고 천궁지시를 찾으려 했지만 그것을 얻은 사람은 아직 없다.”

손철문은 잠시 숨을 돌리고는 말을 이었다.

“내가 속한 분타로 순찰당주께서 직접 찾아오셨다. 강매염이 무호객잔에 머물러 있으면서 주변으로 무언가를 수색했다는 거야. 게다가 웬 장의사를 불러들여 심문을 했다면서 그 내막을 알아오라 하셨어.”

용오랑은 눈을 커다랗게 떴다.

“지금 내 얘기를 하시는 겁니까?”

“그래, 천병부의 분타는 호남북을 통틀어 백 개도 넘어 웬만한 일들은 소상히 파악하고 있다. 총단에서까지 널 주시했다는 것은 심각한 문제야. 이제 네 얘기를 듣고 싶다. 대체 파천궁의 요녀가 왜 널 객잔으로 불러들여 심문을 한 거냐? 어떤 얘기를 나누었는지 소상히 말해 다오.”

“별일 아닙니다.”

“오랑, 이번이 내가 공을 세울 절호의 기회다. 총단에서 각별한 관심을 갖고 있어. 이번 사건에 대해 내막을 밝혀내면 난 분타장인 향주로까지 승진할 수 있어. 더 큰 소득을 얻으면 총단으로 진출할 수도 있는 일이야.”

손철문은 그의 손을 쥐며 간곡하게 청했다.

“본 대로 들은 대로만 말해 다오. 부탁이다.”

용오랑은 잠시 고민에 빠졌다.

손 대부인은 그에게 있어 어머니와 다름없다. 갓난아이 시절 그는 손아문과 함께 손 대부인의 젖을 먹고 자라왔다. 또한 손 대부인은 그의 아버지가 장의사를 차릴 때도 도와줬고 철마다 양식과 피륙을 대줘 어려움이 없도록 배려해 주었다.

손철문과도 형제처럼 지내왔기에 우애가 돈독하다. 그가 출세를 할 수 있고 상부로부터 인정을 받을 수 있는 일이라면 성심껏 돕는 것이 당연했다.

하지만 자신이 화옥미를 만난 사실만은 절대 비밀로 지켜야 했다. 그것을 제외한 모든 사실은 밝혀도 무방했다.

생각을 정리한 용오랑이 나직이 물었다.

"형님, 혹시 천부에 대해 아십니까?"

손철문이 바싹 긴장하며 되물었다.

"천부? 그것이 요녀의 심문과 연관이 있단 말이냐?"

"대체 천부가 뭡니까?"

"천부는 천하십정 중 가장 신비롭다는 구름 속의 존재다. 여인들로만 구성돼 있으며 하나같이 지략과 무공이 뛰어나다 들었다. 천부는 백 년 이래 단 두 번만 세상에 모습을 드러낸 것으로 알고 있다. 하지만 천부의 제자들은 어떤 연유인지 은밀히 천하를 순찰하는데 그들을 비화(秘花)라고 한다."

용오랑은 비로소 화옥미의 비밀스런 신분을 알게 되었다.

"요녀가 물은 것이 바로 천부의 비화였습니다."

"뭐라고? 천부의 비화?"

손철문은 엄청난 소득을 직감하며 뛸 듯이 기뻐했다. 그는 벌겋게 상기된 모습으로 바싹 다가앉았다.

"왜 네게 그런 비밀스러운 일을 물었느냐? 넌 무림인도 아니잖아."

"요녀의 말에 의하면 천부의 비화를 추적하다 수하들을 잃었다 합니다. 그래서 아홉 개의 관을 사러 왔지요."

손철문은 대번에 그 이유를 알아챘다.

"파천구성이겠군. 하나같이 뛰어난 일류고수들인데 그들 모두가 죽었단 말이냐?"

"그런 것 같습니다. 아마도 선유림에서 싸움이 벌어졌나 봅니다. 소제가 장양 땅에서 돌아오는 길에 선유림을 지나쳤는데 그들이 용케도 마차 자국을 추적해 소제를 찾아낸 것이죠. 하지만 소제는 누구를 만난 적도 없기에 풀려나게 되었습니다. 얼마나 집요하게 캐묻는지 죽는 줄 알았습니다."

"그게… 다냐?"

"예, 형님."

손철문은 다소 실망스런 표정을 지으며 나름대로 추리를 했다.

"파천궁이 천부의 비화를 추적했다. 과거 천부는 두 번씩이나 무림 천하를 구해준 은혜를 베풀었기에 강호인들은 누구도 천부와 맞서지 않기로 맹세했지. 그런 맹세를 저버리고 비화를 추적했다는 것은 천하의 공적이 되는 것을 감수할 만큼 중대한 일이기 때문이야."

그는 문득 떠오르는 생각에 무릎을 탁 치며 몸을 일으켰다.

"그래, 천궁지시! 천부의 비화라면 누구보다 천외천의 비밀을 잘 알고 있다고 했어! 파천궁이 비화를 추적한 것은 천외천의 열쇠 때문이야!"

용오랑은 그를 돕기 위해 화옥미가 준 옥 목걸이를 보여줄 생각도 했지만 자칫 압수당할 우려가 있어 그 사실에 대해서는 입을 다물었다.

손철문은 물증이 없다는 것이 아쉬웠지만 나름대로 중대한 정보를 포착했다는 사실에 만족해했다.

그는 용오랑을 와락 끌어안았다.

"오랑 네가 내 동생인 것이 정말 다행이다. 아주 귀중한 정보를 제

공해 주어 고맙다. 하지만 이 사실이 알려지면 넌 전 무림의 표적이 될 테니 각별히 조심해라."

"비화를 만난 적도 없는데 무슨 상관입니까?"

손철문이 심각한 표정으로 말했다.

"그것은 네가 무림인들을 몰라서 하는 소리다. 천궁지시라면 정사를 불문하고 탐을 내는 무림 최고의 보물이다. 강매염이 널 의심해 심문했다면 다른 놈들도 널 심문하려 할 것이다. 네가 아무리 부정해도 무림인들은 네가 비화를 만났다고 확신할 테고 네게 혹독한 고문을 가할 것이다. 지금 너와 내가 한 대화는 비밀이다. 내 어머님한테도 말해서는 안 돼. 알겠느냐?"

"명심하겠습니다."

손철문은 사건의 전모를 한 번 더 짜 맞추고는 서둘러 가게를 나섰다. 그는 말에 오르며 배웅 나온 용오랑에게 한마디 던졌다.

"어머님한테는 다음에 찾아뵙겠다고 말씀드려라."

그는 박차를 가하며 순식간에 말을 몰아 사라졌다. 요란한 말발굽 소리가 야음을 깨뜨리며 밤하늘에 울려 퍼졌다.

용오랑은 시선을 들어 하늘의 별을 헤아렸다. 깨진 사금파리처럼 흩어진 별들이 유난히 밝게 반짝인다. 세상이 어떻게 돌아가든 하늘은 묵묵히 지켜볼 뿐이다.

그는 가슴에 건 옥 목걸이를 손에 쥐었다. 그녀를 포옹했던 따뜻함이 느껴졌다.

'옥미, 당신의 존재가 그토록 엄청날 줄은 몰랐소. 하지만 난 끝까지 우리의 만남을 비밀로 묻어둘 것이오.'

3

　파천궁(破天宮)은 하남과 안휘 두 개의 성(省)을 관장할 만큼 거대한 세력이다.

　개봉 외곽에 위치한 파천궁은 배산임수(背山臨水)의 명당 위에 방대한 장원을 설립해 총단으로 삼았다. 휘하 소속 무사들은 일천이백이나 돼 전통의 구대문파를 압도한 지 오래다.

　남부북궁 중 북궁으로 불리는 방파가 바로 파천궁으로 사패 중 최강이다.

　넓은 연무장에서 파천궁의 무사들이 웃통을 벗은 채 교관의 동작에 맞추어 무술을 수련하고 있었다. 적어도 하루에 반나절은 무술을 갈고 닦아야 하는 것이 파천궁 무사들의 규칙이었다.

　파천궁의 내전은 다양한 빛깔의 단풍으로 곱게 물들어 있었다. 잡초 한 포기 없이 깔끔하게 단정된 정원은 문사의 거처처럼 단아해 보였다.

　대방파 지존이 거주하는 장소답지 않게 경호 무사 한 명 보이지 않는다.

　꼿꼿이용 작은 소도로 꽃가지를 치는 노인은 화려한 금포를 걸치고 있었다. 성성한 백발은 곱게 빗겨 올려져 비녀로 고정돼 있었다.

　신선을 방불케 하는 풍모와 머리부터 발끝까지 흐트러짐 하나 보이지 않는 노인이 바로 파천궁주 강천후(姜天候)였다.

　그는 세상에 칠절무존(七絶武尊)으로 불릴 만큼 심기와 지략, 무공 등에서 모두 뛰어난 당대 최고의 효웅이었다. 또한 그는 사문이나 처가의 배경없이 혼자 힘으로 파천궁이라는 거대한 세력을 창건한 입지전적인 인물이기도 했다.

만일 그가 백도무림의 비호를 받았다면 진작에 백도맹주로 추대되었을 것이다. 하지만 그는 스스로의 힘으로 얻은 것만 취하는 독특한 성격의 소유자였다.

무림 사상 누구도 이룩한 적이 없다는 천하지존을 꿈꾸는 대야망의 화신이 바로 강천후였다.

꽃가지를 다듬는 손은 노인답지 않게 희고 곱상했다. 살리고 죽여야 할 꽃가지를 정확히 찾아내 가지를 치는 그의 솜씨는 탁월한 판단력의 소유자임을 대변해 주었다.

가벼운 파공성과 함께 하나의 섬세한 인영이 뒤로 내려서자 그는 돌아보지도 않고 물었다.

"결국 비화를 놓친 것이냐?"

강매염은 송구스런 표정을 지으며 한쪽 무릎을 끓었다.

"모두 소녀의 불찰입니다. 벌을 내려주십시오."

"한낱 비화의 신분으로 파천구성을 모두 살해했다니 믿을 수가 없군. 천부의 무학이 그토록 대단할 줄이야."

강천후는 소도를 허리춤에 챙기고는 마른 수건으로 손을 닦았다. 그는 그늘 아래 놓여진 등나무 탁자로 걸어갔다. 빠르지도 느리지도 않는 걸음걸이였다.

의자에 앉은 그는 잔에 용정차를 따랐다.

"천부는 천외천과 가장 밀접한 관계에 있다. 비화를 찾아 신비의 천부를 제압해야만 천외천을 열 수 있는 법. 오랜 세월 어렵게 추적한 비화였는데… 어쩌면 하늘의 뜻일 수도 있겠군."

말은 담담했지만 실망의 기색이 역력했다.

강매염은 송구한 마음에 고개를 들 수가 없었다. 그녀는 자신의 부친이 얻고자 하는 야망을 누구보다 잘 알고 있었다.

"아버님, 천부의 비화는 여럿이 있다 들었습니다. 반드시 기회가 있을 것입니다."

"그렇겠지. 하지만 아비도 나이가 들다 보니 예전처럼 여유가 없구나."

"확실치는 않지만 보고를 올린 대로 무창의 천한 장의사가 뭔가를 숨기고 있는 것 같았습니다. 소녀의 최면파심대법에도 전혀 제압되지 않아 알아내지 못했을 뿐입니다."

강천후는 상당한 관심을 표명했다.

"믿을 수가 없구나. 너의 최면파심대법은 이 아비조차 감당키 힘든데 그것을 이겨냈다고?"

"부끄럽지만 사실입니다."

"너도 알다시피 최면파심대법은 정신력만으로는 이겨낼 수 없는 강력한 최혼술이다. 대법에 걸리면 상승무공를 지닌 자도 신지가 제압되고 말지."

강천후는 손바닥 위에 찻잔을 올려놓고 천천히 돌리며 말을 이었다.

"아마도 그자는 선천지기(先天之氣)를 지닌 것 같구나."

"예에?"

강매염이 눈을 동그랗게 뜨자 강천후는 깊이 생각하는 모습으로 말을 이었다.

"선천지기란 태어날 때부터 부여받은 잠재력이다. 선천지기를 지닌 자는 천고의 성약을 복용한 것과 같은 힘을 지니고 있지. 만일 상승심법을 수련하게 되면 빠른 시일 안에 절세적인 공력을 보유하게 된다. 하기에 백년지재라 할 수 있다."

"그럴 리가 없습니다. 그자의 아비도 만나보았는데 평범한 장의사였습니다. 술독이 전신이 퍼져 있을 정도로 고주망태의 폐인이었습니다."

"그렇다면 그자의 어미로부터 받았을 것이다. 복중 태아 시절 어미가 그에게 공력을 주입시켜 주었다면 가능한 일이다."

강천후의 말은 틀린 적이 없었기에 강매염으로서는 감히 반박을 할 수가 없었다.

그녀는 용오랑을 떠올리며 가볍게 입술을 깨물었다.

'그 천한 놈이 선천지기를 지녔을 줄이야.'

잠시 주변의 단풍을 감상한 강천후가 물었다.

"어떤 단서도 찾아내지 못했단 말이냐?"

"비화가 남긴 약병을 찾았을 뿐입니다."

강매염이 공손히 자기 병을 바치자 강천후는 가벼운 손짓으로 자기 병을 끌어당겼다. 문양 하나 새겨지지 않은 새하얀 자기 병이었다.

그는 병 입구에 대고 신중하게 냄새를 맡았다.

"아마도 봉황신단이 담겨 있었나 보구나. 천부의 신비스런 영단이니 한독신침의 한독은 이미 치유되었을 게다."

그는 약병을 탁자에 내려놓으며 턱을 어루만졌다.

"특별한 흔적이라도 찾아냈어야 했는데……."

강매염은 문득 떠오르는 것이 있어 조심스럽게 아뢰었다.

"장의사 놈이 곤산온옥의 목걸이를 갖고 있었습니다. 그 자체도 보물이지만 옥을 쪼갠 흔적도 없는데 옥 속에 글자가 새겨져 있는 것이 특이했습니다."

"지금 갖고 있느냐?"

강매염은 어깨를 움츠렸다.

"그게… 놈의 말에 의하면 녹류장 귀공녀를 염습하다 훔친 것이라 했습니다. 확인해 보니 사실이라 돌려주었습니다. 죽은 계집의 유품을 지닌다는 것이 찜찜해서요."

"옥 속에 글자가 새겨져 있었다?"

"예, 화(花)라는 글자였습니다."

"……"

강천후는 눈을 가늘게 뜨며 생각에 잠기다 허리춤의 소도를 꺼내 쥐었다.

"네 장신구를 하나 다오."

"예, 아버님."

강매염은 자신의 머리 장식품에서 작은 밤톨만한 옥을 하나 뽑았다. 그녀는 무릎걸음으로 다가가 공손히 바쳤다.

강천후는 소도를 붓처럼 세워 옥 위에 글씨를 썼다. 상당한 공력이 운기된 듯 소도가 파랗게 달아올랐다. 한 획 한 획을 긋는 모습이 아주 신중했다.

글자 하나를 새기는 데 무려 일 다경이 소요되었다.

"보아라."

강천후가 옥을 건네자 강매염은 신중한 모습으로 옥 속을 살피다 탄성을 발했다.

"아, 정말 놀라운 신기입니다. 옥 속에 진기를 심어 글씨를 형성하신 것이군요?"

"이런 수법이더냐?"

강천후가 차를 한 모금 들이키며 묻자 강매염은 곰곰이 생각하다 대답했다.

"송구스럽지만 놈이 가진 옥 속의 글자는 마치 직접 새긴 듯 정교했습니다. 아버님께서 공력으로 새긴 글씨와는 다소 차이가 있었습니다."

일순 강천후의 손에 들린 찻잔이 심하게 흔들리며 찻물이 튀었다. 좀처럼 자신의 심기를 드러내지 않는 그가 이렇듯 놀라움을 표명하는 것은 처음 있는 일이었다.

"여의천심공(如意天心功)!"

"예에?"

"그 옥에는 네가 미처 발견하지 못한 극히 미세한 구멍이 나 있을 것이다. 글씨를 새긴 자는 그 속으로 들어가 직접 쓴 것이다."

강매염은 입을 딱 벌린 채 할 말을 잃었다. 만일 그의 부친이 아닌 다른 사람의 말이었다면 터무니없는 추측이라 일축하였을 것이다.

"믿을 수 없겠지만 여의천심공을 극한까지 터득하면 바늘 끝보다 작은 구멍으로 자신의 심령을 밀어 넣을 수 있다. 그 사람은 육신을 벗어난 심령으로 옥 속에 들어가 글자를 새겨 넣은 것이다."

"아버님, 하오면……?"

"그렇다. 그 목걸이는 천부의 물건이 틀림없다. 여의천심공은 금강여의지존(金剛如意至尊)의 초극절기 중 하나다."

"맙소사!"

강매염은 부친의 탁월한 안목에 감탄하면서도 용오랑에게 감쪽같이 속았다는 수치심에 전신을 부르르 떨었다.

"부끄럽습니다, 아버님. 한낱 장의사 놈이 소녀를 속였을 줄은 미처 생각지 못했습니다."

그녀는 벌떡 일어서며 분연히 외쳤다.

"당장 놈을 끌고 와 아버님께 바치겠습니다!"

강천후는 등나무 의자에 편안히 몸을 기대며 차분히 타일렀다.

"신속히 행동하되 최대한 기밀을 유지해야 한다. 네가 천병부 관할 구역인 호북으로 들어가는 순간 천병부에서 이를 알아챌 것이다. 게다가 천궁지시에 연관된 사건이라 천하인 모두가 달려들 것이니 각별히 주의해라."

"명심하겠습니다, 아버님."

강매염은 정중히 배례를 올리고는 물러섰다.

정원을 나서는 그녀는 이를 부득부득 갈았다. 요사한 빛이 감도는 두 눈에서는 새파란 독기마저 피어올랐다.

'용오랑 그 천한 놈이 감히 나를 속이다니 결코 네놈을 가만두지 않으리라!'

4

천병부(千兵府)는 남부북궁 중 남부에 해당되며 총단이 호남성 남악(南岳)에 위치해 있다. 해자(垓字)처럼 둘러진 강줄기를 끼고 높은 석대 위에 세워진 천병부는 그야말로 철옹성이었다.

호남북을 호령하는 천병부는 천 명의 전사를 보유한 대방파다.

그들은 병기 제작에 아주 뛰어나 천 명의 전사가 제각기 다른 병기를 지니고 있다. 같은 검을 지녔어도 단검에서부터 아홉 척에 이르는 장검까지 다양하며 칼과 창 외에도 쇠스랑, 낫과 같은 농기구까지 병기로 사용했다.

파천궁과 달리 천병부는 곳곳을 순시하는 무사들의 움직임으로 항상 긴장이 감돌고 있었다. 천병부의 잘 짜여진 조직과 체계는 사패 중 최강이었다.

호신갑을 걸친 당당한 체구의 노인이 일곱 계단 위의 단상 위에 턱하니 앉아 있었다. 갈색 머리카락이 사자 갈기처럼 흩어져 있어 위용을 더해주었다.

금속처럼 차가운 느낌을 주는 노인이 바로 천병부의 주인인 십병천왕(十兵天王) 초위강(楚衛强)이었다.

그의 옥좌 뒤에는 열 개의 신병이 부챗살처럼 펼쳐져 진열돼 있었다.

초위강은 모든 병기에 능해 어떤 병기를 지녀도 절세적 위력을 발휘했다. 특히 십대신병을 동시에 펼쳐 내는 그의 절기는 천하일절로 불렸다.

"불러들여라."

나직한 음성이었지만 넓은 대전이 진동할 만큼 강력했다.

호명을 받고 대전 안으로 들어선 자는 손철문이었다.

그가 총단 십병전 안으로 들어온 것은 처음이었다. 분타의 부향주에 불과한 하급 직위인 그로서는 다리가 후들후들 떨릴 수밖에 없었다.

그런 그가 감히 천병부주와의 면담을 요청한 것은 엄청난 모험이었다.

어떤 중대한 일이라도 천병부 내에서는 위계질서가 지켜져야 한다. 부향주는 분타장인 향주에게 보고를 올려야 하고 분타장은 지부장인 단주에게 다시 보고를 올리고 지부장은 사건의 경중을 가려 총단으로 달려가 당주를 만나 논의했다. 적어도 당주급 이상은 되어야 부주에게 직접 보고를 올릴 자격이 있었다.

한데 이런 체계를 무너뜨리고 직접 부주에게 보고를 올리겠다고 했으니 손철문의 이런 행동은 천병부 창건 이래 처음 있는 하극상이었다.

손철문은 가볍게 호흡을 들이켰다.

'진정해라, 철문. 넌 할 수 있어.'

만일 천병부주가 자신의 보고에 관심을 보이지 않는다면 상전을 능멸한 죄로 목이 달아날 수도 있는 상황이었다. 하지만 그는 자신의 운명을 건 일생일대의 도박을 결심하였다.

천병부라는 대방파에 입부한 지도 칠 년이 지났건만 하급 분타에 배속된 그는 이렇다 할 공을 세우지 못했다. 지난 칠 년이 그러했으니 앞으로의 칠 년도 그럴 것이다.

결국 하릴없이 세월만 보내다 운 좋게 향주 자리에 오르는 것이 그의 전부일 수 있었다.

'오랑이 내게 준 기회다. 모험을 두려워하지 않는 자만이 일어설 수 있다.'

스스로 다짐을 한 그는 단하에 이르러 정중히 삼배를 올렸다.

"천세의 영광을 누리십시오!"

초위강은 옥좌 옆에 놓인 협탁에서 술잔을 집어 들며 퉁명스레 내뱉었다.

"이놈은 대체 누구냐?"

단하 좌우에 도열해 있던 육대당주 중 순찰당주가 말했다.

"호북성 무창지부 휘하에 있는 하구 분타의 부향주 손철문이라는 자입니다."

"부향주 따위가 감히 본좌와의 면담을 청했단 말이냐?"

"송구스럽습니다. 워낙 중대한 사안이라 부주를 직접 뵙고서야 말씀드리겠다 합니다."

초위강은 술을 한 모금 들이키고는 위엄있게 하명했다.

"이제 본좌를 배알했으니 어서 고해라. 만일 시답지 않은 일이라면 체계를 문란케 한 죄로 네놈의 사지를 베겠다."

손철문은 부복한 채 고개만 들었다.

"당주급 이상만 계신 자리에서 고하겠습니다."

"뭐야?"

초위강은 송충이눈썹을 꿈틀거리며 옆에 시립해 있는 청수한 면모의 노인을 돌아보았다.

귀밑머리를 길게 늘어뜨린 난쟁이노인은 유난히 큰 눈망울을 데굴데굴 굴렸다.

천병부의 군사 격인 총상(總相) 종이건(鐘異乾)이었다. 그는 천하에서 손꼽히는 지략가로 천왜무현(天倭武賢)이라는 별호를 지니고 있었다.

종이건은 가볍게 고개를 끄덕였다.

"그러시지요."

초위강은 종이건의 안목과 지혜를 절대적으로 믿었기에 순순히 그의 말에 따랐다.

"부당주들과 단주급들은 모두 물러가라!"

그가 소매를 젓자 스무 명에 달하는 중간 수뇌급들이 총총히 대전 밖으로 나갔다. 한낱 부향주에 의해 쫓겨났다는 사실에 모두들 분개해했지만 일단은 두고 볼 수밖에 없는 일이었다.

굳게 닫힌 십병전 안에는 초위강과 종이건, 육대당주, 그리고 비밀리에 경호를 맡고 있는 사대호위만 남게 되었다.

짧은 다리로 계단을 내려선 종이건이 카랑카랑한 음성으로 물었다.

"이제 고해야 될 사안에는 네 목숨이 걸려 있다! 너도 알고는 있겠지?"

"그렇소이다, 총상."

"어서 부주께 고해라!"

"예, 총상."

손철문은 마른 입술을 혀로 핥고는 분명한 어조로 아뢰었다.

"속하는 순찰당주의 명을 받아 금번 파천궁의 요녀가 호북으로 들어선 이유를 조사하게 되었습니다. 속하가 내정된 이유는 강매염이 묵은 객잔이 속하의 어머님께서 운영하시는 무호객잔이기 때문입니다. 또한 강매염이 찾고자 하는 것을 캐묻기 위해 불러들인 사람이 속하의 동생과 다름없는 용오랑이라는 장의사입니다."

"거두절미!"

초위강이 신경질적으로 소매를 젓자 손철문은 등줄기가 축축하게 젖어들었다. 그는 떨리는 가슴을 애써 진정시키며 본론을 얘기했다.

"파천궁의 요녀가 직접 출동한 이유는 천부의 비화를 찾기 위해서였습니다."

"천부의 비화?"

초위강은 팔걸이를 탁 치며 송충이눈썹을 치켜 올렸다. 일단 그가 관심을 표명했다는 것만으로도 손철문은 안도했다.

종이건이 커다란 눈망울을 굴리며 한마디 거들었다.

"근래 들어 천궁지시에 관한 풍문이 강호 전역에 퍼지고 있소. 아무래도 천외천의 열쇠가 출현한 것이 분명하오. 혹시 파천궁에서 그에

관한 단서를 잡은 것이 아닌지 모르겠소."

천외천의 열쇠라는 전설적 보물이 거론되자 초위강은 마른침을 꿀꺽 삼켰다.

"그래, 어서 얘기해 봐라."

그의 음성이 한결 부드러워지자 손철문은 용기를 내 사건의 경위를 전했다.

"파천구성이 천부의 비화와 격돌한 것은 확실합니다. 하지만 비화의 무공이 워낙 뛰어나 그들 모두가 죽고 말았습니다. 강매염이 뒤이어 나타났지만 이미 비화의 존재는 사라졌습니다. 강매염은 비화가 부상을 입은 것으로 판단해 주변을 수색했습니다. 혹시 비화를 도와준 사람이 없는지를 확인하기 위해서였습니다. 속하의 동생은 우연히 선유림을 지나면서 흔적을 남겼기에 강매염의 심문을 받게 되었습니다."

"놈이 비화를 만났느냐?"

"속하의 동생을 직접 만나 확인했지만 누구도 만난 적이 없다고 했습니다."

초위강은 눈을 부릅뜨며 그를 쏘아보았다.

"그게 전부냐?"

"그렇습니다, 부주."

손철문이 고개를 조아리자 초위강은 입맛을 다시며 옥좌에 몸을 기댔다.

"중대한 사안인 것은 확실하지만 물증 하나 없지 않느냐? 게다가 네 놈의 동생이 비화를 만난 사실도 없고."

종이건이 잠시 생각에 잠기다 음침한 눈빛을 지으며 물었다.

"고작 그런 사실을 고하자고 부주를 직접 뵙자 했단 말이냐? 네 솔직한 심정을 고하거라.”

역시 강호의 현자답게 예리한 면이 있었다. 손철문은 잠시 갈등의 표정을 짓다가 어렵사리 털어놓았다.

“속하의 판단이 틀리지 않는다면 동생은 비화를 만났습니다.”

“뭐라? 비화를 만나?”

“그렇습니다. 분명 비화를 만났습니다. 속하에게 말하지 않았지만 그것은 확실합니다.”

종이건은 의미심장한 미소를 지었다.

“노부가 알기로 강매염은 최명파심대법이라는 무서운 사술을 구사하는 요녀다. 그 계집조차 알아내지 못했다면 네 동생이 비화를 만나지 않은 게 분명하지 않느냐? 만일 비화와 만난 게 밝혀졌다면 그 계집의 성격상 분명 파천궁으로 끌고 갔을 것이다. 하면 네가 달리 찾아낸 단서라도 있단 말이냐?”

정곡을 찌르는 질문이었다. 손철문은 자신의 추리를 확신하며 차분한 어조로 대답했다.

“그 이유는 강매염이 속하의 동생을 죽이지 않았기 때문입니다.”

“그것이 이유라고?”

“강매염 같은 잔혹한 요녀라면 자신들의 추적을 덮기 위해서라도 동생을 죽였어야 옳습니다. 한데 그 계집이 동생을 죽이지 못한 이유는 심증은 있는데 마땅한 물증이 없기 때문입니다. 그런 이유로 속하는 동생이 천부의 비화를 만났다고 확신하는 것입니다.”

선뜻 판단을 내리지 못한 초위강이 종이건을 굽어보았다. 아무래도 머리를 쓰는 일에는 종이건의 판단이 우선이었다.

종이건은 뒷짐을 진 채 뒤뚱뒤뚱 걸음을 옮기며 물었다.

"충분히 가능한 추리다. 아주 영특하구나. 하지만 네 추리를 뒷받침할 근거는 있어야 하지 않겠느냐?"

"만일 동생이 천부의 비화를 만난 게 사실이라면 강매염은 분명 다시 올 겁니다. 그녀가 재차 호북으로 들어선다면 그 이유는 동생을 납치해 심문하기 위함이 틀림없습니다."

"만일 요녀가 다른 곳을 수색하러 떠났다면 어찌하겠느냐?"

손철문은 진땀을 흘리며 고개를 떨구었다.

"속하는 그릇된 판단을 한 죄로 스스로 목숨을 끊겠습니다."

한순간 대전 안이 조용해졌다. 육대당주는 굳게 입을 다문 채 종이건만 바라보았다. 초위강 역시 입맛만 다신 채 종이건의 판단을 기다렸다.

뒤뚱뒤뚱 단상의 계단을 올라선 종이건은 초위강을 향해 정중히 말했다.

"부주, 수하를 잘못 관리한 죄를 물어 하구 분타주의 눈을 뽑고 무창지부장을 뇌옥에 가두라 명하십시오."

순간 손철문은 참담한 표정이 되어 고개를 떨구었다.

결국 그의 모험적인 도박은 실패한 것이다. 그의 추리는 출세에 집착한 그릇된 판단이며 형제나 다름없는 용오랑을 팔아서까지 영달을 꾀하려 한 그의 삐뚤어진 욕망의 결과였다.

막상 죽는다는 생각에 젖자 그는 너무도 후회스러웠다.

왜 좀 더 신중하게 생각하지 못했는지 엄하게 자책했다. 강매염이 천부의 비화를 추적했다는 보고만으로도 그는 공적을 인정받을 수 있을 줄 알았다. 그는 과욕을 부린 것이다.

'어머님······.'

그는 눈물을 글썽이며 입술을 곱씹었다.

수염을 비비 꼬며 눈을 끔뻑이던 초위강이 되물었다.

"총상의 그 말은 저놈의 판단이 터무니없다는 뜻이오?"

종이건은 음침한 미소를 흘렸다.

"잠시 전 비찰각을 통해 여러 건의 비합통문이 날아들었소. 강매염이 파천칠살을 모두 대동해 파천궁을 나섰다 했소. 이미 호북을 넘어섰을 거외다. 노신은 요녀가 왜 다시 본 부의 관할 지역으로 들어서는지 궁금했는데 이제야 그 이유를 알게 되었소."

그는 손철문을 내려다보며 말을 이었다.

"저렇듯 영특한 인재가 한낱 부향주에 머물러 있었다는 것은 본 부의 크나큰 실책이오. 당장이라도 불러 올려 비찰각의 중책을 맡기는 것이 합당한 일이오. 여태 저런 인재를 알아보지 못한 멍청한 놈들은 중벌을 받아 합당하오."

손철문은 지옥에서 부처를 만난 듯한 기분이었다. 그는 감격을 이기지 못하고 주르륵 눈물을 흘렸다.

"초, 총상, 감읍할 따름입니다."

초위강은 비로소 머리 속이 개운해지는 기분이었다. 팔걸이를 치며 일어선 그가 종이 깨지는 듯한 음성으로 외쳤다.

"부향주 손철문을 비찰각 추색영주로 명한다! 넌 당장 천병친위대를 이끌고 장의사인지 돌팔이 의원인지 하는 네 동생 놈을 잡아오너라!"

◀제6장▶

불문의 보물 탕마산(蕩魔鏟)

1

"관(棺)이 왔습니다! 관이 왔어요!"

하구현(夏口縣) 시전을 찾아 물건을 사던 사람들은 난데없는 외침에 깜짝 놀라 돌아보았다.

마차에 관을 가득 싣고 다니며 호객 행위를 하는 청년은 바로 용오랑이었다.

통상 겨울이면 초상이 잦아 바쁜 나날을 보내야 하는데 며칠 동안 향로 하나 팔지 못하자 그는 직접 판매를 위해 하구현까지 찾아 나선 것이었다. 그의 집에서 며칠을 보내던 주세창은 갑갑하다며 훌쩍 떠나 버린 상태였다.

용오랑은 사람들이 멀뚱하게 서서 자신을 바라보자 장례식 때 쓰는 요령까지 흔들어대며 외쳤다.

"어른 관, 애들 관, 할머니 관, 할아버지 관, 질 좋은 오동나무 관, 저렴한 버드나무 관 등 없는 게 없소이다!"

그는 마차로 다가서며 다소 관심을 보이는 중년인을 향해 넌지시 한 마디 건넸다.

"이왕이면 금슬 좋게 부부 관으로 맞추겠소?"

중년인은 움찔 물러서며 버럭 화를 냈다.

"이런 육시랄 놈 봤나? 아예 우리 집안을 몰살시키려고 작정을 했구나!"

그러자 상서롭지 못한 물건을 시전까지 와서 팔려 하는 용오랑을 못마땅하게 생각한 사람들도 하나둘 입을 열었다.

"이봐, 어서 꺼져!"

"세상에 관 팔러 다니는 놈이 다 있단 말인가? 초상이 나면 어련히 찾아가지 않을까 봐."

"당장 나가지 못해!"

사람들이 아우성을 치자 용오랑은 피식 실소를 지었다.

"모르는 말씀 마시오. 당신들은 노부모를 위해 집에 수의(壽衣)도 준비해 두지 않는단 말이오?"

누군가 말을 받았다.

"허엄, 수의야 자식 된 도리로써 당연히 준비해야 하지만 관까지 마련해 두란 말인가?"

"수의를 갖추는 것은 효도고 수재(壽材)를 준비하는 것은 불효란 말이오?"

"수재라니?"

용오랑은 사람들의 관심이 더 모아지자 느긋하게 대답했다.

"거참, 수재도 모른단 말이오? 노부모를 위해 수의를 준비하듯 관을 미리 마련해 두는 것을 수재라고 하는 것이오."

그럴듯한 변론을 늘어놓자 몇 사람이 앞으로 나섰다.

"그거 얘기가 되는군."

"하기는 수의와 수재만 있으면 갑작스레 상을 당해도 안심이 되지."

"우리도 이 참에 수재를 구입해 둘까?"

그러자 학자로 보이는 늙은 문사가 창노한 음성으로 외쳤다.

"이는 예법에도 없는 일이야. 집에 관을 준비해 놓다니 이게 말이나 될 법한 일인가?"

사람들은 노문사의 질책에 주춤주춤 물러섰다.

"왜 그러십니까, 노 대선생?"

노 대선생으로 불리는 노문사는 용오랑을 직시하며 엄한 표정을 지었다.

"나이도 어린 녀석이 은자를 탐해 어찌 사람들을 현혹시키려 한단 말이냐?"

"내가 뭘 잘못했다고 이러는 것이오?"

"자고로 집 안에 흉한 물건을 두는 일은 삼가는 법이다. 관을 준비한다는 건 늙은 부모님이 빨리 돌아가시기를 바라는 일인데 자식으로 이런 불효가 어디 있단 말이냐?"

그러자 용오랑이 코웃음을 치며 반박했다.

"그럼 왜 수의는 미리 준비해 둔단 말이오?"

"수의와 관은 엄연히 다르다. 수의는 의복의 한 가지이지만 관은 상을 당한 후에야 집 안에 들일 수 있는 물건이다. 이는 예법에도 어긋난다."

용오랑은 장사는 글렀다 싶어 냉담하게 말을 받았다.

"공맹(孔孟:공자와 맹자)의 말씀인가 본데 세상에 무엇은 되고 무엇은 안 된다는 절대적인 법은 없소. 수의를 받고 기뻐할 사람도 있지만 죽을 일이 두려워 눈물을 흘리는 사람도 있을 것이오. 반면 관을 받고 화를 낼 사람도 있겠지만 죽어서 편히 쉴 보금자리가 생겼다고 안도할 사람도 있을 것이오. 망자에게 있어 가장 소중한 물건은 수의보다 죽어서 편히 쉴 수 있는 관이오."

만만치 않은 반론에 노문사는 목소리를 높였다.

"이런 고얀 놈, 어찌 돼먹지 않은 요언(妖言)을 입에 담는단 말이냐?"

"내 말이 요언인지 아닌지는 노인장이 임종을 당했을 때 느끼게 될 것이오."

용오랑은 굳이 노인과 언쟁을 벌이고 싶지 않아 마차를 끄는 말에 채찍을 가했다.

"가자."

마차가 달려가자 용오랑은 홧김에 더욱 소리를 높였다.

"관 사시오! 관이 있소! 부부 관 맞추면 아기 관을 하나 덤으로 드리겠소!"

2

하구현 시전에서 쫓기듯 나선 용오랑은 맥 빠진 모습으로 무창으로 향했다.

그는 관 하나 팔지 못하고 돌아가게 되자 입맛이 썼다.

"젠장, 결정적인 순간에 노친네가 끼어들게 뭐람? 그놈의 공맹은 이천 년이 지나도 변하지 않나?"

그는 술을 한 모금 들이키며 쓰린 속을 달랬다.

한참을 투덜대던 그는 문득 죽음의 냄새를 감지하며 눈빛을 반짝였
다.

"가만……?"

과연 그의 육감은 틀리지 않았다. 관도에서 다소 떨어진 민가에서
애끓는 곡성이 들려오고 있었다.

그는 회심의 미소를 지었다.

"그래, 역시 죽으라는 법은 없군."

그는 서둘러 마차를 몰아 낙엽이 수북하게 깔린 작은 길로 들어섰
다.

금세라도 허물어질 것 같은 모옥이었다. 흙담은 여기저기 구멍이 뚫
려 있었고 지붕을 이은 이엉도 풀어져 폐가를 방불케 했다.

"으흑흑, 아버님, 소녀는 어찌 살라고 혼자 떠나신 것이옵니까?"

용오랑은 모옥을 둘러보고는 공연히 찾아왔다 싶었다.

'염병, 관 값은 고사하고 염습 대금이나 제대로 건질 수 있을지 모르
겠군.'

하지만 병든 자를 보고 그냥 지나가면 의원이 아니듯 초상집을 나
몰라라 한다면 장의사가 아니었다.

"안에 계시오?"

곡성이 잦아들더니 방문이 열리며 한 여인이 밖으로 모습을 드러냈다.

촌골의 처녀답게 수수한 용모였지만 어딘가 모르게 귀기스런 분위
기를 풍겼다. 헤진 소복을 걸친 그녀는 긴 머리를 풀어헤치고 있었다.

여인은 잠시 경계하는 표정을 짓더니 마차에 실린 관을 보고는 반색
을 했다.

"아, 이런 외진 곳에 장의사께서 와주시다니 뜻밖입니다."

“초상이 난 듯해서 왔소. 혹시 관이 필요치 않소?”

“흑흑… 망부를 위해 어찌 관이 필요치 않겠습니까? 하오나 형편이 어려워 관을 마련할 은자 한 푼 없습니다.”

용오랑은 입맛을 쩍 다셨다.

“뭐, 그럴 줄 알았소.”

여인은 죽은 아비를 위해 관 하나 마련할 수 없는 처지를 한탄하듯 털썩 주저앉으며 통곡을 했다.

“흑흑… 아버님, 입관도 못 시켜 드리는 이 불효 여식을 용서해 주십시오.”

잠시 그녀를 바라보던 용오랑은 신경질적으로 머리를 긁적거렸다.

‘썩을, 되는 일 하나 없네. 공연히 관 하나 적선하게 되었군.’

마차에서 내려선 그는 가장 싸구려 관 하나를 바닥에 탕 내려놓았다.

“거저 드릴 테니 입관이나 시켜 드리시오.”

여인은 눈물을 주르륵 흘리며 배례를 올렸다.

“흑, 감사하옵니다. 진정 감읍할 따름입니다, 은공.”

용오랑은 일진이 사납다 싶어 서둘러 마부석에 올랐다. 아무리 가난한 집 초상이라도 보리쌀 한 되는 챙겨오는 그였지만 여인의 형편으로 보아 좁쌀 한 되도 받아내기 어렵겠다 싶었다.

여인은 무릎을 꿇은 채 다시 고개를 조아렸다.

“은공, 관은 마련됐으나 저승 가실 변변한 옷 한 벌도 없습니다. 염치없지만 수의도 한 벌 부탁드립니다.”

용오랑은 어처구니가 없는 듯 여인을 내려다보았다.

“이보시오, 너무 지나친 요구 아니오?”

“흑흑… 부끄럽습니다, 은공. 하오나 망부를 그냥 묻는다면 소녀는 평생 죄인처럼 살게 될 것이옵니다."

"허어, 그것참."

용오랑은 어쩔 수 없는 듯 여벌로 지닌 수의 한 벌과 염할 약품이 담긴 바랑을 메고는 모옥 안으로 들어섰다.

세간이라고는 나무 궤짝 하나와 해진 무명 이불이 전부였다. 가난한 빈민가를 두루 다녀본 그였지만 이토록 찢어지게 가난한 집은 처음이었다.

용오랑은 나무 침상에 싸늘하게 누워 있는 시신 앞으로 다가섰다. 뼈만 앙상하게 남은 중년인은 오랜 병고 속에 죽었는지 몹시 고통스런 모습이었다.

용오랑은 고개를 절레절레 저었다.

"이런 모습으로는 자칫 원귀가 되고 말지."

그는 능숙한 손놀림으로 망자를 위해 염을 해주었다. 굳은 얼굴 근육을 펴주고 머리를 빗겨주었다. 순식간에 염을 마친 그는 수의를 입혀주고 염포로 친친 동여매 습까지 마쳤다.

그는 여인이 또 무슨 부탁을 할까 우려해 얼른 방을 나섰다.

"더는 요구하지 마시오."

그가 부리나케 마부석에 오르자 따라나선 여인은 그 앞에 털썩 무릎을 꿇었다.

"흑흑, 은공."

"또 뭐요?"

"소녀가 몸을 팔아서라도 은혜를 갚겠습니다. 이왕 염습까지 해주셨으니 입관과 장례까지 부탁드리겠습니다. 너무도 염치가 없어… 얼굴을 들 수가 없습니다."

용오랑은 치밀어 오르는 울화에 지그시 눈을 감았다.

'신령님, 부처님, 지금 제 인내를 시험하시는 것입니까?'

여인이 길을 막고 너무도 애절하게 청하자 용오랑도 모질게 그녀의 청을 뿌리칠 수가 없었다.

용오랑은 여인의 망부를 입관시킨 후 어깨에 둘러맸다. 밖으로 나선 그는 주변을 둘러보다가 비교적 양지바른 장소를 찾아 산기슭으로 갔다.

삽을 들고 땅을 팠지만 터를 잘못 잡았는지 잡석이 많았다. 힘겹게 땅을 파는 와중에 삽까지 분질러지고 말았다.

그는 삽을 팽개치며 신경질을 부렸다.

"젠장, 정말 되는 일이 없군."

여인은 급히 집으로 달려가 삽을 한 자루 가져왔다.

"집 안에 도구라고는 이것뿐입니다."

삽의 모양을 지녔지만 자루서부터 삽 머리까지 철제로 되어 제법 묵직했다. 삽자루 부위에 연꽃 모양의 문양이 새겨져 있고 삽 머리 부분에는 기이한 도형이 음각되어 있었다. 불가에서 흔히 쓰이는 방편산(方便鏟)과 같은 형상이었다.

하지만 형태만 삽이지 삽 머리 부위가 작아 땅을 파기에는 부적절했다.

"하기는 제대로 된 게 있을 리 있겠어?"

그는 방편산을 쥐고 땅을 팠다. 한데 놀랍게도 한 삽에 삼태기 하나 정도의 흙이 대번에 파 올려졌다.

"이것 봐라? 제법 쓸 만한데?"

묵직한 방편산을 몇 번 놀리는 사이 금세 관 하나가 들어갈 자리가 마련되었다. 좋은 삽은 장의사에게 있어 필수였다.

그는 방편산을 살피며 탐을 냈다.

"대단한 삽이군. 이 정도면 왕릉이라도 만들겠어."

그는 혼자서 하관을 한 후 지전을 태우고 향을 불살라 망자의 넋을 위로해 주었다. 간소하지만 예식을 모두 치러준 것이다.

여인은 작은 봉분 앞에서 배례를 올리며 자식으로서의 최소한의 도리를 했다는 안도감에 연신 감격의 눈물을 뿌렸다.

구리 돈 한 문 받지 못했지만 용오랑은 크게 적선했다 싶은 심정으로 마부석에 올랐다. 유쾌한 기분은 아니었지만 누군가에게 도움을 주었다는 사실에 마음은 편했다.

여인이 공손히 방편산을 건넸다.

"삽까지 망가뜨려 정말 송구합니다. 괜찮으시다면 이거라도 가져다 쓰십시오."

용오랑은 내심 탐내던 물건이라 사양치 않고 받았다.

"그럽시다. 나도 뭐 하나는 받아야 하니까."

여인은 그를 향해 정중히 절을 올렸다.

"소녀는 황약란(黃藥蘭)이라 하옵니다. 은공의 존함이라도 알고 싶습니다."

방편산을 끈으로 묶어 등에 멘 용오랑은 담담하게 응수했다.

"장의사 따위의 이름은 알아서 뭐 하겠소? 그냥 용 장의사로 알아두시오."

"너무도 큰 은혜를 받아 어떻게 갚아야 할지 모르겠습니다."

용오랑은 냉담하게 응수했다.

"말로만 때우지 말고 나중에 꼭 갚으시오. 세상 모든 것은 다 떼어먹을 수 있어도 관 값만은 떼먹을 수 없으니까. 난 무창 용문장의사의 용오랑이라는 사람이오."

황약란은 차분하게 말했다.

"망부의 사십구제만 마치면 기녀가 되어서라도 이 은혜를 꼭 갚겠습니다."

"그러거나 말거나."

용오랑은 말 엉덩이를 아프게 후려치고는 부리나케 모옥을 나섰다.

그는 야박한 인간은 아니었지만 의협심에 불타는 인정 많은 사람도 못 되었다. 관 하나만 적선했어도 충분할 일을 염습과 장례까지 치러 준 것이 자신 스스로도 이해가 되지 않았다.

"내가 귀신에 홀렸나? 나 용오랑이 그 정도 눈물에 넘어갈 사람이 아닌데?"

관도로 나선 그는 문득 염에 쓰이는 약품이 든 바랑을 놔두고 온 사실을 떠올렸다.

"내가 왜 이러는 거야? 밥줄까지 놔두고 오다니."

그는 다시 마차를 돌려 작은 길로 들어섰다. 한데 한참을 가도 잡초만 무성할 뿐 모옥은 보이지 않았다. 길을 잘못 들었나 싶어 여기저기 찾아보았지만 역시 모옥은 온데간데없었다.

그가 낙담하고 있을 때 망태를 멘 약초꾼이 산길을 따라 내려왔다. 용오랑은 다행이다 싶어 물었다.

"말씀 좀 묻겠소. 이 근처에 다 쓰러져 가는 모옥이 한 채 있지 않았소?"

"모옥이오?"

약초꾼은 고개를 갸웃거리다가 주춤 물러섰다.

"가만, 십수 년 전에 흉가로 변한 집이 한 채 있었는데 그것을 어찌 아시오?"

"흉가라니?"

"웬 부녀가 살았는데 아비가 오랜 병고로 죽자 그 딸도 목을 매 자결했다 들었소."

용오랑은 절로 등골이 서늘해졌다.

"딸도… 죽었단 말이오?"

"이후 근처에 원귀가 떠돈다는 소문도 있었소."

"혹시… 그 딸의 이름이 황약란이오?"

"딸의 이름은 모르겠소만 죽은 사람이 황씨임은 분명하오."

약초꾼은 용오랑을 살피다 두려운 표정을 지으며 황급히 달아났다.

용오랑은 너무도 무서운 생각에 온몸에 소름이 돋았다. 식은땀이 등줄기를 타고 주르륵 흘렀다. 잠시 자신이 꿈을 꾼 것이 아닌가 싶었지만 분명 꿈은 아니었다.

그는 황약란을 떠올리며 깊이 숨을 들이켰다.

"내, 내가 귀신을 만났단 말인가?"

3

초겨울의 석양은 유난히 붉고 스산했다.

용오랑은 연신 술을 들이키며 놀란 가슴을 달랬다. 어려서부터 무덤이 놀이터요 관이 보금자리인 그였지만 귀신을 직접 만났다는 사실에 혼란스러움을 금할 수 없었다.

약초꾼의 말이 사실이라면 그가 만난 황약란은 흉가의 귀신이 틀림

없었다.

"말도 안 돼. 대낮에 무슨 귀신이야? 아마 내가 길을 잘못 들었고 모옥과 비슷한 흉가가 있었음이 분명해. 만일 그녀가 원귀였다면 날 가만두었겠어, 저승에라도 끌고 갔겠지?"

그는 등에 멘 방편산을 매만져 보았다. 애써 부정했지만 귀신의 물건이라는 사실에 기분이 꺼림칙했다.

"그래도 버리기는 아깝잖아? 이렇게 잘 파지는 삽은 처음인데……."

그는 술기운이 얼근히 돌자 불길한 생각을 뇌리에서 지워 버렸다.

"그래, 귀신이면 어때? 세상에는 착한 귀신도 있다는데 좋은 일일 수도 있지."

생각을 고쳐 먹은 그는 본래의 성격으로 돌아왔다. 그가 장송곡을 흥얼흥얼 읊조리며 갈랫길을 막 지날 때였다.

수림 속에서 날아든 한 노승이 관이 실린 마차 위로 내려섰다. 노승은 급히 관 하나를 열고 안으로 들어가 스스로 관 뚜껑을 닫았다.

"어……?"

용오랑이 막 뭐라 소리치려는 순간 늙수그레한 음성이 그의 머리 속에서 울려 퍼졌다.

"이놈아, 단단히 보상할 테니 찰거머리 같은 땡중 놈들을 따돌려 다오."

혜광밀어(慧光密語)라는 불문의 상승절기였다. 이는 입도 벙긋하지 않은 채 마음으로 상대에게 자신의 의사를 전하는 최고의 전음술 중 하나였다.

무공을 모르는 용오랑으로서는 머리 속에서 음성이 울리자 놀라움을 금할 수 없었다.

'거참, 오늘 여러 가지로 날 놀라게 만드는군.'

잠시 후 장삼에 가사를 걸친 세 명의 승려가 수림 속에서 날아들었다. 나뭇잎을 밟고 뛰는데 잎사귀 하나 흔들리지 않았다. 관도로 내려선 그들은 네 갈래로 갈라진 길을 둘러보고는 난감한 표정을 지었다.

"아미타불, 겨우 배알했다 싶었는데 어디로 사라지셨단 말인가?"

황색 가사를 걸친 노승이 탄식을 하자 홍색 가사를 걸친 중년의 승려가 용오랑 쪽을 가리켰다.

"저 시주가 보았을 수도 있으니 물어보겠습니다."

"음, 그래라."

홍색 가사를 걸친 승려 둘이 용오랑의 앞으로 다가섰다.

"아미타불, 잠시 전 노스님께서 이리로 오셨는데 어디로 가셨는지 보았소?"

용오랑은 그들을 번갈아 보며 되물었다.

"불문의 스님들끼리 왜 쫓아다니는 거요?"

"우리는 소림 출신이오. 나쁜 의도는 아니니 보았으면 말씀해 주시오."

"아, 그 유명한 소림사 분들이시군?"

용오랑은 소문으로만 듣던 소림의 승려들을 직접 대하자 흥미로운 표정을 지었다.

"물론 보았소."

"어디로 가셨소?"

"말하고 싶지 않소."

"뭐, 뭐요?"

홍색 가사의 두 승려가 황당한 표정을 짓자 황색 가사를 두른 노승이 다가섰다. 오랜 세월 참선을 한 선승답게 눈빛이 아이처럼 맑고 깨끗했다.

"아미타불, 노납은 소림의 정(正) 자 항렬에 있는 원로로 정원(正元)이라 하네. 시주가 본 분은 노납의 사숙일세. 반드시 찾아뵙고 소림으로 모셔 가야 하니 어느 쪽으로 가셨는지 말해 주게나."

"보아하니 중대한 일 같은데 내가 사실대로 말해 주면 어떻게 보답하시겠소?"

"시주는 무엇을 원하는가?"

용오랑은 잠시 생각을 굴리다 싱긋 웃었다.

"이것도 인연인데 소림의 절기를 하나 가르쳐 주실 수 있겠소?"

홍색 가사의 승려가 안색을 굳히며 질책했다.

"어찌 그만한 일로 그리 무리한 요구를 하는 겐가?"

정원 대사는 손을 들어 승려의 말을 막고는 용오랑을 찬찬히 뜯어보았다.

"시주의 골상이 아주 특별하군. 한데 음습한 귀기(鬼氣)가 느껴지네."

"장의사가 다 그렇지 않소? 허구한 날 시신을 염습하다 보니 그럴 거요."

정원 대사는 그도 그렇겠다 싶어 고개를 끄덕였다.

"정 소림의 절기를 배우고 싶다면 속가제자가 되는 방법도 있네. 내 시주의 도움을 받아 대사숙을 찾게 된다면 속가제자로 받아들일 것을 고려해 보겠네."

용오랑은 손을 내저었다.

"그냥 해본 소리요. 소림의 제자까지 되어 무공을 배우고 싶지는 않소."

그는 서쪽 방향을 가리켰다.

"노스님은 저리로 가셨소."

정원 대사는 한 손을 가슴에 대며 합장을 했다.

"고맙네, 시주."

그가 앞서 초상비 신법으로 몸을 날리자 홍색 가사의 두 승려가 뒤를 따랐다. 몇 번 도약을 하는 사이에 세 승려는 능선 속으로 사라졌다.

"와아, 정말 대단하군."

이렇듯 걸출한 신법을 본 적이 없는 용오랑은 절로 탄성을 발했다.

그는 관 속에 숨어 있는 노승을 의식해 수림 사이로 마차를 몰고 갔다. 마차가 더 갈 수 없을 만큼 울창한 수림에 이르러 용오랑은 관을 두드렸다.

"이제 됐소."

한데 분명 노승이 들어 있어야 할 관에서 아무런 반응도 없었다.

"어라? 분명 이리로 숨었는데?"

관 뚜껑을 열자 태평스럽게 잠들어 있는 노승이 보였다. 용오랑은 실소를 지었다.

"나와 아버지 말고도 관 속에서 잠들 수 있는 사람이 또 있었군."

그는 갈 길이 급해 노승을 흔들어 깨웠다.

"스님, 쫓는 사람들은 멀리 갔으니 어서 일어나시오."

"음냐……."

노승은 입맛을 다시며 거슴츠레 눈을 떴다.

참으로 볼품없는 모습이었다. 코는 들창코에 눈은 짝눈인데다 얼굴색까지 거무튀튀해 탱화 속의 흉신악찰을 방불케 했다. 머리를 깎고 가사를 걸친 승려가 아니었다면 흑도의 마왕으로 보일 정도였다.

그는 길게 기지개를 켜며 관 속에서 일어나 앉았다.

"하암, 끈질긴 녀석들. 사흘 동안 줄곧 쫓아다니는 바람에 잠 한숨 제대로 못 잤어."

"스님은 소림에서 무슨 죄를 지었소?"

"쯧쯧, 어린 놈 말버릇이 형편없구나."

노승은 들창코를 벌름거리다가 용오랑의 허리춤에서 호로병을 낚아챘다.

"아이구, 술 맛을 본 지가 언제냐?"

그는 용오랑의 의사는 물어보지도 않고 벌컥벌컥 술을 들이켰다. 용오랑은 기이한 승려다 싶어 잠시 지켜보기로 했다.

노승은 빈 호로병을 돌려주고는 훌쩍 뛰어올랐다.

"잘 마셨다."

용오랑은 너무도 황당한 마음에 소리 높여 외쳤다.

"술값은 내고 가야 할 것 아니오!"

십 장 밖으로 날아간 노승의 모습이 연기처럼 사라졌다. 한데 그는 언제 몸을 날렸는가 싶게 다시 용오랑의 옆으로 유령처럼 솟아올랐다.

"아참, 그랬지? 그래, 뭘 원하느냐?"

용오랑은 그의 절묘한 신법이 경이롭기만 했다.

"방금 그 몸놀림 좀 배울 수 있겠소? 어떻게 그리도 빨리 움직일 수 있는 거요?"

"이놈아, 내가 비풍주공술(飛風走空術)을 수련하는 데 삼십 년이나 걸렸다. 너는 백 년을 수련해도……."

노승은 그를 질책하다 깜짝 놀라며 덥석 그의 어깨를 쥐었다.

"너 대체 무슨 일이 있었느냐?"

"왜 이러는 거요?"

"네 몸에 귀기가 감돌고 있다. 네가 본래 귀상(鬼相)이 아니거늘 어떻게 이런 일이 생길 수 있단 말이냐?"

용오랑은 정원 대사에 이어 노승마저 귀기를 운운하자 의아한 표정으로 물었다.

"혹 귀신을 만나면 그런 기운이 몸에 서리는 것이오?"

"사람의 세상과 귀신의 세상이 다른데 어떻게 만날 수 있겠느냐? 네가 죽거나 귀신이 환생해야 가능한 일이지."

"그렇다면 이것도 귀물(鬼物)이오?"

용오랑은 등에 멘 방편산을 풀어 노승에게 보여주었다.

"아니, 이것은?"

노승은 심각한 표정이 되어 방편산을 쥐고는 세심하게 살폈다.

그는 삽자루의 연꽃 문양을 어루만지고 삽 머리의 난해한 음각을 더듬으며 오랜 시간을 주시했다. 그러다 갑자기 방편산을 내려놓고는 엄숙한 모습으로 삼배를 올렸다.

"제자 무명(無名)이 삼가 태사조의 유품을 배알하옵니다."

"……?"

영문을 모르는 용오랑으로서는 묵묵히 지켜볼 수밖에 없었다. 다시 방편산을 공손히 치켜든 노승이 용오랑을 향해 물었다.

"네가 어떻게 이런 불문지보를 지닐 수 있었단 말이냐?"

"귀신이 주었소."

"귀신? 귀신이 어떻게 불문지보에 손을 댈 수 있단 말이냐? 터무니없는 소리 말고 바른대로 고하지 못할까?"

용오랑은 시큰둥하게 응수했다.

“삽 한 자루 갖고 왜 이러는 거요? 이건 그저 관 묻을 때 땅 파는 삽일 뿐이오.”

“뭐야? 태사조의 유품으로 땅을 파?”

노승이 버럭 화를 내자 용오랑은 그의 손에서 방편산을 뺏어 들었다.

“이건 내 물건이오. 내 물건을 갖고 땅을 파든 나무를 베든 무슨 상관이오?”

노승은 멀뚱하게 그를 응시하다 길게 탄식했다.

“허어, 그렇지. 네 물건이다. 어떤 경로로 네가 얻게 되었는지는 모르지만 불문의 보물이 네 손에 쥐어진 이상 네가 주인이다.”

“대체 이 삽의 내력이 뭔데 스님이 이렇듯 공경하는 거요?”

“내 판단이 틀리지 않는다면 그것은 탕마산(蕩魔鏟)이다.”

“탕마산?”

노승은 경건한 모습으로 대답해 주었다.

“소림의 창건 사존이신 달마 사조께서 구 년 면벽을 하실 때 사악한 마군(魔群)이 몰려들어 조사의 수행을 방해했다. 이에 조사께서는 두 자루 불문의 도구로 마군을 물리치셨는데 그것이 바로 항마저(降魔杵)와 탕마산이다. 네 손에 들린 방편산은 바로 전설의 탕마산이 틀림없다.”

용오랑은 방편산을 흔들어 보이며 강하게 반박했다.

“말도 안 되는 말씀 마시오. 불가의 전설에나 나오는 병기가 현실에 존재한단 말이오? 내가 보기에는 그냥 삽이오.”

“인연으로 네게 주어진 보물이니 나로서도 어쩔 수 없지만 제발 소중히 다뤄주기를 바라겠다.”

용오랑은 넌지시 물었다.

“그렇게 탐나는 물건이면 왜 날 죽이고 빼앗지 않는 거요?”

“널 죽이라고?”

“그렇소.”

“그래, 그런 방법이 있었구나.”

노승은 안색을 굳히며 그를 직시했다.

소림의 원로보다 배분이 높다면 그는 당대 최강의 불문 고수에 해당
된다. 그의 능력으로 용오랑 하나를 해치우는 것은 손가락 하나 까닥
하면 될 일일 것이다.

“허허헛!”

노승은 갑자기 웃음을 터뜨리며 마차에 걸터앉았다.

“배짱이 두둑한 녀석이군. 감히 나 풍진광불(風塵狂佛)을 시험하려
들다니.”

그의 별호를 들은 용오랑은 놀라움을 금할 수 없었다.

“스님이… 풍진광불이란 말이오?”

“무림인도 아닌 네가 날 안단 말이냐?”

“들은 적이 있소. 풍문에 의하면 강호에 도불쌍성(道佛雙聖)이라는
절세적 고수가 있다 들었소. 한 분은 살아 있는 부처님이요, 한 분은
신선이라 했소. 한데 스님이 정말 불성이라는 풍진광불이란 말이오?”

노승은 요란한 웃음을 터뜨렸다.

“푸하핫, 네가 보기에 내가 부처님 같으냐?”

“물론 아니오. 파계승이라면 모를까.”

“잘 보았다. 난 스스로 사문을 떠난 파계승이다. 강호인들은 내가
소림칠십이종 절예를 모두 터득했기에 그리 부를 뿐이다.”

참으로 놀라운 일이 아닐 수 없었다.

풍진광불은 백 년 내 가장 뛰어나다는 소림의 제자였다. 현 소림의

장문인이 그의 사질이니 불문 최고의 배분이기도 했다. 본래 소림의 장문인 직을 계승했어야 할 그가 스스로 소림을 떠난 일은 천하의 커다란 의혹 중 하나였다.

그는 자신의 법명마저 버리고 풍진광불이 되어 계율을 어겼다. 술을 마시고 고기를 즐기며 심지어 계집마저 탐했다. 그런 타락승의 행각에도 불구하고 강호인들은 그를 불성으로 추앙했다.

소림을 떠났지만 그는 여전히 악을 징계하고 사마의 무리들을 제압하는 백도의 의협이었기 때문이다.

소림의 제자들이 그를 찾아 소림으로 돌아오도록 설득하려는 것도 그의 파계가 의도적임을 알고 있어서였다. 물론 그 내막을 아는 사람은 소림에서도 극히 드물었다.

용오랑은 풍진광불을 물끄러미 응시하다 말을 바꾸었다.

"다시 보니까 부처님 같기도 하오. 스님의 몸에 서린 신위는 확실히 다른 것 같소."

"네 녀석이 입에 발린 소리를 하는 것으로 보아 내게 바라는 게 있나 보구나. 오냐, 네 도움을 받았으니 약속대로 보답을 하겠다."

용오랑은 절기를 배울 수 있다는 생각에 몹시 기쁜 표정을 지었다.

"빠르게 움직이는 비법 말이오?"

"인석아, 넌 내공이 없으니 경신술을 배워도 소용이 없어. 대신 달마삼식을 전수해 주겠다."

풍진광불이 손을 내밀자 용오랑은 탕마산을 건네주었다. 탕마산을 손에 쥔 풍진광불은 엄숙한 표정을 지으며 초식에 대해 설명해 주었다.

"소림에서 검식은 오직 달마삼식뿐이다. 하지만 소림의 제자들은 검을 사용하지 않아 달마삼식은 오랜 세월 사장돼 오다시피 했다. 난 소림을 떠나온 후 달마삼식을 연구해 보다 강력한 초식으로 변환시켰다. 인(仁)을 배제한 패(覇)에 역점을 두었지. 네가 높은 인연으로 탕마산을 얻었으니 이를 탕마삼식으로 명하겠다. 탕마산은 불문의 보물이니 공력이 없어도 탕마삼식을 전개하는 데는 별 무리 없을 것이다.”

“그 수법만 배우면 누구든 이길 수 있소?”

“네 몸과 탕마산을 지킬 수만 있으면 되는 일 아니냐?”

용오랑은 흔쾌하게 고개를 끄덕였다.

“하긴 그렇소. 날 괴롭히려는 놈만 패주면 되니까.”

“잘 보아라.”

풍진광불은 탕마산을 검처럼 휘두르며 초식을 전개했다.

“제일식 관음현신(觀音現身)!”

그는 용오랑이 무공의 초심자임을 감안해 아주 느릿한 동작으로 초식을 펼쳐 나갔다.

“제이식 탕마뇌적(蕩魔雷摘)!”

은은한 뇌성과 함께 번갯불이 번득이며 물방울처럼 비산되었다.

“제삼식 수미반천(須彌返天)!”

순간적으로 피어오르는 광휘에 주변의 야음이 씻은 듯 사라졌다.

풍진광불은 용오랑이 이해를 하지 못한 듯 고개를 갸우뚱거리자 재차 초식을 시전해 보이며 구결을 풀이해 주었다.

용오랑은 손을 움직여 그를 흉내 내다가 힘있게 고개를 끄덕였다.

“이제 좀 이해할 것 같소.”

풍진광불은 그제야 시범을 멈추며 탕마산을 건네주었다.

“무공절기는 오랜 시간 갈고닦는 게 중요하다. 단순한 수법도 노화순청의 경지에 이르면 천하의 절기가 될 수 있는 법이지.”

그는 잠시 용오랑을 응시하다 뒷짐을 지며 걸음을 옮겼다.

"넌 훌륭한 근골을 타고났지만 나이가 너무 들어 상승절기를 터득할 수는 없을 것이다. 네 상을 보니 앞으로 험난한 일을 겪게 될 것 같구나. 탕마삼식이 널 구할 수 있을지도 장담할 수 없다. 하지만 탕마산에 담긴 불력은 신비로워 널 지켜줄 수 있을 것이다. 소중히 간직하도록 해라."

용오랑은 그의 등을 향해 한마디 던졌다.

"술이라도 한잔하시겠소?"

풍진광불은 그를 돌아보며 소탈한 웃음을 지었다.

"하하핫, 재미있는 녀석이군. 너의 그런 성격이라면 어떤 고난도 이겨낼 수 있을 것이다."

그의 모습이 안개에 싸인 듯 점차 흐려졌다.

"우리의 인연이 아직 남은 듯하니 술 대접은 다음 기회에 받도록 하겠다."

말이 끝나기가 무섭게 그는 한줄기 금빛이 되어 피어올랐다. 금빛은 이내 밤하늘을 가로지르며 능선 너머로 사라졌다.

그가 사라지고 나서야 용오랑은 자신이 엄청난 기연을 입었음을 깨달았다. 당세의 기인인 풍진광불로부터 절기를 하사받게 될 줄은 꿈에도 생각지 못한 일이었다.

그는 탕마산을 가슴에 안으며 황약란을 떠올렸다.

"귀신이면 어때, 탕마산 덕분에 이런 복연을 얻게 되었는데?"

그는 눈알을 굴리며 의미심장한 미소를 지었다.

"훗, 탕마삼식만 잘 수련하면 세창과 함께 대형 사기극을 꾸미는 것도 어렵지 않겠어."

◀제7장▶
천하가 모두 적(敵)

1

용오랑이 무창성 용문장의사로 돌아온 것은 자시에 가까운 한밤중이었다.

아버지는 아직 돌아오지 않았는지 등 하나 밝혀져 있지 않은 장의사 주변은 어둡기만 했다. 마차를 앞마당에 세우고 가게 안으로 들어선 용오랑은 화섭자부터 밝혀 들었다.

일순 한줄기 바람이 날아들며 불꽃을 꺼뜨렸다.

"응……?"

안에 누군가가 있음을 감지한 용오랑은 주춤 물러서며 외쳤다.

"누구냐? 도둑이면 집을 잘못 찾았으니 어서 꺼져!"

그는 등에 멘 탕마산을 손에 쥐었다.

"어서 나오지 못해!"

그러자 늙수그레한 음성이 들려왔다.

“조용히 해라, 오랑.”

용오랑은 음성만으로 대번에 상대의 정체를 간파했다.

“철 아저씨?”

눈이 어둠에 익숙해지며 과연 철기점 주인 철왜군의 모습이 어렴풋이 보였다. 그는 심각한 표정으로 창밖을 살피고 있었다.

“철 아저씨, 대체 무슨 일입니까?”

용오랑이 나직이 묻자 철왜군은 관 위에 눕혀져 있는 그의 아버지를 가리켰다.

“이 술귀신을 데리고 어서 피해라.”

“무슨 일입니까?”

“오랑 네가 어떻게 복잡한 무림사에 연루되었는지는 모르지만 큰일이 벌어졌다. 남부북궁 모두가 널 잡기 위해 출동했다. 속히 피하지 않으면 너와 네 아버지 모두 무사하지 못할 것이다.”

“예에?”

용오랑은 빠르게 생각을 굴렸다. 자신이 무림계에 연루될 일은 강매 염밖에 없었다.

‘파천궁의 요녀가 대체 뭘 찾아낸 거지? 분명 완벽하게 속여넘겼는데? 그리고 천병부에서는 왜 날 잡으려는 거지? 그래, 철문 형님! 설마 철문 형님이 날 잡아 심문하겠다는 건가?’

그는 잔뜩 이맛살을 찌푸리다 철왜군을 직시했다.

“철 아저씨는 대체 누구입니까?”

“그게 무슨 소리냐?”

“파천궁과 천병부 같은 대문파에서 벌어진 일을 어떻게 철 아저씨가 앞서 파악할 수 있단 말입니까? 내가 아는 철 아저씨가 아니군요.”

철왜군은 답변을 회피했다.

"지금은 네게 설명할 시간이 없다. 네 아버지가 깨어나면 물어보거라."

그는 평소의 그답지 않은 날랜 걸음으로 나서며 마차에 실린 관을 하나만 빼고는 모두 바닥으로 내렸다.

"네 아버지는 수혈이 짚여 잠시 잠들어 있다. 두 시진 후면 깨어날 게야."

그는 용화군을 관 속에 집어넣고는 용오랑을 떠밀 듯 마부석에 앉혔다.

"머지않아 천사교(天邪敎)과 백독문(百毒門)까지 이번 사건에 뛰어들 것이다. 천하사패가 준동한다면 무림은 대혼란에 빠지게 된다. 부디 심산유곡에 은거해 이번 위기를 넘기거라."

그는 묵직한 은자 주머니를 용오랑의 허리춤에 걸어주었다.

"꼭 살아라. 살아만 있다면 다시 만날 수 있을 것이다."

"철 아저씨도 무림의 숨은 기인이십니까?"

"가라! 어서!"

철왜군이 말의 엉덩이를 세차게 때리자 말은 아픈 비명을 토하며 달렸다.

두두두!

용오랑은 달려가는 마차에서 고개를 돌리며 철왜군을 돌아다보았다. 어둠 속에서 손을 흔들고 있는 철왜군의 모습이 희미하게 보였다.

용오랑은 다시 못 만날 것 같은 생각에 가슴에 메어왔다.

"아저씨……."

2

새벽부터 들이닥친 아들의 방문에 손 대부인은 졸린 눈을 비비면서도 반갑게 맞이했다.

"이런 고얀 놈, 지난번에 찾아와서는 오랑만 몰래 만나고 그냥 갔다면서?"

손 대부인이 손철문을 포옹하려 하자 그는 한 걸음 물러서며 심각한 표정으로 물었다.

"오랑 부자가 어디로 떠났는지 어머님은 아시죠?"

"그게 무슨 뚱딴지 같은 소리냐?"

"용 아저씨와 오랑이 사라졌습니다. 게다가 철 아저씨까지 문을 닫고 어디론가 가버렸습니다."

손 대부인은 식은 차로 목을 축이고는 대수롭지 않게 응수했다.

"용 대가와 오랑 부자가 초상 때문에 가게를 비운 적이 어디 한두 번이냐? 망자 염습하러 갔겠지. 철 대가도 금철을 구하러 훌쩍 떠난 적이 이번이 처음은 아니고. 한데 네가 왜 이렇게 소란을 떠는 거냐?"

"초상 때문이 아닙니다. 근경 어디에도 용문장의사에 장례를 부탁한 집이 없습니다. 아마도 어머님과는 각별하니 어떤 언질을 남겼을 것입니다. 어디로 달아났는지 말씀해 주세요."

"철문아, 너?"

손 대부인은 비로소 사건의 심각성을 인식하고는 눈을 커다랗게 떴다.

손철문은 고개를 끄덕였다.

"어머님, 제가 천병부 총단에 소속된 비찰각의 추색영주(追索令主)

가 되었습니다. 서열 오십위 안에 드는 높은 자리입니다. 제 첫 번째 임무가 오랑을 잡아 총단으로 압송하는 일입니다. 부디 도와주십시오.”

손 대부인은 드물게 예리한 눈빛으로 아들을 직시했다.

“오랑이 무슨 죄를 지었느냐?”

“무림의 중대사에 관한 일이라 말씀을 드려도 어머님은 이해하지 못할 것입니다.”

“말해 봐. 이 어미도 듣는 귀가 있고 보는 눈이 있다.”

손철문은 어떻게든 단서를 찾아야 했기에 솔직하게 말했다.

“세상에 천외천이라는 곳이 있습니다. 모두가 오르고자 하는 전설적인 곳이죠. 그 열쇠를 천궁지시라 하는데 오랑이 그 천궁지시에 관한 단서를 갖고 있습니다.”

“하면 지난번 갑작스레 집으로 오겠다는 것도 어미 때문이 아니라 오랑을 만나기 위해서였구나?”

“그렇습니다. 얘기를 나누어보니 오랑이 단서를 쥐고 있음이 분명했습니다.”

“오랑은 네 형제와 같다. 네가 갑자기 추색영주라는 높은 지위에 오른 것도 네 형제를 팔았기 때문이구나. 이 짐승만도 못한 놈!”

손 대부인이 심하게 질책하며 안색을 굳히자 손철문은 한 걸음 다가서며 말했다.

“어머님, 오랑과는 피 한 방울 섞이지 않은 사이가 아닙니까? 어머님의 아들인 저의 출세와 광영이 걸린 일입니다. 제발 말씀해 주십시오.”

“나쁜 자식!”

손철문의 뺨에 선명한 손자국이 새겨졌다. 아들의 뺨을 때린 손 대부인은 벌떡 일어서며 차갑게 꾸짖었다.

"네가 어렸을 적 누구 때문에 역병을 치유하고 살아 있는 줄 아느냐? 네 동생인 아문이 진작 죽었어야 할 몸인데도 누구 때문에 여태 목숨을 부지하고 있는 줄 아느냐?"

"어머님……?"

"모두 용 대가 덕분이다. 그분은 세상이 알지 못하는 명의다. 화타나 편작을 능가하는 의술을 지닌 분이란 말이다. 용 대가나 오랑은 우리 집안의 은인이야. 오라비인 네 녀석이 부끄러워 상대도 하지 않는 백치 동생을 외롭지 않게 대해준 아이가 바로 오랑이다. 이 어미는 자식인 널 버릴지언정 절대 용 대가와 오랑은 저버릴 수 없다!"

손철문의 얼굴 근육이 파르르 떨렸다.

"어머님, 어떻게 자식인 저를……?"

"사람에게는 도리가 있는 법이다. 추악한 욕망 때문에 그 도리를 저버린다면 어찌 사람이라 할 수 있겠느냐?"

손철문은 상황이 안 좋다 싶어 급급히 변명했다. 일단은 모친의 노화를 달래는 것이 급선무였다.

"오해 마십시오. 지금 전 무림이 오랑을 쫓고 있습니다. 우리 천병부에서 보호하지 않으면 그들 부자는 죽게 됩니다. 제가 책임지고 오랑과 용 아저씨를 지키겠습니다. 제발 저를 믿고 말씀해 주십시오."

손 대부인은 설레설레 고개를 저었다.

"모른다. 그들 부자가 떠난 사실도 네 입을 통해 알았다."

"정말 모르십니까?"

"안다고 해도 말해 줄 수 없다. 넌 내 자식이 아니니까."

천병부주로부터 직접 하달받은 임무에 중대한 차질이 생기자 손철문은 털썩 무릎을 꿇었다.

"어머님, 왜 제 입장은 한번도 생각해 주시지 않는 겁니까? 제가 한낱 하급 무사로 남의 눈치나 보며 살기를 원하십니까? 이런 기회는 다시없습니다."

"나가라! 당장 내 집에서 나가!"

"말씀해 주십시오! 용오랑이 어디로 떠났는지 반드시 알아야 합니다!"

"이놈!"

손 대부인이 내던진 찻잔이 손철문의 머리에 부딪치며 산산이 부서졌다. 사금파리가 박힌 손철문의 이마에서 주르륵 피가 흘렀다. 그는 피를 닦을 생각도 하지 않고 차갑게 말했다.

"굳이 모자의 연을 끊겠다면 그리하십시오. 하지만 어머님은 결코 저를 버리지 못할 겁니다."

그가 몸을 일으켜 돌아서자 손 대부인은 무너지듯 털썩 주저앉았다. 그녀는 충격과 낙담을 이기지 못하고 전신을 부들부들 떨었다.

"천하의 나쁜 놈! 네 아비의 사악한 피는… 어쩔 수 없구나!"

"……?"

손철문은 흠칫 놀라 고개를 돌렸지만 작금의 상황이 너무 급해 자신의 내력을 캐물을 겨를이 없었다.

'사악한 피라니……? 아버지는 평범한 상인이 아니셨단 말인가?

의문을 품고 객잔을 나선 그는 다양한 병기로 무장한 스무 명의 천병친위대를 향해 영을 내렸다.

"놈이 만일 추격당하고 있다는 것을 알고 있다면 파천궁이나 본 부를 피해야 하기에 남쪽과 북쪽으로는 달아나지 않았을 것이다! 동쪽으로 달아나려면 복잡한 무창성 내를 지나야 하니 그도 아닐 것이다! 모두 서쪽으로 간다! 전 지부에 알려 놈의 행방을 수소문하고 총단에 고해 지원을 요청해라!"

"알겠습니다, 영주."

연락 담당 두 사람이 남쪽으로 달려가자 손철문은 천병친위대를 이끌고 서쪽으로 말 머리를 돌렸다.

두두두!

이층 처소에서 창문을 통해 내려다보던 손 대부인은 굵은 눈물을 주르륵 흘렸다.

"용 대가, 제발 무사하십시오. 오랑 너도 반드시 살아야 한다, 반드시."

3

용문장의사 깃발이 달린 마차는 무창성에서 서쪽으로 삼백 리 떨어진 천문(天門)에서 발견되었다. 말은 없고 마차의 짐칸에는 한 개의 관만이 덩그러니 놓여 있었다.

"쥐새끼 같은 놈!"

강매염이 일수를 내뻗자 관과 마차가 대번에 박살이 났다.

그녀는 파천칠살을 대동하고 용문장의사로 들이닥쳤지만 용오랑 부자는 이미 앞서 달아난 상태였다.

다행히 추적술과 경공에 능한 파천칠살이 주변을 탐문해 추적하면서 용케도 용오랑이 남긴 마차를 찾아냈다. 하지만 마차를 버리고 달아났다면 앞으로의 추적은 쉽지가 않은 일이었다.

더군다나 호북 땅은 파천궁과 팽팽히 맞서고 있는 천병부의 관할 지역이다. 천병부의 전 무사들마저 출동한 상황이라 그들의 운신은 자연히 제약을 받을 수밖에 없었다.

파천칠살의 수장인 냉혼살이 삭막한 음성으로 말했다.

"일단 궁으로 돌아가셔야겠소, 소궁주. 어떻게 냄새를 맡았는지 무림 전체가 천궁지시 때문에 발칵 뒤집혀 모든 이목이 집중되고 있소. 궁주께서 달리 하명을 내리실 것이오."

강매염은 새파란 독기를 뿜어냈다.

"그 천한 놈에게 속은 것도 부끄러운데 어떻게 빈손으로 돌아갈 수 있겠어요? 반드시 놈을 잡아갈 겁니다."

"심산유곡으로 숨어들었다면 놈을 찾는 건 불가능하오."

"그래도 찾아야 합니다. 천궁지시의 단서가 다른 세력의 손에 들어간다면 파천궁의 앞날은 보장할 수 없어요."

강매염은 선명한 아미를 잔뜩 찌푸렸다.

"한 가지 이해할 수 없는 건 어떻게 이토록 빨리 소문이 퍼질 수 있느냐는 점입니다. 천병부가 냄새를 맡았다 해도 기밀을 유지했을 텐데 말이에요."

"속하도 그 점이 의심스럽기는 하오."

이때 하나의 붉은 인영이 빠른 속도로 날아들었다. 파천칠살 중 경공이 가장 능한 혈영살(血影煞)이었다. 그는 내려서기 무섭게 작은 첩지를 내밀었다.

"궁주께서 보내신 비합전문이외다, 소궁주."

"아버님께서?"

강매염은 급히 첩지를 펼쳐 들었다.

파천궁 특유의 암호문으로 적혀 있기에 암호를 모르면 절대 해독할 수 없는 은밀한 전문이었다. 비합전문을 찬찬히 읽은 강매염은 조각조각 찢어 흔적을 없앴다.

"아버님께서는 이 사건에 대해 두 가지로 판단하셨습니다. 하나는 비밀스런 세력이 천하를 준동시키기 위해 천궁지시에 대한 소문을 일부러 유포시켰다는 점이고 다른 하나는 천궁지시가 세상에 나타난 것이 분명하다 하십니다. 모든 풍문과 정보를 분석한 결과 강호의 흐름이 호북과 사천의 접경지에 집중되고 있다니 속히 가봐야겠어요."

"소궁주, 사천 땅은 백독문의 관할 지역이오. 놈들의 독공은 정말 무섭소. 각별히 조심해야 할 것이오."

냉혼살이 우려를 표명하자 강매염은 붉은 입술을 꼭 깨물었다.

"알아요. 하지만 천궁지시는 반드시 우리 손에 들어와야 합니다. 그것은 절대적입니다."

4

호북과 사천의 접경지에 위치한 귀행산(鬼行山)은 대낮에도 귀신이 다닌다고 전해질 만큼 계곡이 깊고 험준했다.

손가락을 세운 듯한 뾰족한 바위 산들이 하늘을 찌를 듯 솟아 있고 깎아지른 절벽이 곳곳에 아가리를 벌리고 있어 한 발만 잘못 디뎌도 곧바로 저승행이었다. 계곡은 좁고 깊어 한낮에도 겨우 태양 빛이 들 정도였다.

"조금만 더 힘을 내세요, 아버지."

용오랑은 용화군의 손을 이끌며 마른 계곡을 따라 오르고 있었다. 그는 강인한 체력을 지니고 있었지만 그의 아버지는 그렇지가 못했다.

용화군은 숨을 헐떡거리며 끌려가다 힘에 부친 듯 바위 위에 털썩 주저앉았다.

"헉헉, 이놈아, 차라리 이 아비를 죽여라! 더는 못 가!"

"여태 잘 오셨잖아요. 조금만 더 깊이 들어가면 안전할 겁니다."

용오랑이 억지로 일으키려 하자 용화군은 그의 손을 탁 뿌리쳤다.

"나쁜 자식, 도대체 얼마나 큰 죄를 저질렀기에 그 많은 사람들이 널 쫓는단 말이냐?"

"말씀드렸잖아요. 세창과 더불어 몇 건의 사기를 친 게 전부라고요."

"아니야. 그런 죄라면 관병들이 쫓아와야 하는데 무림인들이 널 쫓고 있다면 다른 이유가 있기 때문이야."

용화군은 자신의 가슴을 탁탁 두드렸다.

"아이구, 미치겠네. 술을 마셔야 하는데… 사흘 동안 술 한 모금 입에 못 대 몸이 떨려 움직일 수가 없구나."

"이 참에 끊으세요."

"이놈아, 그 좋은 술을 왜 끊어? 어서 술을 구해오너라! 어서!"

"이런 심산유곡에서 어떻게 술을 구해옵니까? 거처를 정한 후 제가 과일을 따서 술을 빚어드릴 테니 그때까지만 참으세요."

용화군은 아예 벌렁 누워버렸다.

"아비는 못 간다. 너 혼자 재주껏 달아나라."

"어떻게 아버지를 혼자 내버려 두고 떠날 수 있겠어요?"

"죄를 지어도 네가 지었고 보물을 가졌어도 네가 가졌어. 이 아비가 왜 너 때문에 이런 고생을 해야 한단 말이냐?"

"죄송해요, 아버지. 하지만 날 쫓는 놈들은 아버지가 아무것도 모른다 해도 믿지 않을 겁니다. 어서 힘을 내세요."

용오랑이 사정을 했지만 용화군은 눈을 감으며 끙끙 앓는 소리를 냈다.

"애구애구, 자식 잘못 키워 이런 고생을 하다니, 그냥 염습이나 하고 관이나 묻으며 살지 왜 쓸데없는 일에 휘말린 거냐?"

"그럼 업히세요."

용오랑은 탕마산을 가슴 앞으로 돌려 메고는 용화군을 들쳐 업었다. 혼자 올라가기도 가파른 계곡이었지만 용오랑은 남다른 힘을 지녀 부친을 업고도 용케 계곡을 타고 오를 수 있었다.

용화군은 연신 그의 머리를 쥐어박으며 꾸짖었다.

"고얀 놈, 보물을 지녔다면 그냥 쥐버려라. 그 따위 것이 무슨 소용이 있단 말이냐?"

"보물 따위는 없어요."

"그럼 왜?"

용오랑은 화옥미와의 약조를 되새기며 단호하게 말했다.

"말씀드릴 수 없어요."

"뭐야? 하늘 같은 아비한테도 말을 못해?"

"저도 괴로워요. 그냥 그렇게만 아세요."

가파른 계곡은 능선으로 이어졌다.

두 부자는 높은 능선을 넘어 귀행산 깊이 들어설 수 있었다. 한데 이 깊은 산중에도 사람이 사는 듯 능선 중턱에서 한 줄기 연기가 모락모락 피어오르고 있었다.

용화군이 눈을 번쩍 떴다.

"민가다. 사람이 있다면 분명 술도 있을 거야."

며칠간 제대로 먹지 못한 용오랑도 반색을 했다. 추적자들을 어지간히 따돌렸다 생각되었고 심산유곡의 촌민이라면 안심할 수 있기 때문이었다.

"아버지, 사람을 만나도 절대 우리 신분을 밝히면 안 됩니다. 고향은 귀주고 섬서로 가는 길이라고 하세요. 서둘러 산을 넘다가 길을 잃은 겁니다."

"이놈아, 아비는 거짓말 못해."

"그럼 아무 말도 마세요. 제가 적당히 둘러댈 테니까."

용오랑은 푹푹 빠지는 낙엽을 헤치며 울창한 수림 사이를 지났다.

연기가 피어오르는 곳은 숯을 만드는 숯막이었다. 숯을 굽는 황토 가마는 보이지 않았지만 천막 주변으로 숯이 가득 쌓인 것으로 미루어 숯쟁이들의 임시 거처인 듯싶었다.

"계십니까?"

용오랑이 조심스럽게 불렀지만 안에서는 대답이 없었다. 코를 벌름거리던 용화군이 환호를 하며 용오랑의 등에서 내려섰다.

"술이다! 술이 있어!"

과연 술귀신답게 술에 대한 후각은 놀랍도록 밝은 그였다. 그는 대뜸 거적으로 만든 문을 밀치고 천막 안으로 들어섰다. 일어서면 머리가 닿을 만큼 낮은 천막 안에는 술 한 동이와 약재, 건량 등이 널려 있었다.

"오, 술아, 너 본 지 오래다!"

술 냄새에 환장을 한 용화군은 그대로 술독에 고개를 처박고는 벌컥

벌컥 들이켰다.

용오랑은 주인의 허락도 없이 들어온 것이 마음에 걸렸지만 수중의 두둑한 은자를 믿었다. 사정을 얘기하고 적당히 보상하면 해결될 일이다 싶었다.

그는 천막 안의 작은 돌 화덕에 장작을 던져 불을 지피고는 건량으로 배를 채웠다. 마른 떡과 건육이었지만 모처럼의 식사라 달고 맛있었다.

겨우 갈증을 해소한 용화군은 털썩 주저앉으며 즐거운 듯 흥얼거렸다.

"좋구나, 좋아. 술만 있으면 이리도 좋거늘."

용오랑은 그에게 건육을 건넸다.

"요기라도 하세요. 철 아저씨가 준 은자가 넉넉하니 후하게 갚으면 될 거예요."

"철가 놈이 다른 말은 하지 않더냐?"

"그냥 깊숙이 숨어 있으라고만 했어요."

"한심한 친구, 위험을 알려줬으면 숨을 곳도 마련해 줬어야지."

용화군은 얼굴에 흥건한 술을 소매로 닦으며 건육을 우물거렸다.

용오랑은 깨진 사발로 술을 한 대접 뜨며 물었다.

"아버지, 철 아저씨 정체가 대체 뭡니까? 무림인이 맞죠?"

용화군은 움찔했지만 대수롭지 않게 응수했다.

"왕년에 칼을 좀 휘둘렀지만 그만두었다."

"거짓말 마세요. 어떤 거대한 세력에 소속돼 있는 게 분명해요. 그렇지 않고서야 어떻게 파천궁과 천병부의 움직임을 알아낼 수 있었겠어요?"

용오랑이 술을 한 모금 들이키자 용화군은 사발을 뺏으며 자신이 마저 마셨다.

"끄윽, 네가 숨긴 비밀을 말해 보아라. 그러면 아비도 철가의 정체를 말해 주겠다."

"관두세요. 몰라도 되니까."

"오냐, 아비도 네 비밀 따위는 알고 싶지도 않다."

두 부자는 더는 얘기를 나누지 않고 술과 건량으로 배를 채우는 데 열중했다. 어지간히 술기운이 돌자 용화군은 화덕 옆에 웅크려 누우며 잠을 청했다.

"아이고, 이렇게 따뜻하게 자보기도 오랜만이군."

그는 이내 깊은 잠에 빠지며 코를 긁기 시작했다.

용오랑도 거적 위에 벌렁 드러누웠다. 며칠 동안 잠 한숨 제대로 자지 못하고 산속을 따라 이동했기에 몹시 고단했다. 눈을 감자 절로 잠이 쏟아졌다.

그는 잠결에도 소중한 보물인 탕마산을 가슴에 꼭 안았다.

5

백여 개의 덫을 설치해 놓은 사냥꾼은 느긋하게 기다리고 있었다. 그는 이런 일에 능했기에 그다지 초조해하지 않았다.

뛰어난 사냥꾼은 자신이 설치해 놓은 덫을 의심하지 않는다. 공연한 노파심 때문에 덫이 잘 설치되었나 살피려 했다가는 잔뜩 경계심을 지닌 사냥물을 놓칠 수 있기 때문이다.

오래된 사찰을 임시 거처로 삼은 그는 불단의 불상을 밀어내고는 적당히 손을 봐 편안히 기대앉을 의자로 만들었다.

청년은 안색이 다소 파리하고 눈빛이 음침했지만 제법 준수한 용모였다. 하지만 반듯한 용모와는 달리 그의 심성은 악독하기 짝이 없었으며 손속까지 독랄했다.

하기에 그에게 붙여진 별호가 삼독공자(三毒公子)였다. 독심(毒心)과 독수(毒手), 그리고 공포스런 독공(毒功)의 소유자란 의미였다.

백독문(百毒門)의 소문주이기도 한 삼독공자 독고준(獨孤俊)은 약간의 독을 탄 술을 홀짝였다.

독 중에서도 달콤한 독은 맛이 아주 훌륭하다. 그는 뛰어난 독인답게 소량의 독이 체내의 잠재력을 북돋워주고 원기 회복에 좋다는 것을 잘 알고 있기에 독주를 자주 복용했다.

그는 자신이 설치해 놓은 함정을 다시금 되새겼다.

'죽산(竹山)과 귀행산, 망량산 등 호북과 사천 경계지에 위치한 일곱 개 산중에 설치한 덫이 모두 백다섯 개. 산속 깊이 달아나는 놈들을 끌어내기 위해서는 경계심없이 끌어들일 수 있는 숲막이 적격이다. 사방의 추적자들을 피하려다 보니 굶주리고 고달프겠지. 특히 한 놈이 술귀신이라 했으니 술만 보면 환장할 것이다. 마비산을 탄 술을 마시면 전신 근육이 뻣뻣하게 굳어 더는 달아날 수가 없지.'

과연 그의 예상은 적중했다.

가벼운 인기척과 함께 가슴에 '독(毒)'이란 글자가 새겨진 흑의장한이 사찰 안으로 들어서며 보고를 올렸다.

"소문주, 귀행산에 설치된 칠십오호 숲막에 누군가 들어온 게 확실합니다."

"그래?"

"숯막 안에 설치해 둔 화덕에서 피어오르는 연기의 색깔이 바뀌었습니다."

"흐흐, 내가 생각해도 놀라운 수완이야. 화덕에 숯을 더하거나 장작을 넣으면 연기의 색깔이 바뀌어 삼십 리 밖에서도 알아볼 수 있지."

불단에서 내려선 그는 절뚝거리며 걸음을 옮겼다.

그는 선천적인 불구자는 아니었다. 그의 아버지가 그를 뛰어난 독인으로 키우기 위해 어렸을 적 독수에 담그었는데 너무 독성이 강해 발한쪽이 문드러진 것이었다.

그는 절름발이였지만 경공 조예는 결코 남에게 뒤지지 않았다. 다섯 개 산에 흩어져 있는 수하들에게 연막으로 신호를 보낸 그는 귀행산을 향해 몸을 날렸다.

한편, 깊은 잠에서 깨어난 용오랑은 모처럼 달게 잔 상쾌함에 젖어 기지개를 커다가 깜짝 놀라고 말았다. 그의 팔다리가 나무토막처럼 딱딱하게 굳어져 꼼짝도 할 수 없었던 것이다.

그는 힘겹게 고개를 돌려 부친을 보았다.

"아버지?"

용화군은 진작 깨어나 있었지만 역시 마비산에 중독돼 꼼짝도 못하고 있었다.

"오랑아, 이제 우리는 죽었다. 이 숯막은 함정이었다. 놈들은 술에 쇄혈갈마산(碎穴蝎麻酸)을 타두었던 거야."

"쇄혈갈마산이오? 아버지가 그런 걸 어떻게 아십니까?"

"그 따위 것은 중요치 않아."

용화군은 나직이 한숨을 쉬며 스르르 눈을 감았다.

“너만은 살아야 하는데……."

용오랑은 자신의 안위를 걱정해 주는 부친의 자상함에 가슴이 메어졌다.

따뜻한 말 한번 들은 적 없이 살아왔던 그가 아니던가. 게다가 부친의 표정은 몰라보게 달라져 있었다. 여태까지의 고주망태의 폐인이 아니라 진심으로 자식을 걱정하는 여느 아버지의 모습이었다.

“아버지, 걱정 마세요. 우리 부자는 반드시 살 수 있습니다.”

그는 이를 악물며 억지로 몸을 움직이려 애썼다.

일순, 목구멍에서 향긋한 향기가 피어오르며 팔다리의 마비가 조금씩 풀리기 시작했다. 그는 문득 영단을 씹어 화옥미에게 먹여주었던 일을 떠올렸다.

‘맞아. 그 영단의 향기야. 아주 소량이지만 내 침에 녹아 영단을 흡수하게 되었지. 봉황신단이라 했던가? 그 약효가 발휘되고 있는 거야.’

그가 몇 번 심호흡을 하자 팔다리에 점차 힘이 들어갔다. 일각이 지나지 않아 그는 마비에서 어느 정도 풀릴 수 있었다.

몸을 일으킨 그는 용화군에게 다가앉았다.

“아버지, 어떤 독인지 아신다면 해독도 할 수 있지 않으십니까?”

“오랑 네가 어떻게?”

용화군이 깜짝 놀라자 용오랑은 대수롭지 않게 대답했다.

“제가 원래 튼튼하잖아요? 게다가 술도 별로 마시지 않았고요.”

“그럴 리가 없는데? 반 잔을 마시든 열 잔을 마시든 쇄혈갈마산을 복용하게 되면 혈이 막혀 근육이 굳고 마는 법이거늘.”

“해독할 방법이나 알려주세요.”

용화군은 잠시 생각하더니 입을 열었다.

"약재가 없으니 자연적인 생약으로 해소하는 방법밖에 없다. 주변에 독버섯과 동면에 들어간 독사가 있을 게다. 그것을 잘 배합하면 해소할 수 있을 게다."

그는 식별할 수 있는 몇 가지 독버섯과 독사에 대해 말해 주었다.

용오랑은 아버지의 의술 지식에 크게 놀라워했다.

"아버지? 이제 보니 뛰어난 의원이셨군요?"

"의원은 무슨, 그저 귀동냥으로 들었을 뿐이다."

"아닙니다. 파천궁 요녀의 말대로 아버지는 뛰어난 의원이셨던 게 분명합니다. 요녀는 아버지가 만든 목제 향로를 보고는 장인(匠人)이 아니면 의원의 솜씨라 했습니다."

"……."

용화군은 묵묵히 그를 올려다보다 나름대로 결정을 내린 듯 심각한 표정을 지었다.

"오랑아, 아비의 한쪽 주머니를 살펴보아라. 봉해져 있으니 뜯어야 할 것이다."

용오랑은 부친의 말대로 장삼을 풀고 적삼 안쪽을 살폈다. 실로 꿰매진 작은 주머니에 딱딱한 물건이 들어 있었다. 실밥을 뜯고 물건을 꺼내 든 그는 숨이 턱 막혀왔다.

'앗, 이럴 수가?

작은 밤톨만한 옥구슬이었다. 따뜻한 기운을 발하는 온옥인데 옥 속에 '매(梅)'라는 글자가 새겨져 있었다. 화옥미가 자신에게 선물한 목걸이의 옥 장식과 똑같은 물건이었다.

"아버지, 이것은……?"

"네 어머니의 유일한 유품이다. 지금이 아니면 네게 말해 줄 기회가 없을 것 같구나."

용오랑은 둔기로 뒤통수를 맞은 듯한 충격에 젖었다.

"어머니? 어머니의 유품이라고요?"

"네 어머니의 이름은 매설향(梅雪香)이다. 그 정도는 알아야 제사를 지낼 때 위패에 새길 것 아니냐?"

"어머니는 대체 어떤 분이셨습니까? 아버지와는 어떻게 만나신 겁니까?"

용오랑이 떨리는 음성으로 물었지만 용화군은 더는 말해 주지 않았다.

"이미 죽어 구천에 갔거늘 더 알아 무엇 하겠느냐? 어서 약재나 구해오너라."

거적을 젖히고 천막을 나선 용오랑은 주체할 수 없는 충격과 격동에 전신을 부들부들 떨었다. 아버지 앞이라 애써 감정을 억제했지만 그는 머리 속이 웅웅 울리는 듯 혼란을 금할 수 없었다.

'어머니가… 내 어머니가 천부의 비화였단 말인가?'

그는 목에 건 화옥미의 목걸이를 꺼내 옥 장식을 살펴보았다.

옥 속에 새겨진 글씨를 제외하고는 똑같았다. 크기와 재질, 색깔이 전부 일치했다. 같은 옥돌에서 쪼개 갈아 만들지 않고서는 이렇게 같을 수 없었다.

그는 목걸이를 풀어 모친의 유품을 금줄에 꿰었다. 이제 목걸이에는 두 개의 옥 장식이 달리게 되었다.

목걸이를 옷 속에 잘 갈무리한 그는 뛰는 가슴을 진정시키며 생각을 정리해 보았다.

'아버지는 뛰어난 의원이셨고 어머니는 천부의 비화셨다. 내가 운명적으로 화옥미를 만났듯 두 분도 하늘의 인연으로 단나 맺어지신 거야.
천부… 그것이 대체 어떤 단체인지는 모르지만 이대에 걸쳐 인연을 맺
었다면 결코 우연일 수 없어.'

그는 가볍게 주먹을 쥐고는 빠르게 주변을 살폈다. 멀리서 새 울음
소리가 들려오고 불어오는 바람 소리에 나뭇잎이 으수수 떨어졌다.

'일단 약재를 구해 아버지의 마비를 해소해야 돼. 함정을 만든 놈들
이 돌아오기 전에 어서 떠나야 한다.'

한데 불행은 너무 빨리 찾아왔다. 하나의 흑영이 내려서기가 무섭게
지풍을 날려 그의 혈도를 제압했다.

"욱!"

용오랑이 석상처럼 굳어지자 절름발이청년이 그의 옆으로 다가섰
다. 삼독공자 독고준이었다.

"흐홋, 네놈이 바로 천궁지시의 단서를 쥐고 있다는 천한 놈이렷
다?"

이어 스무 명의 백독문 독인들이 내려서며 주변을 에워싸고 몇 명은
천막 안을 수색했다. 천막을 살핀 수하에게 보고를 받은 독고준은 회
심의 미소를 지으며 고개를 끄덕였다.

"틀림없어. 두 놈의 인상착의가 일치하니 제대로 사냥한 거다."

용오랑은 안색을 굳히며 반박했다.

"대체 무슨 소리를 하는 거요? 아버지와 난 섬서성 외가댁으로 가는
도중 길을 잃었을 뿐이오. 당신이 이 숯막의 주인이라면 음식 값은 변
상하겠소."

"교활한 놈, 그 따위 수작으로 날 속일 수 있을 것 같으냐? 난 백독
문의 소문주인 삼독공자다. 네놈이 무림인이 아니라도 백독문의 높은

명성은 익히 들었을 게다. 만일 네가 내가 찾는 놈이 아니라면 내 실수를 인정하고 손가락을 하나 자르겠다."

독고준은 음침한 미소를 흘리며 절뚝절뚝 다가섰다.

용오랑은 백독문이라는 이름에 모골이 송연해졌다. 동사서독 중 서독에 해당되는 백독문은 천하사패 가운데 가장 공포스럽다. 그들의 독공은 천하 누구도 죽일 수 있기 때문이었다.

'젠장, 대체 천외천이 뭐기에 파천궁, 천병부에 이어 백독문까지 뛰어들었단 말인가?

해독제를 복용한 용화군은 두 독인에 의해 질질 끌려 나와 용오랑 옆으로 팽개쳐졌다.

"아버지……."

마혈이 제압당한 용오랑은 꼼짝도 할 수 없어 눈알만 움직여 걱정스럽게 부친을 내려다보았다.

독고준은 두 부자를 번갈아 보다 고개를 갸웃거렸다.

"흐음, 신기한 일이군. 같이 술을 마셨을 텐데 아비 되는 놈은 쇄혈갈마산에 중독되었고 네놈은 어떻게 중독되지 않았느냐?"

용오랑은 굳이 해명하고 싶지 않았다.

"난 술을 마시지 않았다."

"음, 그럴 수도 있겠군."

독고준은 뒷짐을 진 채 절뚝절뚝 걸으며 수하 하나에게 지시했다.

"놈의 아비 되는 자의 팔을 하나 잘라라. 그리고도 날 속일 수 있나 보겠다."

"예, 소문주."

수하 하나가 용화군의 등을 발로 밟은 채 칼을 뽑아 들었다. 시퍼런

칼날이 서슴없이 용화군의 어깨를 향해 내리 꽂혔다.

용오랑은 눈을 부릅뜨며 외쳤다.

"멈춰!"

그러나 칼날은 그대로 용화군의 팔을 베어버렸다. 붉은 피가 튀며 팔 하나가 떨어져 나갔다.

"크윽!"

용화군은 심장이 터지는 듯한 고통 속에도 용케 비명을 참으며 신음을 흘렸다.

"아버지! 아버지!"

용오랑은 가슴이 찢기는 것만 같았다.

차라리 자신의 팔이 베어졌어야 옳았다. 자신으로 인해 아버지가 너무도 큰 고통을 당하자 부글부글 피가 끓었다. 할 수만 있다면 그들 모두를 탕마산으로 쳐 죽이고 싶었다.

독고준은 간특한 웃음을 흘렸다.

"흐흐훗, 어떠냐? 이래도 거짓을 고하겠느냐?"

용오랑은 이를 부드득 갈며 그를 쏘아보았다.

"사악한 새끼, 내 아버지는 아무것도 모르신다! 어서 풀어드려!"

"크훗, 네놈이 아직 뭘 모르는구나. 정작 사정해야 할 사람은 내가 아니라 너야."

독고준은 수하에게 다시 턱짓을 보냈다.

"팔 하나로는 부족한가 보군. 이번에는 목을 베라."

용오랑은 참담한 표정이 되어 외쳤다.

"그만둬! 말해 주겠다!"

어쩔 수 없는 굴복이었다. 자신의 목을 베겠다면 끝내 비밀을 지켰겠지만 아버지를 희생시킬 수는 없었다. 그의 마음속에 담긴 화옥미의 존재가 아무리 소중해도 아버지와 바꾼다는 것은 인륜에 위배되는 행위였다.

독고준은 득의의 웃음을 흘리며 떠벌렸다.

"흐흐흣, 파천궁의 요녀가 널 심문했다는 정보는 이미 입수했다. 요녀도 알아내지 못한 사실을 내가 알게 되었으니 삼독공자란 별호가 그냥 지어진 것이 아님을 세상은 다시 한 번 깨닫게 될 것이다. 독하지 않으면 장부가 아니듯 목적을 위해서는 수단과 방법을 가릴 필요가 없지."

용오랑은 강렬한 살기를 발하며 그를 직시했다.

"말 잘했다! 독하지 않으면 장부가 아니지! 내 아버지의 팔을 벤 죄로 너희 백독문 놈들을 모두 염해주겠다! 네놈들 피로 모두 염해주겠단 말이다!"

"흐흐흣, 재미있군. 정말 재미있어. 피로 염을 한다……. 나도 한번 생각해 봐야겠군."

독고준은 능글맞게 웃으며 용오랑의 앞으로 다가섰다. 그는 귀를 가까이 대며 음침하게 속삭였다.

"자, 말해 봐. 너희 부자의 목숨은 내가 책임지겠다."

용오랑은 마음속으로 화옥미에게 용서를 빌었다.

'미안하오, 옥미. 아버지를 지킬 수밖에 없소.'

그는 체념한 듯 힘없이 물었다.

"무엇을 알고 싶으냐?"

"천궁지시! 천외천의 열쇠가 필요해. 물론 네놈이 지녔다고는 생각지 않아. 하지만 세상천지가 발칵 뒤집힐 만큼 소문이 났다면 단서를 지녔음이 확실해."

"난 단지 천부의……."

용오랑이 모든 것을 털어놓으려는 순간 용화군의 준엄한 질책이 날아들었다.

"못난 놈, 아비한테까지 지킨 비밀이라면 끝까지 지켜야 하는 법이다! 무엇이 두렵다고 맹세를 어기려 하느냐?"

"아버지……?"

용화군은 한 팔로 옷가지를 찢어 어깨의 출혈을 감싸며 숨을 헐떡였다.

"오랑아, 우리 부자는 어차피 죽는다. 그렇다면 살기 위해 발버둥 치는 비참함까지 당할 필요는 없다. 의연하게 죽자. 구천에서 기다리고 있는 네 어머니를 만나는 것도 행복한 일이야. 한평생 네 어머니만 그리워하며 고통스럽게 살아왔는데… 이제 만날 수 있다 생각하니 오히려 가슴이 편하구나. 한 가지 안타까운 건 여태껏 아비로서 네게 아무 것도 해주지 못했다는 것이 후회스러울 뿐이다."

"크으, 아버지……."

용오랑은 감격에 젖어 주르륵 눈물을 흘렸다.

평생을 주정뱅이로 살아온 아버지의 존재가 이토록 높게 느껴지기는 처음이었다. 자신의 아버지에게 이렇듯 고고한 정신이 숨겨져 있는 줄 알았다면 보다 극진한 효성을 다했을 것이다.

그는 가슴이 저리도록 느낄 수 있었다.

그의 아버지는 세상을 막 살아온 천한 주정뱅이가 아니었다. 자신의 어머니에 대한 지극한 애정과 연모 때문에 평생을 괴로워하며 그저 술로써 슬픔을 달래왔던 것이다.

누군가를 이토록 사랑할 수 있다는 것은 아무나 할 수 있는 일이 아니다. 그의 아버지는 세상에 숨겨진 의인이며 은자(隱者)였다. 남들이 천시하는 장의사를 택한 것도 죽은 자를 사랑하는 후덕함을 지닌 때문이었다.

그는 아버지가 너무도 존경스러웠고 자랑스러웠다.

"아버지, 용서하십시오! 못난 자식을 용서하십시오!"

눈물이 뜨겁다. 아무리 의로운 맹세를 지킨다 해도 아버지를 죽이는 자식이 되었다는 사실에 비통함을 금할 수 없었다. 그것은 어떤 말로도 해명할 수 없는 세상에서 가장 큰 죄악이다.

독고준은 결정적인 순간에 비밀을 들을 수 없게 되자 쓴 입맛을 다셨다.

"젠장, 아비나 자식놈이나 여간내기가 아니군."

그는 수하들에게 지시했다.

"아비 되는 놈은 난도질 쳐 죽여라. 이놈은 본 문으로 끌고 간다. 백가지 독형을 가해서라도 반드시 실토하게 만들겠다."

"예, 소문주."

백독문의 독인 둘이 용화군을 질질 끌었다.

용화군은 이미 죽음을 각오한 듯 어깨를 감싼 채 지그시 눈을 감았다. 구차하게 목숨을 구걸하지도 않았고 죽음이 두려워 공포에 떨지도 않았다.

용오랑은 이를 악물며 독고준을 직시했다.

"사악한 놈, 내 원귀가 되어서라도 반드시 복수할 것이다."

독고준은 권태 어린 표정으로 심드렁하게 응수했다.

"크흐훗, 내 손에 죽은 놈들이 대부분 그런 소리를 하더군. 하지만 본 문의 독공은 귀신조차 두려워하지.”

그는 어서 해치우라는 듯 용화군에게 칼을 겨누고 있는 수하들에게 손짓을 했다.

쐐애액!

바닥에 쓰러져 있는 용화군을 향해 두 자루 칼이 번득였다.

백독문 독인들에게 있어 살인은 그저 피를 끓게 만드는 유희일 뿐이었다. 인성이 말살된 그들이기에 대항할 힘이 없는 나약한 자를 죽이는 데 있어서도 일말의 동점심조차 느끼지 않았다.

용오랑은 차마 부친의 참살을 볼 수가 없어 눈을 감았다. 움직일 수만 있다면 그의 몸을 던져서라도 막았을 것이다.

‘아버지!’

가슴속으로 외치는 그의 피 어린 절규에 하늘마저 붉게 물들었다.

퍼억!

둔탁한 폭음과 함께 몸이 쪼개지며 핏물이 솟았다. 비명도 없는 와중에 두 구의 시체가 쪼개진 채 바닥으로 쓰러졌다. 한데 놀랍게도 죽은 사람은 용화군이 아니라 두 명의 독인이었다.

“허억! 무형참인(無形斬刃)?”

기겁을 한 독고준은 급히 뒤로 물러서며 독탄을 내던졌다. 백독문의 독인들도 갑작스런 괴변에 놀라 수중의 독 암기를 마구 내던졌다.

펑! 펑!

맹독을 함유한 푸른 연기가 자욱하게 피어올랐다.

결정적인 순간에 두 독인을 참살하고 용화군을 안아 든 곱추노인은 바람 같은 신법을 펼쳐 용오랑의 뒷덜미까지 낚아챘다.

자욱한 독탄과 수백 발의 암기도 그를 저지할 수 없었다. 순식간에 두 사람을 구한 그는 나타났다 사라지는 기이한 은신술까지 펼치며 울창한 수림 속으로 뛰어들었다.

독고준은 바싹 긴장된 표정을 지었다.

"무형참인과 은환분영술(隱幻分影術)? 십야회(十夜會)의 특급살수다. 십야회까지 나섰을 줄이야!"

수림 안으로 내려선 곱추노인은 용화군의 어깨 부위의 혈도를 찍어 출혈을 막고는 금창약을 발라주었다.

"괜찮은가, 화군?"

용화군은 그를 올려다보며 공허한 웃음을 흘렸다.

"철가야, 왜 이제야 나타난 것이냐?"

곱추노인에 의해 제압된 마혈이 풀린 용오랑은 놀라움을 금할 수 없었다. 절체절명의 순간에 나타나 아버지와 자신을 구해준 존재는 놀랍게도 그도 잘 아는 사람이었다.

"철 아저씨?"

바로 철기점 주인 철왜군이었던 것이다.

제8장

절대마녀의 출현

1

펑! 펑! 펑!

귀행산 능선 위로 잇달아 폭죽이 피어올랐다.

폭죽은 강호인들이 동료에게 긴급한 신호를 알리는 수단이었다. 각 방파마다 신호를 알리는 폭죽의 불꽃과 색깔이 상이한데 이렇듯 여러 개의 폭죽이 동시에 터지기도 드문 일이었다.

그것은 귀행산을 중심으로 운집한 방파의 숫자가 폭죽의 다양한 색깔만큼 많다는 것을 의미했다.

팔이 베어진 부상은 워낙 중한 상처라 출혈을 각기가 쉽지 않았다. 철왜군이 점혈을 하고 약을 발라주었지만 과다한 출혈로 인해 용화군의 안색은 해쓱해졌다.

용오랑은 자신의 장삼 자락을 찢어 아버지의 부상 부위를 두텁게 감싸주었다.

"정신 차리세요, 아버지. 정신을 잃으면 안 됩니다."

용화군은 눈을 거슴츠레 떴다.

"괜찮다. 이 정도 피를 흘렸다고 죽지는 않아. 이 참에 몸도 가벼워지겠지."

용오랑은 비분에 차 외쳤다.

"그런 말씀 마세요! 아버지는 사셔야 합니다! 못난 자식 때문에 돌아가셔서는 안 됩니다!"

"아, 술을 한잔 마시고 싶군."

용화군은 나무 기둥에 기대앉고는 철왜군을 향해 침통하게 말했다.

"자네… 어쩌자고 이런 복잡한 일에 뛰어든 겐가? 엄격한 십야율법을 어겼으니 자네도 성치 못하겠군."

철왜군은 수림 주변으로 몰려드는 다양한 복장의 무림인들을 살피며 무거운 어조로 말을 받았다.

"이건 공무일세. 나도 회주의 명을 받아 자네 부자를 생포하러 온 거야."

"철 아저씨?"

용오랑이 눈을 커다랗게 뜨자 철왜군은 그에게로 천천히 돌아섰다.

"오랑, 난 십야회의 특급살수 중 하나인 철심쾌살(鐵心快殺)이다. 십 년 전 난 임무를 수행하던 중 중상을 입고 죽을 위기에 처했지. 그때 네 아버지를 만나 부상을 치유하는 바람에 목숨을 건질 수 있었다. 이후 네 아버지와 나는 친구가 되었다. 서로가 신분을 속이고 살아야 하기에 마음이 통하게 된 거란다."

용화군은 과다한 출혈로 인해 오한을 느낀 듯 몸을 부르르 떨었다.

"쿨럭쿨럭! 그, 그런 소리 마라, 철가야. 너야 신분을 속이고 살아야 하는 실수지만… 난 아니야.”

용오랑은 자신의 장삼을 벗어 부친의 몸을 덮어주었다.

“아버지, 조금만 참으세요. 철 아저씨의 무공이 뛰어나니 이곳을 벗어날 수 있을 겁니다.”

“못난 놈, 철가의 말을 못 들었느냐? 사적으로 우리를 도우러 온 것이 아니라 공무라고 했다. 우리는 꼼짝없이 잔혹한 살수 소굴로 끌려가게 됐어.”

말은 그리해도 용화군은 철왜군을 믿는 눈치였다. 만일 철왜군이 우정을 저버렸다면 그들을 피신시키지 않고 진작에 제압해 십야회 총단으로 압송했을 것이다.

용오랑은 다소 경계하는 눈빛으로 철왜군을 응시하며 물었다.

“아저씨, 한 가지 묻고 싶은 게 있습니다. 일전어 녹류장의 어린 귀공녀를 염하게 되었는데 급살이 아니라 자객의 칼에 찔려 죽었더군요. 그 일이 십야회와 연관이 있습니까?”

“……”

“아저씨 표정을 보니 무관하지는 않은 것 같군요. 십야회의 살수들이 그렇게 악랄한 살인자들입니까?”

“녹류장의 귀공녀는 내가 죽였다.”

“예에?”

용오랑은 자신의 귀를 의심했다. 이제야 철왜군의 신분을 알게 되었지만 그가 아는 철왜군은 누구보다 자상하고 인정 많은 사람이었던 것이다.

“청부를 받으면 누구든 죽여야 한다. 그것이 십야회의 철칙이지.”

너무도 냉막한 어조에 용오랑은 갑자기 철왜군이 너무도 두려워졌다. 그는 자신의 몸으로 부친을 가리며 주먹을 불끈 쥐었다.

"아무리 그렇다 해도 어떻게 연약한 소녀를 죽일 수 있단 말입니까?"

"살인을 청부한 사람은 귀공녀의 엄마다."

"뭐라고요?"

철왜군은 차갑게 대답했다.

"귀공녀가 천한 하인과 눈이 맞아 달아나려 하자 가문의 명예를 위해 살인을 청부한 것이다. 그런 위치에 있는 자들에게 자신을 지키려는 명예란 무엇보다 소중하니까."

용오랑은 맥이 탁 풀렸다. 너무도 혐오스러워 속이 매스꺼워졌다. 가문의 명예를 위해 자식을 죽이고 급살로 위장하려는 저들의 가식과 위선에 구토가 일었다.

"무섭군요, 정말 무서운 세상입니다."

용화군은 이미 삶을 체념한 듯 차분하게 말했다.

"왜군, 오랑이나 데리고 피하게나. 난 설향을 만나러 가야겠어."

용오랑은 한쪽 무릎을 꿇으며 부친의 손을 쥐었다.

"아버지와 함께 갈 수 없다면 저도 가지 않겠습니다."

"인석아, 이 아비는 죽는 게 아니라 네 어머니에게 가는 거다. 너도 그렇게 생각해라. 사람은 누구나 한 번은 죽는 법이다. 너도 이제 세상을 혼자 헤쳐 나갈 나이가 됐으니 이 아비는 마음을 놓겠다. 복수 따위는 꿈꾸지도 말고 원한도 잊어라. 먼 변방에 가서 장의사나 열어 살으려무나."

"갈 곳도 없습니다, 아버지."

용오랑은 부친과 나란히 앉으며 어깨에 팔을 둘렀다.

"어머니를 만나러 간다면 저도 같이 가겠습니다."

용화군은 고개를 저었다.

"이놈아, 네 어머니는 나만 불렀어. 너까지 데려갔다가는 경을 칠 거다. 이십 년 만의 상봉인데 네가 있으면 방해가 돼."

죽음을 죽음으로 생각지 않는 초연한 모습이었다. 그는 용오랑의 볼을 어루만지며 오히려 자식을 위로했다.

"왜군이라면 어떻게든 널 구할 수 있을 것이다. 십야회의 명을 받고 왔다 하지만 그는 아비의 친구다. 널 살수 소굴로 끌고 가지는 않을 게야."

그는 용오랑을 밀어내며 철왜군에게 말했다.

"왜군, 오랑만은 구해주게나. 내 마지막 부탁일세."

철왜군은 거대한 포위망을 형성한 채 조금씩 수림으로 다가서는 무림인들을 둘러보며 고개를 저었다.

"이렇듯 많은 강호인들이 한꺼번에 나타날 줄은 몰랐네. 탈출하기가 쉽지 않겠어."

그 순간 포위망 뒤에서 여덟 명이 치솟아 올랐다. 한 명의 여인과 일곱 명의 중년인이었다.

몸을 말아 빙글 회전하는 여인은 짧은 치마를 걸치고 있어 허연 허벅지와 속곳마저 그대로 드러났다. 그녀가 내려서자 여기저기서 외침이 들려왔다.

"천수요화다!"

"파천궁의 요녀가 직접 출동했다면 소문이 사실이겠군."

"천궁지시를 지닌 자를 보호해야 하오! 만일 파천궁이 천외천을 열게 되면 무림은 끝장이오!"

파천칠살를 대동한 강매염은 중인들을 쓸어보며 냉소를 쳤다.

"흥, 이번 사건은 본 궁이 먼저 알아낸 일이니 누구도 나설 수 없다! 이를 거역한다면 파천궁의 혹독한 보복을 받게 될 것이다!"

그러자 천병친위대를 거느린 손철문이 앞으로 나섰다. 과거였다면 천수요화라는 이름만으로도 사색이 되었겠지만 이제는 일백에 달하는 천병친위대를 대동했기에 두려울 게 없었다.

"난 천병부의 추색영주인 손철문이라 하오! 용오랑은 내 동생과 다름없는 사람이오! 더군다나 이곳은 천병부의 관할 지역이니 파천궁이 날뛸 상황이 아니오!"

독고준이 잠시 생각을 굴리다 수림 한쪽으로 물러섰다.

"강매염, 용씨 부자는 십야회 살수가 끌고 갔다. 비록 한 놈이지만 무서운 특급살수다. 흐흐훗, 과연 파천궁에서 제압할 능력이 있는지 모르겠군."

삼독공자다운 교활한 술책이었다.

그는 철왜군의 쾌잔한 살법을 보았기에 직접 상대하고 싶은 마음이 없었다.

은신에 능하고 쾌속한 살법을 지닌 십야회 살수들은 언제 어디서 살초를 날릴지 모른다. 차라리 강매염이나 파천칠살에게 맡긴 후 그들을 상대하는 편이 낫다 생각한 것이다.

강매염은 독고준을 쏘아보며 비릿한 웃음을 흘렸다.

"간교한 놈, 하찮은 독공 따위로는 십야회의 특급살수를 감당할 수 없다 싶은 것이냐?"

"내 말은 우리끼리 다투다 놈들이 달아난다면 닭 쫓던 개 지붕 쳐다

보는 격이 된다는 뜻이다. 한 번씩 돌아가면서 기회를 갖는 것이 어떻겠느냐?"

"괜찮은 생각이군. 순서는 당연히 우리 파천궁부터겠지?"

그는 천병부를 의식하며 힐끔 손철문 쪽을 보았다.

"추색영주라 했소? 천병부는 어찌할 거요?"

손철문은 잠시 생각을 굴리다 고개를 끄덕였다.

"좋소. 파천궁부터 나서보시오."

그는 장내에 운집한 사백여 강호인들 중 가장 많은 무사를 거느리고 있기에 여유가 있었다. 게다가 지부와 분타에 있는 천병전사들이 속속 보강될 상황이기에 시간이 지날수록 유리한 입장이었다. 서둘러 위험을 자초할 이유가 없었다.

삼패의 무리들이 작당을 하는 동안 강호인들은 묵묵히 지켜보기만 했다.

그들은 천궁지시의 소문을 듣고 찾아왔지만 막강한 삼패의 고수들이 출동한 상황이라 감히 나설 엄두를 내지 못하고 있었다. 일단은 사태의 추이를 지켜볼 수밖에 없었다.

강매염은 냉혼살에게 전음을 보냈다.

"냉혼 수좌는 쌍살을 대동하고 들어가 십야회의 살수를 죽이고 용오랑을 사로잡으세요. 놈을 제압하면 곧바로 궁으로 향하세요. 여기 있는 자들은 나와 사살이 막겠어요."

"알겠소, 소궁주."

냉혼살은 혈영살, 최명살을 대동하고 수림 속으로 뛰어들었다.

그들은 삼재진세를 유지하며 신속하게 움직였다. 그들 세 명의 무공이라면 십야회의 특급살수라도 충분히 상대할 자신이 있었다.

두려운 것은 살수 특유의 은신술이었다. 어둠 속의 화살을 피해내기란 쉽지 않은 법이기에 그들은 잔뜩 경각심을 높인 채 주변을 경계했다.

빽빽한 나무 기둥 사이로 용오랑이 보였다. 그는 탕마산을 손에 쥔 채 용화군을 막아서고 있었다.

냉혼살은 무호객잔에서 그를 본 적이 있었기에 한눈에 알 수 있었다. 문제는 십야회의 살수였다.

'어디에 숨어 있지?'

냉혼살은 안력을 돋우고 청력을 기울였지만 살수의 흔적을 찾아낼 수가 없었다.

'어쩔 수 없군. 모험을 하는 수밖에.'

그는 쌍살에게 눈짓을 보냈다. 그들은 오랜 세월 함께 행동해 온 동료라 간단한 신호만으로도 서로의 의도를 짐작할 수 있었다.

"차앗!"

냉혼살이 철척을 빼 들며 앞서 용오랑을 향해 날아들었다. 다른 둘은 그를 호위하듯 바싹 따라붙으며 기습에 대비했다.

순간 강풍이 몰아치며 바닥의 수북한 낙엽이 일제히 날아올랐다. 무수한 낙엽이 시야를 가리는 사이 한줄기 섬광이 냉혼살을 향해 날아들었다.

번쩍!

혈영살과 최명살이 급히 그를 엄호했다.

"혈영마비(血影魔匕)!"

"최명편(催冥鞭)!"

쌍살은 각기 비수와 채찍을 날리며 섬광을 후려쳤다.

요란한 폭음과 함께 낙엽이 물안개처럼 피어오르는 가운데 예리한 도광이 광선처럼 뻗어왔다.

"살!"

쐐애액―!

모든 변화를 배제한 철저한 살식이었다. 세 자루 병기가 교차하며 날카로운 금속성과 함께 두 가닥 신음이 흘러나왔다.

"허억!"

"크윽, 지독한 쾌도로군."

혈영살과 최명살은 가슴과 옆구리에 깊은 자상을 입은 채 뒤로 퉁겨졌다. 만일 단독 대결을 펼쳤다면 이미 그들의 목은 달아났을 것이다.

쌍살이 철왜군을 붙잡아두는 사이 냉혼살은 용오랑을 향해 날아들고 있었다. 굳이 십야회의 특급살수와 목숨을 건 사투를 벌일 이유가 없었다. 용오랑만 제압하면 되는 일이었다.

냉혼살이 바닥의 낙엽을 가르며 날아들자 용오랑은 짧게 숨을 들이키고는 탕마산을 힘껏 내려쳤다.

"관음현신!"

냉혼살은 그가 무공을 전혀 구사하지 못한다는 것을 알고 있기에 대수롭지 않게 생각했다. 게다가 그의 손에 쥐어진 병기는 하찮은 삽에 불과했다.

냉혼살은 상대하기도 귀찮은 듯 철척을 휘둘러 탕마산을 후려쳤다.

한데 탕마산이 예상치 못한 변화를 일으켰다. 은은한 범패 소리가 울려 퍼지며 주변의 빛이 차단되었다. 피어오르는 연꽃 문양의 예기가 일시에 쏟아져 내렸다.

"어엇?"

냉혼살은 등골이 오싹해졌다.

그는 용오랑이 휘두르는 탕마산에 담겨진 현기를 비로소 간파하며 철척에 혼신의 공력을 주입시켰다. 곧바로 탕마산과 철척이 충돌했다.

차아앙!

백년정강으로 수십 차례나 담금질을 한 냉혼철척이 대번에 베어졌다. 탕마산은 그 여세를 몰아 냉혼살의 머리를 강타했다.

"아아악!"

두개골이 깨진 냉혼살은 처절한 비명을 지르며 뒤로 퉁겨져 나갔다. 즉사하지는 않았지만 회복이 쉽지 않은 엄중한 상처를 입은 것이다.

그가 피를 흘리며 나동그라지자 혈영살과 최명살은 입을 딱 벌리고 말았다.

냉혼살은 파천궁 내에서도 서열 삼십위 안에 드는 절정급 고수다. 그런 그가 무공도 모르는 자의 삽에 병기까지 베어진 채 중상을 당했다는 것은 있을 수 없는 일이었다.

"대, 대체 누가?"

그들은 또 다른 숨은 고수가 있다 생각하곤 빠르게 주변을 살폈다.

철와군 역시 놀라움을 금치 못했고 용화군은 혼몽 속에서도 입이 헤벌어졌다.

"오, 오랑, 네가 언제 무공을 배웠느냐?"

강호의 절정급 고수인 냉혼살의 두개골을 깨뜨린 용오랑은 자신이 저질러 놓고도 믿을 수가 없었다.

그는 문득 풍진광불을 떠올렸다.

'아, 정말 기인이시군. 탕마삼식을 겨우 흉내 낼 정도였는데 이런 엄청난 위력을 발휘하다니……?

그러했다. 그가 냉혼살을 물리친 수법은 풍진광불이 전수해 준 탕마 삼식 중 제일식 관음현신이었다.

아직 정식으로 수련한 것은 아니지만 그는 풍진광불이 시전해 보인 동작을 줄곧 머리 속에 담고 있었다. 어쨌거나 부지불식간 펼쳐 낸 탕 마삼식의 위력은 상상을 초월하는 절기였다.

혈영살과 최명살은 위기감을 느끼며 급히 냉혼살을 들쳐 업고 수림 을 빠져나갔다. 숨어 있는 절세고수가 있다면 그들의 능력으로는 도저 히 감당할 수 없기 때문이었다.

철왜군은 용오랑의 옆으로 내려서며 안광을 빛냈다.

"어떻게 된 거냐, 오랑?"

용오랑은 탕마산을 어루만지며 자랑스럽게 대답했다.

"한 늙은 땡초를 만났을 뿐입니다. 잠시 숨겨주었더니 보답으로 한 가지 수법을 가르쳐 주었어요."

"늙은 땡초라니?"

"풍진광불이라 하더군요."

"오, 불성이시다! 네가 불성의 절기를 하사받았을 줄이야……!"

철왜군이 탄성을 발하자 용오랑은 탕마산을 붕붕 휘둘렀다.

"어때요? 이 정도면 어떤 놈과도 겨룰 만하지 않겠습니까?"

"과신하지 마라. 냉혼살은 방심을 하다 당했을 뿐이다. 절기란 하루 아침에 터득할 수 없을뿐더러 내공조차 지니지 않은 너로서는 제 위력 을 발휘하기 힘들다. 어쨌든 불연(佛緣)을 입었으니 네 앞날에 커다란 도움이 될 것이다."

한편 강매염은 머리가 깨지는 중상을 입고 실려온 냉혼살을 보며 기겁했다.

"대체 어떻게 된 거예요? 세 분이 나섰는데도 십야회의 살수 하나 감당하지 못했단 말입니까?"

"속하들도 영문을 모르겠소. 냉혼 수좌는 용오랑의 삽에 철척까지 베어지며 부상을 입고 말았소."

"말도 안 되는 소리 말아요. 놈은 무공을 전혀 구사할 줄 몰라요."

혈영살이 우려의 표정으로 대답했다.

"혹시 숨어 있는 기인이 도와준 것이 아닌가 싶소."

"젠장!"

강매염은 예상치 못한 낭패를 당하자 당혹감을 금치 못했다. 파천칠살 중 셋이 나서서 살수 하나를 감당하지 못하고 패퇴했으니 파천궁의 커다란 수치였다.

이제 관망하고 있는 강호인들을 위협할 힘까지 사라진 셈이다.

독고준은 간특한 웃음을 흘렸다.

"크흐흣, 과연 파천궁의 위력은 대단하군. 일 초 반 식의 무공도 모르는 놈에게 냉혼살의 머리통이 박살났으니 말이야."

그러자 포위망을 형성한 강호인들의 입에서 비아냥거리는 조소와 함께 웃음이 쏟아져 나왔다.

누구보다 용오랑을 잘 아는 손철문은 놀라움을 금할 수 없었다.

'이럴 수는 없다. 오랑이 제법 힘은 좋아도 냉혼살과 같은 절정고수를 쓰러뜨린다는 것은 말도 안 돼. 설마 저들의 말대로 은밀하게 그를 돕는 기인이 있단 말인가?

독고준은 파천궁의 패퇴를 조롱했지만 은근한 두려움을 느껴 손철문에게 기회를 넘겨주었다.

“추색영주, 이번에는 천병부에서 나서보시겠소?”

손철문은 흔쾌히 고개를 끄덕였다.

“좋소.”

그는 백 명에 달하는 천병전사들을 철석같이 믿었다. 수십 명이 죽더라도 용오랑을 제압할 수만 있다면 그의 공로는 높이 평가될 것이다.

한데 그가 막 천병부 전사들에게 출동을 지시할 때였다.

“악!”

“크아악!”

연이은 비명과 함께 십여 명의 강호인이 튕겨지며 포위망 일부가 수박처럼 갈라졌다.

“카하핫, 강호의 온갖 쓰레기들이 모여 있는 것으로 봐서 천궁지시가 있는 것은 확실한가 보군!”

“천외천은 우리 형제가 열 것이다! 방해하는 놈은 누구든 용서치 않겠다!”

강호인들을 마구 살해하며 장내로 들어선 두 사람은 흑과 백으로 뚜렷하게 대조되는 복장의 두 노인이었다.

검은 장삼의 노인은 먹물을 뒤집어쓴 듯 시커매 이목구비가 잘 구별되지 않을 정도였다. 흰 장삼의 노인은 깡마른 데다 백골처럼 희어 마치 시체가 서 있는 듯한 모습이었다.

“허억, 흑백쌍마(黑白雙魔)다!”

“맙소사, 전대의 마두까지 출현하다니!”

흑백쌍마로 불리는 두 노인은 무릎도 굽히지 않은 채 꼿꼿이 서서 수림 앞에 이르렀다.

강매염은 인상을 잔뜩 찡그렸다.

'더럽게 꼬이는군. 이 늙은이들이 아직까지 살아 있을 줄이야……'

흑백쌍마의 등장에 수림 밖의 상황을 주시하던 철왜군은 무거운 침음성을 발했다.

"오늘 이곳에서 빠져나가기는 틀린 것 같구나."

"무서운 노마들인가요?"

용오랑이 조심스런 표정으로 묻자 철왜군은 나뭇등걸에 걸터앉았다.

"강호에 모습을 감춘 지 삼십 년도 더 된 노마들이다. 흑마의 묵강(墨罡)과 백마의 현음강기는 무서운 절기이지. 사패의 수뇌급들이 아니면 감당할 수 없는 자들이다."

용오랑은 한 삽에 냉혼살과 같은 절정급 고수의 머리를 깨부수었기에 전대의 노마라도 별반 두려움이 느껴지지 않았다.

"어느 놈이든 들어오기만 하면 이 탕마산에 머리통이 뭉개질 겁니다."

흑백쌍마는 삼패의 무사들 따위는 안중에도 없는 듯 거들떠보지도 않고 수림 앞으로 다가섰다.

"천궁지시를 지닌 놈은 당장 나오너라! 곱게 상납한다면 책임지고 너희를 살려주겠다!"

백마는 가볍게 손가락을 퉁겼다. 그의 독문절학인 현음강기였다. 잇단 폭음과 함께 십여 그루의 아름드리 수목이 연이어 관통되었다. 관통된 부위가 순식간에 새하얗게 얼어붙었다.

용오랑은 비로소 세상에 이렇듯 가공할 절기가 존재한다는 것을 깨닫게 되었다.

철왜군은 혼수상태에 빠져 있는 용화군을 응시하다 칼을 뽑아 들었다.

"오랑, 천외천은 무서운 유혹을 지녀 모든 사람들을 광기에 빠뜨린다! 너희 부자는 이미 천궁지시에 연루됐다! 네가 천궁지시를 지녔다 해도 죽을 것이고 지니지 않았다 해도 죽을 것이다! 저들의 손에 잡혀 참혹하게 죽느니 차라리 내가 고통없이 죽여주겠다!"

"철 아저씨는 관심이 없습니까?"

"난 관심없다! 아니, 난 천외천 자체를 믿지 않는다! 그것은 그저 무림인들의 상상 속에 존재하는 신기루일 뿐이다!"

용오랑은 잠시 생각에 잠기다 결연한 표정을 지었다.

"아버지를 부탁합니다, 철 아저씨."

"오랑……?"

"아무 연관도 없는 아버지를 돌아가시게 할 수는 없어요. 모두 저 때문에 벌어진 일이니 제가 해결하겠습니다."

"어찌하겠다는 거냐?"

칠왜군이 앞을 막아서자 용오랑은 그의 어깨를 가만히 쥐었다.

"지켜만 보세요. 상황이 되면 아버지를 모시고 안전하게 피신하세요."

철왜군이 미심쩍은 표정을 짓자 용오랑은 자신있게 말했다.

"절 믿으세요. 탐욕에 미친놈들을 속이는 것쯤은 아무 일도 아닙니다."

그는 탕마산을 등에 메고는 수림 속을 걸어나갔다.

흑마는 묵강을 발출하려다가 용오랑이 밖으로 나서자 회심의 미소를 지으며 손을 내렸다.

"그래, 가루가 되어 죽고 싶지는 않겠지."

용오랑이 모습을 드러내자 삼패의 무리와 강호인들이 핏발을 세우며 우르르 몰려들었다.

흑마는 냅다 소매를 휘저었다.

"물러서라!"

허공으로 먹물처럼 시커먼 와선강기가 발출되며 어마어마한 소용돌이를 일으켰다.

콰아앙!

굉음이 터지며 십 장 밖으로 거대한 구덩이가 패였다. 그의 가공할 절기에 주눅이 든 중인들은 더 이상 다가서지 못하고 걸음을 멈추었다.

용오랑은 흑백쌍마의 앞으로 나서며 퉁명스럽게 물었다.

"당신들이 흑백쌍마요?"

전대의 두 노마는 너무도 당돌한 말투에 기가 막힌 듯 서로를 보다가 음산한 웃음을 흘렸다.

"크흐흐, 당장 네놈을 쳐 죽여야 하지만 천궁지시의 단서를 쥐었다니 목숨은 살려주겠다. 어서 내놔라."

"약속대로 나와 아버지의 목숨을 보장할 수 있소?"

"물론이다. 우리는 약속은 반드시 지킨다."

용오랑은 주변의 강호인들을 쓸어보았다.

"수백의 고수가 한꺼번에 덤벼들면 어쩌겠소?"

"모조리 죽인다."

백마는 삼패의 고수들과 강호인들을 쓸어보며 거만하게 외쳤다.

"죽고 싶은 놈이 있으면 앞으로 나서라!"

엄청난 내공이 실린 음공에 공력이 약한 몇몇이 귀를 틀어막으며 풀썩풀썩 쓰러졌다.

흑마가 득의에 찬 웃음을 흘렸다.

"보았느냐?"

"확실히 보았소. 당신들이라면 천궁지시를 가질 자격이 있소."

용오랑은 품속에서 작은 주머니를 꺼내 들며 강호인들을 향해 외쳤다.

"여기에 천궁지시가 숨겨진 지도가 있소! 이제 흑백쌍마가 주인이오! 나와 아버지는 괴롭히지 마시오!"

순간 중인들은 눈이 뒤집혔다. 고금 최강의 광세절학과 신병이 숨겨져 있는 천궁지시를 얻을 수 있다는 욕심에 죽음도 마다 않고 일제히 달려들었다.

"와아아!"

"천외천의 열쇠다!"

"흑백쌍마에게 넘겨줄 수는 없다!"

인간의 탐욕은 때로 죽음의 공포마저 넘어선다. 모든 것을 얻을 수 있다면 목숨을 건 도박도 서슴지 않는 게 인간이었다.

더군다나 탐욕을 가진 자들이 다수라면 군중 심리에 의해 그 힘은 배가된다. 누군가의 죽음으로 자신에게 기회가 주어질 수 있다는 막연한 기대 심리가 두려움마저 잊게 만들기 때문이다.

강매염과 독고준, 손철문 역시 눈에 불을 켜고 소속 무사들과 함께 몰려들었다.

전대의 두 마두는 일순 당황하고 말았다. 그들의 무공이 아무리 뛰어나도 사백에 달하는 무림고수 모두를 상대할 스는 없는 일이었다.

용오랑은 비단 주머니를 높이 쳐든 채 소리없는 웃음을 터뜨리고 있었다.

고작 은자 몇 냥이 든 주머니를 향해 벌 떼처럼 달려드는 강호인들이 너무도 하찮게 보였다. 그는 눈에 비친 강호인들이 버러지보다 천하게 느껴졌다. 그들의 탐욕이 역겨웠고 그들의 욕망이 불쌍했다.

그는 잠시 뒤에 벌어질 아수라장을 틈타 철왜군이 아버지를 모시고 피신해 주기를 고대했다. 자신은 탐욕에 눈이 먼 자들에 의해 참혹한 죽음을 당하게 되겠지만 두려움은 없었다.

오히려 통쾌했다. 세상을 뒤집어놓은 듯 가슴이 후련했다.

한데 이때였다.

하늘이 핏빛으로 물들며 간드러진 웃음소리가 귀행산 전체를 진동시켰다. 하늘 저편에서 하나의 붉은 광채가 유성처럼 날아들고 있었다. 초상승 경공인 육지비행술이었다.

"오호호, 모두 꼼짝 마!"

귀기스런 웃음소리에 강호인들은 피를 쏟고 나자빠졌다. 전대의 노마인 흑백쌍마조차 안색이 대변했다. 붉은 광채가 강호인들의 머리 위로 날아들자 누군가 외쳤다.

"허억, 혈혈마후(血血魔后)다!"

"어서 피해라!"

"대마녀가 나타났다!"

강호인들은 아우성을 치며 일제히 사방으로 흩어졌다. 그들의 탐욕마저 말살시킨 거대한 공포가 엄습해 온 것이다.

"훙, 꼼짝 말라고 했지?"

붉은 광채 속에서 실낱같은 광선이 연속적으로 발출되었다. 상승절

기인 탄지검(彈指劍)이었다.

피피핑!

수십 줄기의 탄지검이 폭사되자 달아나던 십여 명의 무림고수가 처절한 단말마와 함께 푹푹 쓰러졌다. 실로 무시무시한 살인 절기였다.

장내는 싸늘하게 얼어붙었고 모두가 석상처럼 굳어졌다. 달아나고 싶어도 달아날 수 없는 상황이었다.

"호호호, 그래. 얌전하게만 굴면 죽이지는 않겠다."

핏빛 광휘로 둘러싸인 인영이 깃털처럼 가볍게 바닥으로 내려섰다.

나른한 눈빛을 한 중년의 여인인데 옷과 피풍의가 온통 붉은색 일색이었다. 피부는 옥처럼 맑고 투명했고 역시 은은한 붉은빛을 띠고 있었다.

한 여인의 등장에 사백여 무림고수는 모두 공포에 사로잡혔다. 손가락 하나 까딱하지 못하고 숨도 크게 쉬지 못했다.

그녀가 바로 무림천하에서 가장 공포스런 존재 중 하나인 혈혈마후 진소교(陳小橋)였다.

겉보기에는 부드러운 중년의 미부였지만 한번 발작을 하면 세상을 피로 물들이곤 해 대마녀로 불렸다.

그녀는 전설의 공작혈란(孔雀血卵)을 복용해 금강지체에 버금가는 혈옥지체를 연성한 절세고수였다. 그녀의 혈옥수는 천하신병이 되었고 독공에도 당하지 않았다. 사패나 삼회의 지존들조차 두려워하는 존재가 바로 혈혈마후였다.

그녀는 철저히 혼자 행동했다. 명성을 탐하지도 않고 야망도 없었으며 친구도 없었다. 그저 바람처럼 떠돌다 기분이 상하면 살육을 저지르고 어떤 때는 상상도 못할 협행을 펼치기도 했다.

그녀가 그다지 음탕하지 않다는 것은 그나마 다행이었다. 만일 그녀가 마음만 먹는다면 천하의 숱한 청년 기협들이 그녀의 치마폭 아래 무릎을 꿇었을 것이다.

용오랑은 기가 막혔다. 흑백쌍마가 잠시 중인들을 제압했지만 그 위엄은 비교도 되지 않았다.

"……?"

놀랍게도 흑백쌍마는 어느새 사라지고 없었다. 그 등등한 위세에도 불구하고 감쪽같이 삼십육계 줄행랑을 친 것이다.

용오랑은 수백의 고수를 한마디 말로 제압한 진소교의 존재가 존경스럽기까지 했다.

'정말 굉장하군. 무림여제라도 되는 건가?'

진소교는 붉은빛이 감도는 머리카락을 귀 뒤로 쓸어 넘기며 주변을 둘러보았다.

"이것 봐라? 천리신청술(千里神聽術)로 들었을 때는 두 늙은 괴물이 있었는데?"

용오랑이 대신 대답했다.

"두 노마는 이미 사라졌소."

"그래?"

그녀는 가볍게 미간을 찌푸리며 귀를 기울였다.

"그렇군. 이미 십 리 밖으로 달아났어."

용오랑은 입을 다물지 못했다.

"십 리? 그것을 들을 수 있단 말이오?"

"그래. 가능한 일이다."

"당신이 천하제일고수요?"

"호호호!"

한바탕 웃음을 터뜨린 그녀는 물끄러미 그를 응시하며 흥미로운 표정을 지었다.

"희한한 녀석이군. 넌 내가 두렵지 않느냐?"

"내가 왜 마후를 두려워해야 하오?"

"그렇군. 네가 날 두려워해야 할 이유가 없지."

그녀는 수림 쪽으로 시선을 돌렸다.

"거기 두 놈도 나와라!"

용오랑이 얼른 수림 앞을 막아서며 양팔을 벌렸다.

"두 분은 놓아주시오."

"왜?"

"마후도 천궁지시 때문에 온 것이 아니오? 두 분의 안전을 보장한다면 천궁지시의 지도를 드리겠소."

진소교는 나른한 웃음을 흘렸다.

"호호호, 천외천의 열쇠? 난 그 따위 것은 믿지 않는다. 헛된 풍문일 뿐이지."

"그렇다면 여기는 왜 온 거요?"

"뭔가 재미있는 일이 있을까 싶어 왔지. 한데 시시한 놈들만 와서 별로 재미가 없어."

진소교는 오만한 미소를 지으며 주변을 쓸어보았다.

강매염과 독고준은 명색이 사패의 소지존들이다. 그들이 나서면 수백이 부복하고 수천 명이 길을 비켜선다. 한데 진소교는 그들을 발톱의 때만큼도 여기지 않았다. 그들은 수치와 모욕으로 벌겋게 상기됐지만 애써 울화를 씹어 삼켰다.

'혈혈마후, 언제고 네년도 아버님의 탈명비도에 심장이 뚫리게 될 것이다.'

강매염은 치욕을 참느라 전신을 부들부들 떨었다.

진소교는 용오랑의 손에 쥐어진 주머니를 가리켰다.

"네 손에 들린 게 천궁지시의 지도냐?"

"그렇소. 나와 아버지의 안전을 보장해 준다면……."

용오랑은 그만 말문이 막히고 말았다.

진소교가 가볍게 주먹을 쥐는 순간 어느새 자신의 손에 있던 주머니가 그녀의 손 안에 쥐어진 것이다. 경이적인 격공섭물의 절기였다.

강매염, 독고준, 손철문을 비롯한 강호인들은 천궁지시의 지도가 그녀의 손에 들어가자 나직한 비명을 발하며 한 걸음 다가섰다. 그러나 그녀가 한번 죽 둘러보자 그들은 다시 석상처럼 굳어지고 말았다.

물론 그들 모두가 목숨을 걸고 덤벼든다면 엄청난 혈전이 벌어질 것이다. 진소교의 무공이 아무리 뛰어나도 사백에 달하는 고수를 모두 죽일 수는 없는 일이었다.

하지만 자신의 목숨을 던질 각오로 선두에 나설 자는 아무도 없었다. 진정한 용기는 아무나 가질 수 있는 게 아니었다.

그녀가 주머니를 뒤집자 은자 몇 조각이 그녀의 손바닥 위로 떨어졌다.

용오랑이 굳게 입을 다물자 진소교는 나른한 웃음을 터뜨렸다.

"호호호, 이게 천궁지시의 지도냐?"

그녀가 주먹을 쥐자 은자가 뭉쳐지며 커다란 은환(銀丸)으로 바뀌었다. 그녀의 손가락에서 튕겨진 은환은 예리한 파공성과 함께 오십 장을 가로지르며 벼랑에 박혔다.

꽈르릉!

거대한 벼랑이 심하게 요동을 치며 산사태를 만난 듯 붕괴되었다.

용오랑은 연신 고개를 흔들었다.

그의 눈에 비친 진소교의 무공절기는 무공이 아니라 마술이며 선술이었다. 인간으로서 이렇듯 가공할 힘을 발휘한다는 것은 상상도 못할 일이었다.

강매염은 또 한 번 용오랑의 술수에 농락당했음을 깨닫고는 연신 씨근거렸다.

'찢어 죽일 놈! 날 또 속여?'

강호인들 역시 용오랑에 의해 감쪽같이 속았다는 사실에 분개했지만 한편으로는 깊이 안도했다. 성격을 종잡을 수 없는 대마녀의 손에 천궁지시가 들어갔다면 세상이 어떻게 될지는 누구도 예측할 수 없는 일이기 때문이다.

용오랑은 어느 정도 진소교의 성격을 파악했다.

세상이 두려워하는 마녀인 것은 분명했지만 인성이 말살된 잔혹한 살성은 아니다 싶었다. 천하인 모두가 탐내는 천궁지시조차 하찮게 여긴다는 건 욕심이 없다는 증거였다. 욕심이 없다면 악인은 아니다.

용오랑은 나름대로 생각을 굴리고는 빙그레 미소를 지었다.

"난 천궁지시의 지도를 지닌 적이 없소. 하지만 천외천의 열쇠는 확실히 갖고 있소."

"거짓말 마라. 천궁지시 따위는 없다."

"내가 지니지 않았다면 어떻게 세상 사람들이 모두 아는 그런 소문이 날 수 있겠소?"

용오랑이 워낙 진지한 표정을 짓자 진소교는 아이처럼 눈알을 굴리다 흔쾌히 고개를 끄덕였다.

"오냐, 네 아버지는 보내주겠다."

강매염이 대뜸 한마디 외쳤다.

"놈의 수작입니다, 마후! 속으면 안 됩니다!"

진소교는 돌아보지도 않고 손가락만 튕겼다.

"닥쳐!"

쐐애액―!

한줄기 탄지검이 광선처럼 뻗어 나갔다.

강매염은 눈앞이 아득해졌지만 이대로 죽을 수는 없는 일이었다. 그녀는 혼신의 공력을 운집해 강기를 발출했다. 파천궁주의 절기 중 하나인 무뢰파천강기(武賴破天罡氣)였다.

쾌아앙!

일진의 폭음과 함께 답답한 신음이 터져 나왔다.

"흐으윽!"

바닥으로 두 줄기 흔적이 길게 이어졌다. 두 발이 발목까지 빠진 채 이 장이나 밀려난 강매염은 진땀을 흘리며 가쁜 숨을 몰아쉬었다.

가까스로 탄지검을 막아냈지만 상당한 내상을 입고 말았다. 애써 피를 삼키려 했지만 한줄기 선혈이 하얀 턱을 타고 흘러내렸다.

힐끔 그녀를 돌아본 진소교는 나른한 미소를 머금었다.

"호홋, 음탕한 년이 제법이군. 넌 어떤 계집이냐?"

"천수요화 강매염입니다. 파천궁주께서 소녀의 아버님이십니다."

"그래, 네가 바로 파천궁주의 딸이더냐? 내 일 초를 받아냈으니 이번은 용서하겠다! 하지만 한 번 더 주둥이를 놀리면 네년을 발가벗겨 끌고 다닐 테니 그리 알아라!"

“…….”

강매엽은 가슴이 터지는 듯한 울분을 참아야 했다. 진소교의 가벼운 일 초를 막는 데에도 전력을 다해야 할 정도였기에 더는 대항할 엄두도 내지 못했다.

진소교는 강호인들을 쓸어보며 외쳤다.

“명심해! 어느 놈이든 손가락 하나 까딱하면 죽여 버리겠다!”

용오랑은 자신의 계책이 척척 맞아떨어지자 수림을 향해 외쳤다.

“철 아저씨, 어서 아버님을 모시고 피하세요!”

철왜군은 어쩔 수 없이 용화군을 들쳐 업었다. 축 늘어진 용화군은 몹시 위중한 상태였다. 철왜군은 일말의 도움도 줄 수 없는 부족함을 한탄하며 나직이 뇌까렸다.

“오랑, 반드시 살아야 한다.”

몇 번을 도약하자 두 사람의 모습은 수림을 빠져나와 이내 귀행산 계곡 아래로 사라져 갔다.

용오랑은 아버지가 무사히 포위망 밖으로 떠나게 되자 가슴이 편안해졌다. 자신 때문에 아무런 연관도 없는 아버지가 죽게 된다면 그는 죽어서도 눈을 감지 못할 것이다.

그는 아버지가 사라진 계곡을 바라보며 입술을 곱씹었다.

‘아버지, 부디 만수무강하십시오.’

간절히 기원한 그는 진소교에게 다가섰다.

“이곳에서 천궁지시를 보이면 모두가 미쳐 마후를 공격할 것이오. 날 데리고 조용한 곳으로 가시오. 그곳에서 주겠스.”

“날 농락하는 건 아니겠지?”

“물론이오. 마후가 천궁지시만 받고 그냥 떠난다면 분노한 저들이 날 살려주겠소? 나도 살아야겠기에 하는 말이오."

진소교는 수긍하는 듯 고개를 끄덕였다.

"맞아. 생각보다 용의주도한 녀석이군."

그녀의 모습이 스러지는가 싶자 어느새 용오랑은 그녀의 옆구리 사이에 끼어졌다. 그녀는 어기충소의 수법으로 깃털처럼 가볍게 숏아올랐다.

'젠장, 야단났군.'

손철문은 주먹을 불끈 쥐었다.

이대로 무기력하게 퇴각했다가는 어렵사리 차지한 추색영주의 자리마저 위태로워질 상황인 것이다. 상대가 아무리 무림의 대마녀인 혈혈마후라도 한 번쯤은 대항을 해야 천병부의 명예가 보존될 수 있을 것이다.

그는 천병전사들을 향해 외쳤다.

"천궁지시를 뺏길 수는 없다! 모두 마녀를 저지해라!"

다양한 병기로 무장한 천병전사들이 우르르 나서자 독고준도 독인들과 함께 진소교를 저지하기 위해 나섰다.

"마녀를 막아라!"

강매염도 휘하를 대동하고 몸을 날렸다.

"놓쳐서는 안 된다!"

삼패의 고수들이 움직이자 강호인들도 행동을 함께했다. 진소교의 위엄에 눌려 꼼짝도 못했던 치욕에 대한 보복 때문인지 그들의 공세는 지극히 사나웠다.

"와아아!"

"죽여라!"

"천궁지시는 우리 것이다!"

수천 개의 암기가 치솟고 수백 개의 병기가 허공을 향해 날아들었다.

허공을 딛고 선 진소교는 벌 떼처럼 달려드는 강호인들을 쓸어보고는 핏기 어린 미소를 머금었다.

"호호호, 재미있군. 감히 내게 덤빌 생각을 하다니……."

그녀는 오른손을 쳐들었다. 그녀의 혈옥수가 붉게 달아오르며 눈부신 발광체가 장심에서 피어올랐다.

"죽어랏!"

그녀가 발광체를 내던지자 중인들은 사색이 되어 머리를 싸매고 흩어졌다.

"허억! 피해라!"

"혈옥파멸강기다!"

진소교의 손에서 뻗어 나간 발광체는 급격히 확대되며 거대한 유성처럼 지상으로 내리 꽂혔다.

꽈꽝—!

엄청난 굉음과 함께 지축이 요동치며 귀행산 전체가 들썩였다. 아름드리 수목이 갈대처럼 꺾이고 거대한 암석이 조약돌처럼 폭발해 올랐다. 자욱한 흙먼지는 마치 화산이라도 터진 듯 흐뿌옇게 하늘을 뒤덮었다.

지상에는 무려 십 장 넓이의 거대한 분화구가 형성되었다. 무려 삼십 명에 달하는 고수들이 미처 피하지 못하고 고혼이 되었으며 부상자도 오십 명이나 되었다.

실로 가공할 마공절기가 아닐 수 없었다.

◀ 제9장 ▶

공포의 지중뇌(地中牢)

1

　　자욱한 운해(雲海) 속에 솟아 있는 절봉(絕峰)은 사면이 깎아지른 절벽으로 둘러져 있어 날개가 달린 새가 아니면 오를 수 없는 곳이었다. 한데 절해의 고도(孤島) 같은 이곳 절봉으로 한줄기 붉은 인영이 구름처럼 날아들었다.

　절봉의 평지 위로 내려선 진소교는 옆구리에 낀 옹오랑을 내팽개쳤다.

　"욱!"

　용오랑은 바닥을 몇 바퀴 구르다 몸을 일으켰다.

　진소교는 팔짱을 끼며 절봉 주변의 운해를 내려다보았다.

　"어떠냐? 누구의 방해도 받지 않는 곳이다. 천궁지시만 확인되면 널 안전한 곳으로 데려다 주겠다."

　용오랑은 등에 멘 탕마산을 풀어 쥐었다.

　"천궁지시가 어떤 보물인데 순순히 내줄 수 있겠소!"

"……?"

진소교는 물끄러미 그를 응시하다 눈을 가늘게 떴다.

"결국 네놈이 날 속였군."

"미안하오. 덕분에 아버지를 구할 수 있었으니 마후는 내 은인이오."

진소교는 심드렁하게 중얼거렸다.

"효성은 지극한 놈이로군."

"아버지는 아무 연관도 없는 분이시오. 못난 자식 때문에 팔까지 잃으셨으니 그것만으로도 이미 난 씻을 수 없는 죄를 지었소."

진소교는 시선을 들어 허공 높이 나는 새를 올려다보았다. 죽음을 예고하는 모습치고는 너무나 한가했다.

"어떻게 죽고 싶으냐?"

용오랑은 양손으로 탕마산을 쥔 채 의연하게 외쳤다.

"그냥 죽는 건 너무 허무하지 않겠소? 무림의 대마녀와 겨루다 죽는다면 여한이 없겠소."

"좋다. 내 앞에서 끝까지 기개를 잃지 않았으니 네 도전을 받아주겠다. 물론 내 옷자락 하나 스치지 못하겠지만."

"고맙소. 당신처럼 착한 여인을 마녀라 칭하다니 강호인들은 보는 눈이 너무 없는 것 같소."

용오랑은 탕마산을 힘차게 휘둘렀다.

"관음현신!"

탕마일식이 전개되자 은은한 범패 소리와 함께 연꽃 문양의 푸른 섬광이 피어올랐다.

하지만 진소교는 푸른 섬광에 베이고도 멀쩡했다. 워낙 신묘한 보법

으로 피했다가 다시 제자리로 돌아왔기에 베어진 듯한 착각일 뿐이었
다.

그녀는 그린 듯한 아미를 살포시 치켜 올렸다.

"위력은 형편없지만 상당한 절기로구나."

"두 초식만 더 받아보겠소?"

"귀찮다. 차라리 네가 목숨을 구걸한다면 살려주겠다."

용오랑은 눈을 커다랗게 뜨며 탕마산을 내렸다.

"날 살려준단 말이오?"

"대신 날 능멸한 죄로 널 노예로 삼겠다. 물론 무공도 가르쳐 주겠
다. 그리된다면 누구도 널 해치지 못할 것이다."

용오랑은 의아한 표정을 지으며 물었다.

"세상의 대마녀인 당신이 왜 내게 그런 후한 조건을 제시하는 거
요?"

"네놈을 노예로 부리면 심심하지는 않을 것 같구나. 너의 적당한 교
활함에 흥미가 생겼어."

용오랑은 잠시 진소교의 제안을 수용하고 싶은 유혹에 빠져들었다.

그녀는 절대악(絶對惡)이 아니었다. 그녀의 성격을 감안한다면 자신
을 노예로 부리는 일도 오래가지 않을 것 같았다. 잠시만 수모를 참으
면 살 수 있다. 또한 그녀의 신묘한 무공을 전수받을 수 있다면 일약
절세고수가 되어 천하를 활보할 수도 있을 것이다.

아버지의 팔을 벤 백독문을 징계하고 파천궁의 요녀를 혼내주는 일
도 가능할 것이다. 더불어 마음속 연인인 화옥미를 보호해 줄 수도 있
을 것이다.

그는 나약해지는 자신의 모습에 한심스럽다는 듯 웃음을 흘렸다.

"훗, 세상 어느 누가 죽고 싶겠소? 하지만 마녀의 노예로 살아야 한다니 내 자존심이 허락치 않소. 당신이 내 시녀가 된다면 모를까."

진소교는 한껏 배려한 제안이 거부되자 심기가 몹시 상했다.

"그럼 죽어라!"

"그러겠소."

용오랑은 결연한 표정을 지으며 힘차게 달려들었다. 어차피 각오한 죽음이다. 이제 와서 마녀의 노예가 되어서까지 살겠다는 것은 너무도 구차한 삶이다.

"탕마뇌적!"

그는 탕마이식을 전개하며 진소교와 정면으로 부딪쳤다. 순간 그녀의 신형이 연기처럼 꺼져 버렸다.

"가거라!"

퍼엉—!

등판을 강타하는 장력에 그의 몸은 실 끊어진 연처럼 튀어 올랐다. 절봉은 그다지 넓지 않아 그는 그대로 깎아지른 벼랑 아래로 곤두박질 쳤다.

진소교는 벼랑가에 서서 잠시 내려다보다 나른한 표정을 지었다.

"시시해. 너무 시시하군."

허공으로 훌쩍 솟구친 그녀는 한 덩이 구름이 되어 사라졌다.

용오랑은 본능적으로 튀어나오려는 비명을 애써 씹어 삼켰다. 죽을 때 죽더라도 비참한 모습은 보이고 싶지 않았다. 추락의 속도는 엄청나 칼바람 소리가 귀청을 베었다.

돌이켜 보면 무엇 하나 이루지 못한 평이한 삶이었다.

문득 죽음을 향한 추락 속에서 하나의 아름다운 영상이 눈앞으로 피어올랐다. 하얀 피부와 진주 알처럼 영롱한 눈망울, 꽃잎처럼 붉은 입술, 그리고 옥이 구르는 듯한 맑은 음성…….

용오랑은 그녀의 환영을 움켜쥐며 스스로 감격에 젖었다.

'옥미 당신을 만난 것이 내 삶의 전부였소.'

2

무창성의 장의사 용오랑의 이름은 순식간에 강호 전역에 퍼졌다. 전설의 천궁지시를 지녔으니 그가 유명세를 타는 것은 당연한 일이었다. 하지만 무림인도 아닌 그가 천궁지시를 지녔다는 것은 불행이었다.

혈혈마후 진소교에게 잡혀간 상황이라 모두들 그의 죽음을 기정사실로 여겼다.

이제 무림천하의 표적은 혈혈마후였다. 지금도 천하에 적수가 없는 대마녀가 천외천의 광세절학까지 얻게 된다면 천하는 멸절될 것이라는 우려가 모두의 공통된 생각이었다.

천하사패는 물론이고 삼회(三會)까지 나서서 혈혈마후의 행방을 찾는 데 전력을 기울였다. 그러나 귀행산에 나타나 한바탕 소동을 일으킨 혈혈마후의 존재는 연기처럼 사라져 찾을 수가 없었다.

천외천의 열쇠는 사라졌지만 한번 일기 시작한 천하의 파문은 쉽게 가라앉지 않았다. 십 년 이래 서로의 영역을 고수해 오던 사패가 마침내 패업을 향한 야망을 펼치기 시작한 것이다.

그러나 사패의 격돌은 대혈겁의 서막에 불과했다. 진정 두려운 것은 세상 깊이 숨겨진 어둠의 힘이었다.

3

거대한 지하 광장은 세상에 알려지지 않은 지하 광산이었다.

금과 철의 생산은 나라에 보고가 되고 관에서 이를 관장하지만 이곳 지하 광산은 외부와 철저하게 차단된 별개의 세상이었다.

광부들은 오랜 세월 빛을 보지 못해 하나같이 안색이 희었다. 기이하게도 광부들 중에는 승려와 도사도 섞여 있었고 돌 한 덩이 드는 데에도 힘겨워하는 노인도 더러 있었다.

얼굴에 검은 칠을 한 흑면장한이 광부들 사이를 다니며 연신 가시 돋친 채찍을 휘둘렀다.

"서둘러라! 지옥굴에 던져지고 싶지 않으면 어서 일해!"

금광석을 수레에 옮기던 노인이 채찍에 맞아 털썩 주저앉았다. 채찍을 맞은 부위에서 살점이 묻어 나오며 허름한 옷이 피에 흥건하게 젖었다.

흑면장한은 채찍 끝을 손에 감아쥐었다.

"죽고 싶으냐?"

"아, 아니외다, 옥사 나으리."

노인은 두려움에 젖어 애써 몸을 일으켰다. 금광석을 가슴에 안았지만 그의 쇠진한 기력으로는 들어 올릴 수가 없었다.

옥사라 불리는 흑면장한은 채찍을 휙 뻗어냈다.

"이런 쓸모없는 밥 버러지!"

채찍은 뱀처럼 뻗으며 노인의 목을 휘어감았다.

"커어억!"

숨통이 막힌 노인의 얼굴이 벌겋게 달아오르며 두 눈이 금세라도 튀어나올 듯 불거졌다.

주변의 광부들은 이 참담한 광경을 보면서도 누구 하나 나서지 않았다. 아니, 나설 수가 없는 것이다. 잔악한 흑면옥사에게 대항했다가는 참혹한 매질을 당한 후 끔찍한 지옥굴에 던져지기 대문이었다.

채찍에 감긴 노인은 전신을 부들부들 떨다 풀썩 쓰러졌다. 눈도 채 감지 못한 고통스런 모습은 보기에도 끔찍했다.

흑면장한은 채찍을 허리에 감으며 광부 둘에게 턱짓을 했다.

"지옥굴에 갖다 버려라!"

그는 바위 위로 올라서며 광부들을 향해 외쳤다.

"게으름을 피우는 놈은 누구라도 이렇게 될 것이다! 목표량을 맞출 때까지 하루 두 시진의 수면만 허락한다!"

제대로 먹지도 못한 상태에서 휴식 시간까지 줄어들자 광부들은 참담한 표정이 되어 곡괭이를 내리꽂고 삽질을 했다.

이런 상황은 거미줄처럼 펼쳐진 광산 곳곳에서 벌어지고 있었다.

광부 삼십 명을 관장하는 장한들은 흑면옥사(黑面獄士)로 불리는데 그들은 주어진 할당량을 맞추기 위해 살인적인 작업을 지시했다.

광부들이 죽으면 얼마든지 새로 충원되기에 일부러 광부들을 죽이는 잔혹한 흑면옥사들도 있었다. 새로 끌려 들어온 건장한 광부가 더 일을 잘하기 때문이었다.

세상과 단절된 이 지하 광산은 그야말로 현실 속에 존재하는 지옥이었다.

약재 창고의 허름한 나무 침상 위로 한 청년이 죽은 듯 누워 있다. 상당한 부상을 입은 듯 팔다리에 부목이 매어져 있었다.

뿌연 유등에 비춰진 청년이 한바탕 진저리를 일으켰다. 가쁜 숨을 연거푸 몰아쉰 그는 겨우 안정이 된 듯 길게 한숨을 내쉬었다. 힘겹게 눈을 뜬 청년은 심한 갈증에 목이 타는 것만 같았다.

"물… 물……."

마른 약재를 한 아름 안고 들어선 텁수룩한 수염의 노인이 밝은 안색을 지었다.

"오, 이제 깨어났구나."

그는 약재를 내려놓고는 귀가 깨진 사기그릇에 물을 담아 침상으로 다가섰다.

노인의 도움으로 물을 한 사발 들이킨 청년은 다소 생기가 도는 눈빛으로 주변을 둘러보았다.

"내가… 살아 있소?"

노인은 수건에 물을 묻혀 청년의 얼굴을 닦아주며 자상한 웃음을 지었다.

"정말 놀라운 체력이군. 내 평생 수천 명의 환자를 치료했지만 자네 같은 강골은 처음 보았네. 절봉 아래서 자네를 발견했을 때는 죽은 시체가 아닌가 싶었네. 하지만 전신 뼈가 탈골되고 여기저기 찰과상을 입었지만 용케도 숨은 붙어 있더군. 아마도 체내에 숨겨진 기이한 잠재력이 임독양맥을 지켜주었기에 자네가 살아날 수 있었던 것 같네."

청년은 잠시 눈을 감고는 추락의 상황을 떠올렸다.

대마녀의 가벼운 일장을 맞고 절봉 아래로 떨어지던 중 벼랑에 뿌리를 내리고 수평으로 자란 소나무들이 그의 몸을 떠받쳐 주었기에 분신쇄골의 참사는 면할 수 있었다.

그러다 가파른 벼랑을 타고 나뒹구는 바람에 충격을 이기지 못하고 정신을 잃게 되었다. 그것이 기억의 전부였다.

그는 바로 용오랑이었다. 죽음의 고비를 넘겨 기적적으로 목숨을 건진 것이다.

노인은 용오랑의 상처를 살피며 자신을 소개했다.

"노부는 약노(藥老)일세. 모두들 그렇게 부르니 자네도 약노로 칭하면 되네."

"나는 용… 그냥 소룡(小龍)으로 불러주시오."

소룡은 그의 어렸을 적 아명이었다. 천하무림이 그를 쫓고 있음을 감안해 일부러 본명을 숨겼다.

약노는 화덕으로 몸을 옮겨 약탕기에 약재를 넣었다.

"소룡이라 했나? 자네를 구했지만 오히려 날 원망할지도 모르겠어. 이곳은 너무도 무서운 곳이니까. 하지만 의원의 신분으로 죽어가는 사람을 차마 그냥 내버려 둘 수가 없었네."

"대체 이곳은 뭐 하는 곳이오?"

용오랑은 비교적 멀쩡한 오른팔을 움직여 왼팔의 부목을 풀었다. 관절이 상한 듯 시큰거렸지만 그런대로 움직일 정도는 되었다.

이때 문이 덜컥 열리며 흑면옥사가 들어섰다.

"약노, 광부 하나를 충원해야 하는데 놈은 아직 깨어나지 않았느냐?"

약노는 두려운 표정을 지으며 허리를 굽실거렸다.

"겨우 정신을 차렸소이다. 사나흘만 치료하면 걸을 수 있을 것 같소이다."

흑면옥사는 스스로 두 다리의 부목을 풀고 있는 용오랑을 보며 버럭 소리를 쳤다.

"전신 뼈가 부서진 놈이 제대로 일이나 하겠느냐?"

용오랑은 침상에 걸터앉으며 냉담하게 한마디 던졌다.

"당신이 죽으면 염은 확실히 해줄 수 있소."

"뭐, 뭐야?"

흑면옥사는 황당한 표정을 짓다가 성큼성큼 다가섰다.

"뭐라 했느냐, 이 후레새끼!"

그는 냅다 용오랑의 면상에 일격을 가했다. 순간 코피가 터지며 용오랑은 뒤로 퉁겨져 세차게 벽에 부딪쳤다.

"감히 나를 염하겠다고?"

약노가 흑면옥사의 소매를 부여잡으며 통사정을 했다.

"아이구, 옥사 나으리, 겨우 정신을 차렸을 뿐이라 아직 아무것도 모릅니다. 용서해 주십시오."

"놈이 마음에 들지 않아. 저런 놈은 때려죽여 지옥굴에 던져야 한다."

"고정하십시오, 옥사 나으리."

약노는 그의 주머니에 약병을 넣어주며 은근한 어조로 말했다.

"필요할 것 같아 조금 만들어보았소이다."

"이게 뭐냐?"

"화방(花房)에서 계집을 취할 때 복용하시면 효과가 좋을 것이외다."

그 말에 흑면옥사는 구미가 당기는 듯 입가를 혀로 핥으며 굳은 표정을 풀었다.

"그래……?"

그는 춘약이 든 약병을 손에 쥐며 물었다.

"효과는 확실하겠지?"

약노는 고개를 끄덕이며 나직하게 말했다.

"소문은 내지 마십시오. 다른 옥사들까지 요구한다면 이 늙은이가 곤란해집니다."

"알았다."

흑면옥사는 약병을 품속에 챙겨 넣고는 용오랑을 쏘아보았다.

"너 이놈, 약노 덕분에 산 줄 알아라. 고분고분하게 지내지 않으면 바로 지옥굴에 처넣을 것이다."

그는 오만하게 헛기침을 하고는 약재 창고를 나갔다.

약노는 겨우 안도의 숨을 내쉬고는 용오랑에게 다가섰다. 그는 물수건으로 용오랑의 얼굴에 묻은 피를 닦아주며 주의를 주었다.

"소룡 자네가 어떻게 살아왔는지는 모르지만 이곳에서는 절대 경거망동해서는 안 되네."

"대체 여기는 어디요?"

"거대한 지하 광산일세. 달리 지중뇌(地中牢)라고도 하지."

용오랑은 고개를 갸웃거렸다.

"지중뇌? 광산이면 광산일 뿐인데 왜 뇌옥이라 칭하는 것이오?"

"이곳 광부들은 대다수 무림에서 잡혀온 자들일세. 그들은 모두 잔혈이 찍혀 공력이 상실됐지. 과거 무림에서 명성을 떨치던 절정급 고수들도 이곳에서는 그저 노예처럼 살아가야 하네. 말이 좋아 광산이지 지옥보다 더한 감옥이네."

약노는 나직이 탄식을 하며 지중뇌에 대한 대략적인 상황을 설명해주었다.

"지중뇌 안에는 엄청난 금맥이 묻혀 있네. 이들은 나라의 허가도 받지 않고 사적으로 금을 캐고 있지. 광부들은 각기 조를 이뤄 작업을 하는데 목표량이 미달되면 혹독한 매질을 당하네. 광부들을 감시하는 자들이 자네가 본 흑면옥사들일세. 그야말로 지옥 사자 같은 놈들이지.”

“그놈들 위로는 누가 있소?”

“청면옥장(靑面獄長)이란 자들이 옥사들을 관리하지. 그들은 상당한 무공을 지닌 고수들이네. 그들 위로는 은면옥좌(銀面獄座)가 있고 최고 수뇌가 지중뇌주일세.”

용오랑은 주먹을 불끈 쥐었다.

“그놈들을 죄다 죽이면 나갈 수 있소?”

약노가 손을 모으며 사정했다.

“소룡, 제발 자중하게. 자네가 옥사들에 의해 혈도가 제압되지 않은 건 내공이 없기 때문일세. 자네 힘이 얼마나 좋은지 몰라도 뛰어난 무공을 지닌 저들을 상대한다는 건 계란으로 바위를 깨는 격일세.”

용오랑은 그의 충고를 기꺼이 받아들였다.

“알겠소. 약노가 구해준 목숨이니 소중히 다루겠소.”

그는 깊이 간직해 둔 물건을 찾기 위해 옷 속을 더듬다 깜짝 놀랐다. 옥 목걸이가 사라진 것이다.

“약노, 내 목걸이를 못 보았소?”

“중요한 물건인가?”

“두 개의 옥구슬이 달려 있소. 설마 놈들이 빼앗아 갔단 말이오?”

그가 몹시 분개하자 약노는 몸을 일으키며 나직한 웃음을 흘렸다.

“허허, 그렇게 소중한 물건이라니 몰래 보관해 두기를 잘했군.”

그는 약재를 분류해 놓은 약장의 서랍을 열었다. 마른 약재를 들춘 그는 두 개의 옥구슬이 달린 목걸이를 꺼내 들었다.

“고맙소. 정말 고맙소, 약노.”

용오랑이 목걸이를 손에 쥐며 감격해하자 약노는 이해할 수 없다는 듯 고개를 흔들었다.

“자네는 자신의 목숨을 구해준 일에는 사례도 하지 않더니 한낱 목걸이를 보관해 준 일에는 그리 감격해하는가?”

“내게는 목숨보다 소중한 물건이오. 하나는 어머니의 유일한 유품이고 다른 하나는… 사랑하는 여인의 신표요.”

“그렇다면 깊이 숨겨두게. 탐욕스런 옥사 놈들의 눈에 띄었다가는 강제로 뺏기고 말 테니.”

“알겠소.”

용오랑은 목걸이를 적삼 안쪽 주머니에 깊숙이 챙겨 넣었다. 그러다 문득 탕마산이 떠올랐다.

“혹시 내가 탕마산을 쥐고 있지 않았소?”

“탕마산? 아, 그 삽 말인가?”

약노는 수북한 덤불 더미 속에서 탕마산을 끄집어냈다. 용오랑은 탕마산을 소매로 닦으며 몹시 반가워했다.

“아, 다행히 잃어버리지 않았군.”

“단순한 삽 같지는 않더군. 불가의 방편산처럼 보이는데 탕마산이라 하는가?”

“그렇소. 고약한 놈들을 때려죽일 불문의 보물이오.”

약노는 힘있게 고개를 끄덕였다.

“역시 범상치 않은 보물이었군. 그 탕마산 덕분에 자네를 발견할 수 있었네. 내가 약재를 채집하기 위해 산중을 헤매던 중 어디서 불문의 범패(梵唄) 소리가 들려오지 뭔가? 근경에 암자 하나 없는데 웬 범패 소리인가 싶어 찾게 되었지. 한데 자네 옆으로 탕마산이 꽂혀 있었네. 내가 다가서자 탕마산에서 흘러나오던 범패 소리가 겨우 멈추더군.”

용오랑은 너무도 신기한 이야기에 감탄을 금할 수 없었다. 그는 탕마산을 소중하게 끌어안았다.

“탕마산이 범패 소리를 발해 날 구하다니… 정말 전설적인 보물이 확실한 것 같군.”

“그런 신기한 보물을 어떻게 얻었는가?”

“귀신이 주었소.”

“귀, 귀신?”

약노가 놀라 눈을 커다랗게 뜨자 용오랑은 피식 실소를 지었다.

“나도 그녀가 귀신인지 아닌지는 확실히 모르겠소. 하지만 귀신이면 어떻소? 이곳에 있는 흑면옥사 같은 악적들보다 훨씬 착하니 말이오.”

4

약노의 배려 덕분으로 용오랑은 충분히 상세를 회복한 후에야 십칠호(十七號) 광구에 배속되었다.

신참이 들어왔지만 광부들은 그에게 일별도 주지 않았다. 그들은 오랜 세월 노예처럼 금광석을 캐며 살아왔기에 인성이 거의 메말라 있었다.

그들은 대부분 체념 속에서 하루하루를 살아가고 있었다. 겨우 작업량을 끝내면 비좁은 토굴 속에서 버러지처럼 웅크린 채 고단한 몸을 쉬게 하는 것이 전부였다.

굳이 곡괭이로 돌을 찍지 않아도 탕마산이 한 삽씩 떠질 때마다 금 광석이 굴러 나왔다. 광부들은 비로소 용오랑에게 관심을 보였고 그 덕분에 작업이 조금은 편해져 허리를 펴며 휴식을 취하기도 했다.

용오랑은 탕마산으로 금광석을 찍어내면서도 빠르게 주변 상황을 살폈다.

그의 목표는 당연히 탈출이었다. 평생 노예가 되어 광석이나 캐면서 살아간다는 것은 있을 수 없는 일이었다.

물론 새로 끌려온 모든 광부들은 처음엔 모두 그런 생각을 한다. 하지만 그들의 탈출에 대한 의지는 한 달도 못 돼 꺾이고 만다. 철저한 통제와 통로 곳곳을 차단한 견고한 철문은 절대 탈출을 허락치 않기 때문이었다.

약노의 말에 의하면 지중뇌가 창건된 지는 대략 십수 년 전이라고 한다. 그동안 강제로 끌려와 광부로 살다 죽어간 사람만도 천 명이 넘으며 물론 탈출한 광부는 전무하다고 한다.

지중뇌에는 작업을 위해 오백여 명 정도의 광부들이 유지되고 있었으며 이들을 관리하는 지중뇌의 무사들은 백 명 정도였다. 흑면옥사와 청면옥장들이 모습을 드러낼 뿐 은면옥좌의 수뇌들은 어쩌다 한번 작업장을 둘러보는 정도였다.

잠깐의 휴식이 주어지자 용오랑은 광구에서 나와 돌 더미 위에 걸터앉았다.

'아버님은 어찌 되셨을까? 팔이 베어진 출혈이 워낙 심해 목숨을 구하셨는지 걱정이군.'

그는 아버지 용화군을 떠올리며 골똘히 생각에 잠겼다.

'철 아저씨가 모시고 갔으니 무사히 탈출하셨을 거야. 하지면 철 아

저씨가 십야회의 살수라는 점이 마음에 걸리는군.'

자신의 손으로 염습을 한 녹류장의 어린 귀공녀를 떠올리자 그는 다소 불안한 마음을 금할 수 없었다.

철왜군을 믿고 싶었지만 그가 잔혹한 살수라는 사실에 마음이 꺼림칙했다. 아버지가 자칫 십야회의 총단에 구금될 수도 있는 일이었기 때문이다.

이때였다. 누군가 그의 손에 쥔 탕마산을 덥석 쥐었다.

"……?"

용오랑 번쩍 고개를 쳐들었다.

아주 커다란 덩치의 장한이었다. 가슴에 털이 부숭부숭하고 한쪽 뺨에 깊은 칼자국이 새겨져 있었다.

그는 손에 쥔 탕마산을 살피며 탐욕의 빛을 발했다.

"흐흐, 제법 쓸 만하군. 단단한 금광석을 손쉽게 파낼 정도면 보통삽은 아니겠어."

용오랑은 천천히 몸을 일으켜 그와 마주 섰다. 체격으로 비교하면 거한의 가슴에도 미치지 못할 정도로 거한은 체격이 좋았다.

"내놔."

거한은 가소롭다는 듯 그를 굽어보았다.

"건방진 새끼, 신참이면 당연히 신고를 해야 하는 것 아니냐?"

"네가 뭔데?"

"난 석공조(石工組) 조장이시다."

거한은 자신의 가슴을 탁 치며 한껏 위세를 부렸다.

용오랑은 코웃음을 치며 그의 손에 들린 탕마산을 탁 뺏어 들었다.

"그게 그토록 대단한 위치냐?"

용오랑이 전혀 위축되지 않고 맞서자 주변의 광부들이 조용히 만류했다.

"이보게, 어서 용서를 빌게."

"석공조 조장에게 맞서 성한 사람이 없었네."

"살고 싶으면 그 삽이라도 진상하게나."

광부들을 감독하던 흑면옥사들은 팔짱을 낀 채 느긋하게 지켜보고 있었다. 간혹 광부들끼리 벌이는 다툼은 무료함을 달래줄 좋은 구경거리였다.

그들은 광부들 중 일부를 자신들의 수족으로 부려 적당한 패거리를 형성했다.

어느 세상이든 상부에 잘 보여 자신의 영달을 꾀하기 위해 동료들을 혹사시키는 자들이 있으며 거한도 그런 부류 중 하나였다. 새로 영입된 광부가 동료들의 관심을 받게 되면 자신의 위치가 위태로워지기에 미리 시비를 건 것이다.

용오랑은 탕마산을 어깨에 걸치며 주변의 광부들에게 말했다.

"용서를 빌어야 할 사람은 저자요. 남의 물건에 함부로 손을 대는 건 도리가 아니지."

석공조 조장은 냅다 주먹을 날렸다.

"이 새끼!"

강력한 일격을 맞은 용오랑은 뒤로 벌러덩 나동그라졌다. 덩치답지 않게 빠른 주먹질이기에 미처 피할 수가 없었다.

그는 고개를 흔들어 정신을 차리고는 힘겹게 몸을 일으켰다.

석공조 조장은 목뼈를 우득우득 움직여 보였다.

"지중뇌의 법은 아주 간단하다. 하극상은 무조건 죽인다. 네놈 하나 죽인다 해서 문제될 일은 없지."

"내 규칙도 간단해. 날 건드리는 놈은 가만두지 않지."

용오랑이 여전히 강경하게 맞서자 석공조 조장은 살기를 품었다.

"오냐, 네놈의 목을 비틀어주겠다!"

바닥을 쿵쿵 울리며 달려드는 기세가 실로 살벌했다. 그가 손을 뻗어 용오랑의 면상을 움켜쥐려 하자 용오랑은 자세를 낮춰 공격을 피했다.

동시에 그는 탕마산을 힘차게 뻗었다. 탕마일식인 관음현신의 기수식이었다.

"차앗!"

탕마산은 쭉 뻗어 나가며 조장의 심장을 그대로 관통했다.

"커억!"

가슴을 움켜쥔 조장은 상처 입은 짐승 같은 괴성을 발하며 전신을 부들부들 떨었다. 이어 울컥 피를 토한 그는 도끼 날에 찍힌 통나무처럼 뻣뻣하게 쓰러졌다.

용오랑은 물끄러미 그를 내려다보다 천천히 돌아섰다.

이 대결을 지켜본 다섯 개 광구의 광부들은 놀라움에 겨운 탄성을 발했다.

"와아, 이겼다!"

"이럴 수가?"

"석공조장을 쓰러뜨렸어!"

경악에 젖기는 흑면옥사들도 마찬가지였다. 애써 키운 석공조장이 어처구니없이 죽어버리자 그들은 잔뜩 우거지상을 지었다.

"젠장, 이게 어떻게 된 거야?"

"놈이 설마 내공을 지녔단 말인가?"

"그럴 리가 없네. 놈을 들이기 전 검사를 했지만 내공을 수련한 흔적은 없었어."

"놈이 삽을 뻗어내는 수법은 제법 빨랐어. 내공은 없지만 어디서 절기를 훔쳐 배운 모양이야."

광부들이 감탄에 찬 눈빛으로 용오랑을 향해 다가서자 흑면옥사들은 채찍을 휘두르며 그들을 흩뜨렸다.

"싸움은 끝났다! 어서 일들 해!"

"할당량을 못 채우는 놈은 배급도 없다!"

"너희 두 놈, 석공조장을 지옥굴에 버리고 와라."

채찍이 난무하자 광부들은 순식간에 흩어져 각자의 광구로 뛰어갔다.

용오랑도 탕마산을 둘러메고 자신이 배속된 광구로 향했다. 그런 그를 유심히 응시하는 한 쌍의 눈은 맑고도 깊었다.

지중뇌에는 강제로 끌려온 여자 노예도 상당수 있었다. 화방에 소속된 그녀들은 식사와 빨래를 하고 청소를 하는 데 동원되었다. 물론 흑면옥사와 청면옥장들의 잠자리 상대가 주 임무이며 더러는 광부들과 살을 섞기도 했다.

누런 안색에 얼굴 일부가 일그러진 추악한 용모의 여인도 화방 소속이었다. 그녀는 주방에서 식사를 준비하고 설거지를 하는 일을 담당했다. 생긴 게 추악해 옥사들이 거들떠보지도 않았지만 음식 솜씨는 뛰어났다.

그녀는 추란(醜蘭)이란 이름으로 불리는데 물론 본명은 아니었다. 지중뇌 광부들 중 본래의 이름과 별호로 불리는 사람은 별로 없었다.

강제로 끌려와 비천한 노예로 살아야 하기에 자신의 신분을 밝히기를 꺼려하기 때문이었다.

추란은 푸성귀가 가득한 대나무 광주리를 안고 주방으로 향하며 깊은 생각에 잠겼다.

'특별한 자다. 저자와 잘 사귀어두면 이 지옥 같은 지중뇌에서 탈출할 희망이 있겠어.'

커다란 가마솥 앞으로 광부들이 길게 늘어서 있었다. 식사를 배급받는 중이었다.

광산에서 금광석을 채굴하는 일은 너무 힘든 작업이라 그들은 늘 굶주려 있었다. 죽 한 그릇과 튀김 한 덩이를 받아 든 그들은 돌 더미에 주저앉아 게걸스럽게 먹어댔다.

용오랑은 그릇에 부어지는 멀건 죽을 보고는 불만을 터뜨렸다.

"이따위 음식을 먹고 어떻게 하루 여덟 시진을 일하란 말이오?"

죽을 배급한 추란은 주변을 살피며 나직이 충고를 해주었다.

"어떤 불평도 금지돼 있어요. 어서 가세요."

용오랑은 죽 그릇을 바닥에 내던졌다.

"난 이따위 것은 못 먹겠어!"

그의 반발에 광부들은 바싹 긴장했다. 새로 끌려온 신참내기 중 간혹 불만을 토로하는 자들이 있었지만 이렇듯 규율을 뒤흔드는 사람은 없었던 것이다. 지중뇌의 규율은 엄격해 반기를 드는 자는 무조건 죽음을 면치 못했다.

지켜보던 흑면옥사 하나가 채찍을 풀어 들었다.

"뒈지고 싶어 환장한 놈이군."

그가 용오랑을 향해 채찍을 내려치자 그때 짤막한 음성이 울려 퍼졌다.

"멈춰라!"

얼굴에 푸른 칠을 한 청면의 중년인이 날렵하게 내려섰다. 흑면옥사들은 일제히 허리를 꺾었다.

"제삼옥장을 뵈오이다."

청면의 중년인은 흑면옥사들보다 한 등급 위인 청면옥장이었다. 청면옥장들은 용로에서 추출된 금을 관리하고 운송과 출입을 관장하기에 광산까지 내려오는 일은 별로 없었다.

청면옥장은 뒷짐을 진 채 용오랑을 훑어보았다.

"네놈이 석공조장을 한 삽에 죽였다고?"

"그렇소."

"이름이 뭐냐?"

"소룡이오."

청면옥장은 잔뜩 눈살을 찌푸렸다.

"네놈 말투가 원래 그러냐?"

"이렇게 말해야 할 상대에게만 그렇소."

용오랑이 청면옥장 앞에서까지 시종 뻣뻣한 태도를 취하자 십칠광구를 담당하는 흑면십칠호가 송구스런 태도를 취했다.

"용서하십시오, 제삼옥장. 방금 들어온 놈이라 아직 지중뇌의 규칙을 잘 모릅니다. 따끔하게 매질을 해서라도 제대로 가르치겠습니다."

청면옥장은 한껏 위엄있는 표정을 지었다.

"석공조장을 죽인 놈이다. 규율대로 대우를 해줘라."

"예, 제삼옥장."

흑면십칠호가 포권을 취하자 청면옥장은 용오랑을 한번 쓸어보고는 홀쩍 날아올랐다.

용오랑은 바위에 걸터앉아 탕마산을 소매로 슥슥 닦았다. 배가 몹시 고팠지만 자신의 손으로 내던진 그릇을 다시 집어 들기에는 자존심이 허락치 않았다.

그가 탕마산으로 냉혼살의 머리를 깨뜨린 적은 있지만 사람을 죽여 보기는 처음이었다.

한데도 전혀 가책이 느껴지지 않았다. 이곳 지중뇌에서는 사람의 목숨이 그저 버러지 목숨에 불과했기 때문이다. 그 역시 어느 순간에 죽을지도 모를 일이었다.

이때 다소 약삭빨라 보이는 청년이 용오랑 옆으로 앉으며 자신의 죽그릇을 내밀었다.

"헤헤, 조장 나으리, 이거라도 드십시오."

"조장?"

청년은 어떻게든 그의 호감을 사기 위해 머리를 조아렸다.

"그렇습니다. 조장을 쓰러뜨리면 누구나 조장이 될 수 있는 게 이곳의 규칙입니다. 전임 석공조장을 죽였으니 이제 형님께서 조장이 되신 겁니다."

용오랑은 힘이 있는 자에게 빌붙으려는 그의 간사함이 몹시 역겨웠다.

"너나 처먹어!"

◀ 제10장 ▶

탈출의 희망

1

햇빛이 들지 않는 지하 광산이라 밤낮이 있을 수 없었다. 광산 곳곳으로 수백 개의 유등이 밝혀져 있었지만 주변을 겨우 식별할 수 있을 정도였다. 시간의 구별은 식사 배급으로 미루어 짐작할 뿐이었다.

아직 거처를 배정받지 못한 용오랑은 약노가 거주하는 약재 창고로 들어섰다.

그는 돌 가루를 툭툭 떨어내며 투덜거렸다.

"죽일 놈들, 부려먹으려면 식사는 제대로 줘야 할 것 아냐. 멀건 죽만 먹고 어떻게 삽질을 해."

약노는 약장에 약재를 분류해 넣다가 그를 반겨 맞았다.

"얘기는 들었네. 자네가 그 무서운 석공조장을 쓰러뜨렸다면서?"

"뭐, 덩치만 큰 녀석이었소."

"그런 소리 말게. 지중뇌에는 상당한 고수들도 감금돼 있네. 하지만 공력이 폐쇄되었기에 절기를 지녔어도 소용이 없지. 이곳에는 완력이 최고의 무기일세. 조장들은 하나같이 걸출한 완력의 소유자들이지.”

약노가 돌덩이처럼 바싹 마른 떡을 건네자 용오랑은 힘겹게 씹어 먹으며 물었다.

“석공조장이란 놈이 최고요?”

“그렇지는 않네. 금광석을 캐는 광부들 중에서 선발된 석공조장은 다섯 명 정도가 있네. 그 외에도 토공조장, 목공조장, 화방조장 등이 있지. 조장들에게는 개별 거처가 주어지고 화방 출입도 자유롭게 할 수 있네. 보수도 제법 괜찮네. 해서 모두들 조장이 되려고 호시탐탐 노리고 있지.”

용오랑은 물을 한 사발 들이키고는 물었다.

“보수를 준단 말이오?”

“통제의 수단일세. 광구별로 할당량이 채워지면 약간의 휴식이 주어지고 은자도 조금 받네. 은자를 손에 쥐면 화방을 찾아 계집과 즐길 수도 있고 옥사들의 식당에서 파는 맛난 음식을 사 먹을 수도 있지.”

용오랑은 떡을 우물거리며 실소를 지었다.

“아주 지옥은 아니로군.”

“사람은 절망하게 되면 무기력해지지. 저들은 최소한의 희망을 주어 작업을 독려하네. 그렇지 않고서 어떻게 십수 년이 넘도록 광산이 유지될 수 있겠는가?”

겨우 주린 배를 채운 용오랑은 침상에 걸터앉으며 물었다.

“약노는 어떻게 들어오게 되었소?”

“나야 평생 약초나 캐며 살아왔는데 흑면옥사들에게 잡혀 끌려오게 되었네.”

"약노는 외부에 나가 약초를 캐다 날 발견했다 하지 않았소? 그렇게 자유롭다면 왜 달아나지 않았소?"

"허허, 나 같은 돌팔이 의원이라도 있어야 다치고 병든 광부들을 치료해 줄 수 있지 않겠나? 이 나이에 얼마나 더 산다고 달아나겠나?"

약노는 작두로 마른 약재를 썰었다.

용오랑은 감동으로 가슴이 뜨거워졌다. 살신성인의 심성을 지닌 약노가 너무 존경스러웠다.

'성의가 따로 없군. 약노가 없었다면 부상당한 광부들은 치료도 제대로 못 받고 고통스럽게 죽을 수밖에 없었을 거다.'

그는 옷도 벗지 않은 채 침상에 벌렁 누웠다.

몸은 몹시 고단했지만 정신은 맑았다. 힘만 있다면 악독한 지중뇌의 무리들을 모두 죽이고 싶었지만 그것은 꿈에서도 불가능한 일이었다.

중요한 것은 탈출이었다. 다른 사람들처럼 의지가 무너져 체념을 하게 되면 지중뇌에서 뼈를 묻을 수밖에 없다.

'그런 개죽음은 당하지 않겠다! 난 반드시 탈출한다!'

그는 강렬한 의지를 불태우며 스스로의 마음을 다졌다.

이때 문이 덜컥 열리며 흑면십칠호가 들어섰다. 그는 용오랑을 향해 손가락을 까닥거렸다.

"나와라."

용오랑은 그대로 누운 채 퉁명스럽게 응수했다.

"작업 시간은 끝나지 않았소?"

흑면십칠호는 그의 무례한 행동에도 별반 화를 내지 않았다. 오히려 음침한 웃음을 흘리며 그를 꼬드겼다.

"이놈아, 넌 총조장이 되고 싶지 않느냐? 총조장에 오르면 지중뇌의 제자로 승격될 수도 있어."

확실히 구미가 당기는 유혹이었다. 자유로운 신분이 되면 탈출이 가능할 것이다.

용오랑은 침상에서 일어나 앉았다.

"내가 지중뇌의 제자가 되어 당신의 상전이 되면 우선적으로 당신 목부터 벨 것이오."

"흐흐, 일단 총조장부터 돼봐라."

십여 개의 횃불이 둥그렇게 원을 이루며 밝혀져 있었다.

가슴에 가죽 띠를 교차해 맨 근육질의 중년인이 곡괭이를 걸머멘 채 징그러운 웃음을 띠고 있었다. 머리카락 한 올 없는 대머리라 그런지 굳센 패기와 완력이 느껴졌다.

흑면십칠호를 따라 들어선 용오랑이 대머리와 마주 섰다.

"……."

전신에서 뿜어지는 위기가 석공조장보다는 훨씬 뛰어났다. 또한 그에게는 노련미가 느껴졌다. 풍부한 대전 경험을 겪은 자답게 초장부터 상대를 위협하는 기세가 남달랐다.

"어린 놈, 난 왕년에 관외패웅(關外覇雄)으로 불린 사람이다. 넌 내 상대가 아니야. 지금이라도 늦지 않았으니 대결을 포기해라."

"포기해도 되는 거냐?"

"물론이다."

관외패웅이 턱짓으로 한쪽을 가리키자 용오랑은 고개를 돌려 보았다.

둥그렇게 둘러진 횃불 밖으로 긴 탁자가 놓여져 있었고 좌석에는 네 명의 청면옥장이 배석해 있었다. 한 명은 용오랑도 본 적이 있는 제삼청면옥장이었다. 옥장들 앞으로 묵직한 은괴가 가득 쌓여져 있었다.

용오랑은 비로소 이 대결의 의미를 깨닫게 되었다.

'악독한 놈들이군. 사람의 목숨을 걸고 도박을 즐기다니.'

그러했다. 지중뇌의 흑면옥사들과 청면옥장들은 각자 선발한 광부들에게 은자를 걸고 싸움을 지켜보고 있었다. 그들로서는 무료함을 씻기 위한 한 판의 도박이었지만 싸워야 하는 자들에게는 생사가 걸린 위험한 결투장이었다.

상대가 너무 강하다 싶으면 결투를 포기할 수도 있었다. 하지만 그렇게 되면 패한 쪽 옥장들과 옥사들의 혹독한 보복을 받게 되었다. 결국 죽으나 사나 싸울 수밖에 없는 게 결투장으로 나선 자의 운명이었다.

용오랑은 등에 멘 탕마산을 풀어 손에 쥐었다.

"관외패웅이라 했던가? 당신, 재수가 없군."

"내가 할 소리다, 어린 놈. 총조장에 오른 후 내 곡괭이에 죽은 놈이 열 명도 넘는다."

"그만큼 오래 지냈다면 당신도 죽을 때가 됐어."

"카하핫, 주둥이는 예리한 놈이군."

관외패웅은 곡괭이를 두 손으로 거머쥐었다. 육중한 곡괭이가 휘둘러지자 붕붕 바람 소리가 났다.

"네놈의 골통을 쪼개주겠다!"

흑면십칠호가 개전을 알리는 징을 울렸다.

징!

요란한 징 소리가 울려 퍼지자 관외패웅은 성큼성큼 다가서며 힘차게 곡괭이를 휘둘렀다.

용오랑은 그의 기세에 눌려 감히 맞받아칠 수가 없었다. 자칫 자신의 탕마산이 분질러질 것만 같았다.

"뒈져라!"

곡괭이가 내리 꽂히는 순간 그는 가까스로 몸을 틀어 피해냈다. 옷자락 일부가 찢기며 피부가 베어졌다.

용오랑은 등줄기가 축축하게 젖어들었다.

'굉장한 패력이군. 내공은 없어도 워낙 힘이 좋아 무공절기를 구사한다.'

관외패웅 쪽에 은자를 건 청면옥장들과 흑면옥사들은 흐뭇한 표정을 지으며 고개를 끄덕였다. 그동안 관외패웅을 내세워 톡톡히 은괴를 챙긴 그들이었기에 여유가 만만했다. 관외패웅이 패할 일은 결코 없을 거라 확신하는 모습이었다.

"쥐새끼 같은 놈, 피하지만 말고 덤벼라!"

한껏 기세가 오른 관외패웅은 연신 곡괭이를 휘두르며 용오랑을 압도했다.

창! 창!

탕마산과 곡괭이가 부딪치며 불꽃을 피워냈다.

용오랑은 상대의 패력에 손아귀가 터질 것만 같은 고통을 느껴야 했다. 조금씩 두려움마저 들었다.

'굉장한 완력이군. 정면 대결로는 승산이 없겠어.'

그는 왼쪽으로 돌면서 기회를 기다렸다.

"카하핫, 쥐새끼처럼 피하기만 하는 거냐?"

관외패웅의 곡괭이가 연신 춤을 추며 용오랑을 쪼갤 듯 내리 꽂혔다. 피하기에는 너무 늦었다 싶자 용오랑은 이를 악물고 탕마산을 힘껏 올려 쳤다.

차아앙―!

날카로운 금속성과 함께 불꽃이 튀며 관외패웅의 곡괭이가 반탄력으로 튕겨져 올랐다.

"엇?"

관외패웅은 곡괭이를 통해 전해지는 반발력에 흠칫하며 상대를 경시하던 생각을 싹 지웠다.

상대의 공세가 위축되는 듯하자 용오랑은 자세를 낮추며 발목을 노렸다. 관외패웅은 주춤 뒤로 물러섰다. 용오랑은 기회다 싶어 탕마삼식을 뇌리에 떠올렸다.

그는 잰걸음으로 관외패웅을 향해 바싹 다가서며 힘차게 탕마산을 휘둘렀다.

"차앗!"

탕마제이식인 탕마뇌적이었다. 빠르지는 않지만 변화가 많은 초식이었다. 탕마산이 눈앞에서 어지럽게 흔들리자 관외패웅은 횡소천군 초식으로 곡괭이를 휘둘렀다.

"어림없다!"

강호의 흔한 수법이었지만 괴력이 담긴 초식이라 아주 위력적이었다. 그러나 탕마산의 변화는 한 수 위였다. 그의 가슴을 노리는 수법은 상대를 속이기 위한 허초였다.

퍼억!

탕마산의 삽 머리가 관외패웅의 정수리로 파고들었다. 머리가 깨지며 피를 뒤집어쓴 관외패웅은 곡괭이를 팽개치고는 두 손을 갈퀴처럼 세워 용오랑의 어깨를 움켜쥐었다.

"크으윽, 이, 이놈!"

관외패웅은 치명상을 입은 상태에서도 무서운 완력을 발휘했다. 그의 손끝이 어깨로 파고들자 용오랑은 뼈가 으스러지는 것만 같았다.

용오랑은 고통을 참고 탕마산을 긁어 올렸다.

"커억!"

턱이 박살난 관외패웅은 고통스런 비명을 발하며 휘청휘청 뒤로 물러섰다.

"죽엇!"

독기를 품고 달려든 용오랑은 그의 어깻죽지를 향해 탕마산을 내리꽂았다.

둔탁한 폭음과 함께 핏물이 확 피어올랐다. 관외패웅의 상체 일부가 비스듬히 쪼개진 것이다. 그제야 관외패웅은 가래 끓는 소리를 내며 바닥으로 쓰러졌다.

"헉헉!"

용오랑은 가쁜 숨을 몰아쉬며 한쪽 무릎을 꿇었다.

평생 처음 겪는 사투였다. 양 어깨가 떨어져 나갈 듯 아팠다. 관외패웅의 몸에서 뿜어진 피를 흠뻑 뒤집어쓴 그의 모습은 악귀를 방불케 했다.

네 명의 청면옥장 중 유일하게 용오랑의 승리에 은괴를 건 제삼옥장은 만족스런 웃음을 터뜨렸다.

"하하핫, 소룡, 난 네놈이 이길 줄 알았다."

관외패웅에게 은괴를 건 청면옥장 중 하나가 날렵하게 몸을 날리며 용오랑의 옆으로 내려섰다. 그는 용오랑의 완맥을 쥐고는 내가진기를 뽑어냈다.

용오랑은 완맥을 타고 파고드는 강력한 내가진기에 온몸이 터질 것만 같았다. 기혈이 솟구친 그는 울컥 피를 토해냈다.

"우욱!"

제삼옥장과 더불어 용오랑에게 은괴를 건 흑면십칠호가 황급히 외쳤다.

"내공 수련 한번 하지 않은 놈이 분명합니다, 제일옥장."

제일옥장은 잔뜩 인상을 긁다가 용오랑을 홱 집어 던졌다.

"젠장, 어디서 이런 귀신 같은 놈이 기어들어 왔단 말인가?"

제삼옥장이 가죽 주머니에 은괴를 챙겨 넣으며 위로했다.

"제일옥장, 양보해 주셔서 고맙소. 기회는 다음에도 얼마든지 있으니 진노를 푸시오."

청면옥장들의 수좌인 제일옥장은 퉁명스럽게 응수했다.

"약속대로 총조장 자리를 넘겨주지. 내 다른 놈을 하나 물색해 보겠네."

제삼옥장은 가볍게 손을 모았다.

"기꺼이 기다리겠소, 제일옥장."

제일옥장을 따르는 청면옥장들과 흑면옥사들이 사라지자 제삼옥장은 흑면십칠호에게 지시를 내렸다.

"놈을 약노에게 데려가 제대로 치료해 주도록 조치해라."

"여부가 있겠습니까, 제삼옥장."

제삼옥장은 혼절해 쓰러져 있는 용오랑을 내려다보며 나직이 중얼거렸다.

"아까운 놈이야. 반골의 기운만 없다면 지중뇌의 제자로 추천했을
것이건만……."

2

일약 총조장으로 승격된 용오랑은 화방 입구에 위치한 작은 토굴을
자신의 개인 거처로 갖게 되었다.

그는 약노와 함께 지내고 싶었지만 약재 창고는 너무 협소해 약노와
나란히 누울 공간조차 없었다. 게다가 약노가 총조장의 신분답게 행동
하라는 충고를 거듭하자 토굴을 거처로 삼았다.

광부들을 대표하는 총조장은 고된 작업에 나서지 않아도 되는 특혜
가 주어졌다. 식사도 흑면옥사들과 함께할 수 있고 할당량이 완수되면
별도의 은자를 받기도 했다.

가장 큰 혜택은 화방 출입이 자유로워 어떤 여자 노예도 마음대로
취할 수 있다는 데 있었다.

화방조장은 젖가슴이 유난히 도드라진 삼십 대의 여인이었다. 천박
스럽게 화장을 했지만 그다지 밉상은 아니었다.

그녀는 침상에서 벌이는 방중술에 아주 능해 옥사들과 옥장들을 구
워삶아 화방을 관장하는 조장에 오를 수 있었다. 그녀는 향화(香花)로
불렸다.

용오랑의 거처를 찾아온 향화는 새옷을 짓는 데 필요하다며 용오랑
의 체형을 줄로 재면서 자연스럽게 몸을 밀착했다. 어디서 구했는지
향수까지 발라 그윽한 체향이 풍겼다.

"호호, 총조장 나으리, 앞으로는 이 향화가 성심껏 모시겠습니다."

그녀는 유혹적인 추파를 던지며 용오랑의 가슴으로 안겨들었다.

용오랑도 뜨거운 피가 끓는 청년이었다.

계집을 품어본 지가 오래돼 당장이라도 그녀의 옷을 벗기고 욕정을 해소하고 싶은 심정이었다. 하지만 그의 목표는 오로지 탈출이지 지옥굴 속에서 안락을 누리는 데 있지 않았다.

탈출을 위해서는 지중뇌에 대해 소상히 알고 그를 적극적으로 도와줄 수 있는 절대적인 신뢰자가 필요했다. 섣불리 그의 속셈을 드러냈다가는 탈출을 시도하기도 전에 옥사들에게 고해져 사지가 끊기게 될 것이다.

화방의 조장인 향화는 그런 면에서 별로 신뢰가 가지 않았다. 아랫도리를 놀려 자신의 영달을 꾀하는 탕녀라면 언제든 옥사들과의 교접에서 자신의 의도를 털어놓을 수 있기 때문이었다.

"꺼져!"

용오랑이 거칠게 밀쳐 내자 향화는 눈을 동그랗게 떴다. 지중뇌에 끌려온 이후 그녀를 거부한 사내는 용오랑이 처음이었던 것이다.

그녀는 샐쭉한 표정이 되어 눈을 흘겼다.

"소첩이 추하다 생각하십니까?"

"아니야."

"하오면 왜 소첩을 거부하십니까?"

"넌 너무 낡고 늙었잖아? 난 어린 계집을 좋아해."

신랄한 일침에 향화는 얼굴이 발갛게 달아올랐다. 그녀가 용오랑보다 훨씬 연상인 것은 사실이지만 늙었다는 표현은 여인에게 있어 치명적이었다.

그녀는 잔뜩 독기가 올라 매섭게 쏘아붙였다.

"나쁜 새끼, 총조장이 되었다고 눈에 뵈는 게 없나 보구나! 하지만 똑똑히 들어! 총조장 자리를 탐내는 놈들은 헤아릴 수 없이 많아! 네놈이 잠을 자다 목이 베어지든 뒤통수가 깨지든 너만 죽이면 총조장이 될 수 있으니 넌 결코 오래가지 못할 거다!"

"죽고 싶으냐?"

용오랑이 탁자 위에 올려진 탕마산에 손을 대자 향화는 기겁을 하며 뒤로 물러섰다. 석공조장과 총조장 관외패웅을 죽인 그의 삽은 지중뇌 광부들에게 있어서 가장 공포스러운 흉기였다.

"오냐, 네놈이 어린 년을 원한다니 보내주지!"

그녀는 신경질적으로 침을 뱉고는 토굴을 나갔다.

용오랑은 곰 가죽이 깔린 의자에 편히 기대며 토굴 안을 둘러보았다.

혼자 지내기에는 제법 널찍했다. 한쪽 벽을 채운 붙박이 벽장에는 다양한 수석이 진열돼 있었고 나무 침상에는 깨끗한 무명 이불이 덮여 있었다. 일반 광부들에 비하면 사치스럽다 할 만큼 아늑한 보금자리였다.

모처럼 자유로운 시간을 갖게 된 용오랑은 지중뇌의 존재에 대해 곰곰이 생각해 보았다. 국법을 어기면서까지 이 거대한 금광을 유지하고 있는 지중뇌주의 정체가 몹시 궁금했다.

상당한 무공을 지닌 수하들을 부리는 것으로 미루어 단순한 부호는 아닌 듯싶었다. 광부들을 통제하고 관리하는 수완도 감탄할 정도였다.

'금광석을 채굴할 광부들을 대다수 무림인으로 채운 것은 관청의 추적을 피하기 위한 교묘한 조치야. 일반 양민들과 달리 무림인들이 죽거나 사라지는 일은 관에서도 그다지 주의를 하지 않지. 지중뇌의 주

인 되는 자는 사악함과 더불어 지모까지 겸비했음이 틀림없어.'

그는 지중뇌도 무림계의 숨겨진 세력이 아닌가 생각되었지만 무림사에 대해 잘 알지 못해 뭐라 단언할 수가 없었다.

이때 토굴 입구의 문이 열리며 한 여인이 들어섰다.

고개를 푹 수그리고 있어 얼굴은 알 수 없지만 가냘픈 체격이 어린 소녀로 보였다. 그녀는 나무 소반에 술병과 간단한 안주를 받쳐 들고 있었다.

용오랑은 독한 술 냄새를 맡자 회가 동했다.

지중뇌에서 술은 엄격하게 통제되었다. 청면옥장들조차 함부로 마실 수가 없었다. 산출된 금이 외부로 수송된 후에야 상부로부터 술이 하달되기 때문이었다.

술병을 내려놓은 소녀는 용오랑 앞에 공손히 부복했다.

"소녀 추란(醜蘭)이라 하옵니다. 향화 언니의 명을 받고 총조장을 모시러 왔습니다."

"술이나 한잔 따라라."

"예, 총조장."

추란은 다소 떨리는 손으로 술잔에 술을 따랐다.

용오랑은 비로소 소녀의 얼굴을 확인할 수가 있었다. 병자처럼 안색이 누렇고 눈과 입이 일그러진 추악한 용모는 역겨울 정도였다. 흑백이 또렷한 눈망울만 그저 봐줄 만했다.

"넌 배식을 하는 계집이구나?"

"그렇습니다, 총조장."

"네가 내게 온 것은 스스로 원해서냐 아니면 향화에 의해 강제로 호명된 것이냐?"

추란은 시선을 들어 그를 마주 응시했다.

"그것이 중요한 문제입니까?"

"그냥 알고 싶을 뿐이다."

용오랑은 천천히 술을 한 모금 들이켰다. 뜨거운 액체가 목구멍을 타고 넘어가면서 뱃속까지 짜르르해졌다. 술기운이 퍼지자 몸이 가라앉으며 나른한 쾌감마저 느껴졌다.

추란은 눈을 깜빡이며 그를 응시하다 차분한 어조로 대답했다.

"향화 언니의 성깔을 알기에 누구도 총조장을 모시려 하지 않았습니다. 공연히 향화 언니를 미움을 샀다가는 험한 일을 당하게 되니까요."

"그렇다면 억지로 떠밀려 들어왔겠구나?"

"꼭 그런 것은 아닙니다. 모두들 추악한 소녀를 들여보내 골탕을 먹이자 했고 소녀는 순순히 응했습니다."

"……?"

용오랑은 추란을 주시하며 기이한 생각이 들었다.

모습은 추악하지만 그녀의 의식이 남달라 보였다. 화방의 여느 계집처럼 체념과 타락에 젖은 흐릿한 눈빛이 아니었다. 흑백이 또렷한 눈망울에는 강렬한 의지가 엿보였고 숨겨진 지혜가 깃들어 있었다.

'특별한 계집이군. 나와 뜻이 맞을 수 있겠어.'

그는 얼마 되지 않은 술을 비우고는 몸을 일으켰다.

"벗어라."

"……"

"널 취하겠다. 앞으로 넌 내 하녀가 되는 거다."

옷이 벗겨지는 소리가 사그락사그락 들려왔다. 용오랑은 침상에 걸터앉으며 추란을 바라보았다.

걸친 옷이 별로 없어 금세 알몸이 된 추란은 고개를 떨구며 다가섰다. 누런 안색과 달리 깨끗한 몸이었다. 흐릿한 유등 아래 보이는 그녀의 나신은 갓 피어난 난화처럼 청초해 보였다.

용오랑은 본능적인 욕정이 솟구쳐 그녀를 와락 끌어안았다. 추란은 어린 새처럼 그의 품 안에서 달달 떨었다.

"부, 불을 꺼주십시오."

"처음이냐?"

"그렇습니다."

"유감이군. 나 같은 놈에게 순결을 바치게 되었으니 말이다."

옷을 벗어 던진 용오랑은 그녀의 나신 위에 자신을 실었다.

추란의 두 눈에서 엷은 이슬이 배어 나왔다. 자신의 처지를 한탄하는 눈물이었다. 하지만 그녀는 정절에 목을 맬 만큼 순진한 열녀는 아니었다.

그녀는 흰 비단결 같은 팔을 뻗어 그의 목을 끌어안으며 나직이 속삭였다.

"소녀를 버리지만 마옵소서."

토굴의 문은 나무 틀에 천을 한 겹 씌웠기에 내부의 소리가 고스란히 통로 밖으로 새어 나왔다.

문 옆에 서서 귀를 기울이며 듣고 있던 향화는 묘한 질투심에 젖어 입술을 꼭 깨물었다.

'변태 새끼, 추악한 계집 따위나 품다니.'

문을 통해 들려오는 거친 숨소리와 신음 소리어 향화는 피가 끓어올랐다. 자신이 용오랑과 교접을 벌이는 환상에 빠진 그녀는 자신의 몸을 어루만지며 혀로 입술을 핥았다.

추란의 앓는 듯한 신음 소리가 더욱 고조되자 향화는 욕정을 주체하지 못하고 화방을 뛰쳐나갔다. 사내라면 누구라도 좋았다.

그녀는 자신의 사타구니를 움켜쥔 채 미친 듯 외쳤다.

"어느 놈이든 와라!"

모처럼 욕정을 해소한 용오랑은 개운한 기분으로 편안히 누워 있었다.

그의 팔을 베고 모로 누워 있는 추란은 다소 허탈한 모습이었다. 순결을 고집하며 살아오지는 않았지만 한 가닥 호감도 없이 첫 정사를 벌인 것이 수치스럽기만 했다.

그녀는 일순 용오랑을 죽이고 싶은 살심을 느꼈지만 냉철한 이성으로 감정을 억제했다.

"총조장은… 어떻게 이런 지옥으로 끌려오게 되셨어요?"

그녀가 용오랑의 탄탄한 가슴을 어루만지며 묻자 용오랑은 심드렁하게 응수했다.

"재수가 없어서였지. 너는 어떻게 끌려온 거냐?"

"소녀도 마찬가지입니다."

"네 본래 이름은 뭐냐?"

추란은 잠시 망설이다 속삭이듯 대답했다.

"만일 소녀가 지옥에서 벗어나게 되면 말씀드리겠습니다."

용오랑은 그녀의 머리카락을 어루만지며 눈을 가까이 했다.

"지옥을 벗어난다……. 탈출을 하겠다는 뜻이냐?"

"……."

"네가 의도적으로 내게 접근한 것도 그 때문이겠지?"

“소녀는…….”

용오랑은 그녀를 믿고 자신의 심중을 먼저 드러냈다.

“겁낼 것 없어. 나 역시 이 지옥에서 탈출하고 싶은 생각뿐이니까. 내가 어린 계집을 원한 건 아직 지중뇌의 규율과 통제에 제압되지 않은 조력자가 필요했기 때문이야. 난 아직 널 모르지만 믿고 싶다.”

“총조장…….”

추란의 추악한 얼굴에 화사한 미소가 피어올랐다. 그녀는 그의 가슴에 얼굴을 묻으며 나직이 속삭였다.

“소녀가 사람을 잘못 보지 않았군요. 우리… 그래요. 우리에게는 희망이 있습니다. 우리가 힘을 합치면 반드시 탈출할 수 있습니다.”

“방법은 있느냐?”

용오랑이 귓가에 대고 묻자 그녀는 살포시 고개를 들었다. 초롱초롱한 눈망울이 별빛보다 맑았다.

“물론입니다. 소녀는 그동안 총조장 같은 분만 만나기를 손꼽아 기다리고 있었습니다.”

그녀는 그의 허리를 끌어안으며 한 차례의 정사를 다시 요구했다. 서로의 뜻이 통했기에 그녀의 몸은 뜨겁게 달아올라 있었다. 이미 꽃봉오리가 열렸기에 그녀의 몸에서 풍기는 체향은 꿀처럼 감미로웠다.

용오랑도 기꺼이 그녀를 품에 안았다.

서로 다른 삶을 살아온 그들이지만 작금의 의지는 정확히 일치했다. 그들의 앞날이 어떻게 갈리든 지금은 하나였다. 몸과 마음이 일치된 두 남녀는 격렬한 몸짓으로 서로의 마음을 확인했다.

참으로 운명적인 지옥에서의 만남이었다.

정확한 날짜는 가늠할 수 없었다. 약초를 채집하기 위해 외부로 나갔다가 들어온 약노를 통해 계절이 바뀌었음을 알 뿐이었다.

용오랑이 지중뇌 광부들의 총조장이 되면서 소리없는 변화가 일어났다.

각 조장들이 자신의 세를 과시하려는 파벌이 사라졌다. 석공조 광부들도 수적으로 열세인 토공조나 목공조 소속 광부들을 무시하는 행동을 자제했다.

총조장의 지시는 광부들에게 있어 곧 법이었다.

그의 지시를 따르지 않는 자들은 배식을 받을 수 없었다. 이것마저 거부한다면 총조장과 대결을 벌여야 했다. 하지만 이미 최강의 완력을 지닌 전임 총조장과 석공조장을 격파한 용오랑에게 정면으로 맞설 자는 없었다.

물론 용오랑은 몇 번의 기습을 받아 죽을 고비를 넘겨야 했다. 부상도 여러 번 당했지만 결국 죽은 자들은 총조장 자리를 노린 무리들이었다.

그의 끈질긴 생명력과 쓰러지지 않는 강골에 광부들은 모두 놀라워하지 않을 수 없었다. 그를 향한 암습은 조금씩 줄어들었고 이제 지중뇌 광부들은 진심으로 그를 인정하게 되었다.

용오랑은 작업이 힘겨운 병자와 노인들을 따로 모아 노방(老房)이라는 조직을 만들었다. 금광석을 캐는 작업 대신 지중뇌에서 소모되는 필수품을 제작시키는 쪽으로 배려한 것이다.

흑면옥사들은 제멋대로 체제를 바꾸는 그의 행동에 제재를 가하려

했지만 오히려 생산량이 늘자 그를 내칠 구실을 잃어버렸다. 사실 머릿수만 채우는 노약자들은 금광석을 채굴하는 데 으히려 방해만 되었기 때문이다.

은면옥좌 중에서도 수장인 은면상좌(銀面上座)가 가장 기뻐했다. 그는 뇌주를 대신해 지중뇌의 모든 업무를 관장했는데 금의 산출량이 늘어나 공적을 인정받은 때문이었다.

그는 용오랑에게 상당한 권한을 부여했고 금의 산출량을 증진시킬 수 있다면 체제에 어떤 변화를 주어도 용인하겠다는 언질까지 주었다.

용오랑의 권한이 강해지자 가장 껄끄럽게 생각하는 자들이 흑면옥사들이었다.

여태껏 광부들을 혹독하게 매질하며 짐승처럼 다루던 쾌락을 누릴 수 없게 된 것이다. 오히려 흑면옥사들 중 몇몇은 용오랑의 눈치를 봐야 했다. 고의로 자신이 맡은 광구의 산출량을 대폭 떨어뜨리면 상관으로부터 엄한 문책을 받기 때문이었다.

용오랑은 끌려온 지 몇 달이 지나면서부터 지중뇌에서 가장 중요한 존재가 되었다. 광부들은 진심으로 그를 존경했고 흑면옥사마저 그를 상전처럼 떠받들어야 했다.

4

도박판에는 항상 긴장이 감돈다.

구리 돈 한 문이 걸려도 이기려 하는 것이 인간의 본능적인 승부욕이다. 백 냥이 넘는 은자가 걸린 큰 도박판에서는 더욱 그러하다. 모두들 눈이 벌게지고 숨도 제대로 쉬지 못한다.

골패(骨牌) 도박을 벌이는 사람은 용오랑과 흑면옥사 셋이었다.

흑면옥사들은 처음 용오랑을 골려주려는 의도로 그를 도박판에 끌어들였다. 그들 셋이 거의 짜고 도박을 벌이는 상황이라 용오랑은 매번 패할 수밖에 없었다.

용오랑은 많지 않은 자신의 급여뿐 아니라 주변 광부들과 화방 계집들의 은자까지 잃었다.

용오랑도 승부에서는 지기 싫어하는 성격이라 이번에는 노방의 늙은이들 은자마저 끌어들여 큰 승부를 벌였다.

네 사람이 건 금액은 무려 은자 이백 냥이나 되었다. 바깥 세상에서도 거금에 해당되지만 지중뇌에서는 그 가치가 더 컸다. 세 명의 흑면옥사는 동료들을 꼬드겨 후한 배당을 약속하고는 은자를 마련해 참여했다.

탁자에 쌓인 은자의 높이가 올라갈수록 흑면옥사들의 야합이 조금씩 흐트러졌다. 나누어 먹겠다는 생각보다 혼자 독식하려는 욕심이 봇물처럼 솟구친 것이다.

"젠장, 다 털렸군."

흑면삼호가 가장 먼저 자리를 털고 일어섰다.

용오랑이 다소 많이 땄고 흑면구호와 흑면십칠호는 본전을 조금 웃돌 정도였다. 도박판의 분위기가 어느 정도 무르익자 용오랑은 자신 앞에 걸린 은자를 몽땅 걸었다.

"이제 승부를 내자고."

두 흑면옥사는 마른 입술을 혀로 핥고는 고개를 끄덕였다.

"좋아."

"청면옥장이 순찰을 돌 시간이니 이번 판으로 마무리 짓자."

여러 번 골패가 교환되었다.

패를 펼칠 상황이 되자 흑면구호가 득의의 웃음을 흘리며 패를 뒤집었다.

"흐흐, 내가 이겼다."

일곱 개의 골패가 숫자 이에서부터 팔까지 나란히 연결된 연환패(連環牌)였다.

지켜보던 흑면삼호가 나직이 탄성을 발했다.

"와아! 축하하네, 구호. 그 어려운 연환패를 만들다니……."

흑면구호가 상대의 패도 확인하지 않고 은자를 끌어가려 하자 흑면십칠호가 그의 손을 힘차게 눌렀다.

"잠깐, 내 패도 봐야 할 것 아냐?"

그가 패를 뒤집자 네 방위(方位)와 해와 달, 별이 새겨진 칠성사방패(七星四方牌)가 드러났다.

승리를 확신했던 흑면구호는 입을 쩍 벌렸다.

"마, 맙소사, 칠성사방패라니!"

흑면삼호도 혀를 내둘렀다.

"굉장해. 골패에서 서열 삼위에 해당되는 막강한 패야. 수백 판에 한 번 나올까 말까 한 패를 보게 될 줄이야."

"크흐홋, 오늘 운수대통했군."

흑면십칠호는 침을 꿀꺽 삼키며 가죽 주머니에 은자를 쓸어 담았다.

그가 탁자 위의 은자를 모두 주머니에 쓸어 담자 가만히 지켜보던 용오랑이 은자 주머니를 탁 뺏어 들었다.

"고맙군. 챙겨주는 수고까지 다 하고."

"무, 무슨 소리냐? 왜 남의 돈을 빼앗아가?"

"판돈은 가장 높은 패를 쥔 사람이 갖는 게 규칙 아닌가?"

용오랑이 자신의 패를 뒤집자 흑면옥사들은 그만 석상처럼 굳어지고 말았다. 다섯 가지 신비로운 영수(靈獸)의 모습이 새겨진 패와 천(天), 지(地) 두 개의 패가 모습을 드러낸 것이다.

"허억, 처, 천지오금패(天地五禽牌)?"

"이럴 수가?"

용오랑이 은자 주머니를 챙겨 들자 흑면십칠호는 승복할 수 없는 듯 탁자를 탕 치며 일어섰다.

"이건 사기야! 감히 나한테 사기를 쳐?"

"입 닥쳐. 사기는 그동안 너희들이 쳤어. 너희 셋이 짜고서 내 돈을 갈취했잖아?"

흑면십칠호는 허리춤에 감은 채찍을 불끈 쥐었다.

"이 새끼, 당장 그 은자 내려놔! 그걸 갖고는 이 방에서 한 걸음도 나갈 수 없다!"

용오랑은 가소롭다는 듯 조소를 머금었다.

"그렇다면 어쩔 수 없군. 이 은자를 갖고 제삼청면옥장을 찾아가 판결을 받을 수밖에. 아니면 몽땅 은면상좌께 바치든가."

흑면옥사들은 잔뜩 우거지상을 지었다.

도박에서 패해 거금을 잃은 사실이 상부에 알려져 득이 될 일은 전혀 없었다.

더군다나 용오랑은 제삼청면옥장과 은면상좌의 돈독한 신임을 얻고 있다. 자신들이 도박에서 패하고 억지를 썼다는 것이 판명되면 오히려 지중뇌의 명예를 손상시킨 죄로 혹독한 처벌을 받게 될 일이었다.

흑면삼호가 얼른 그들 사이로 끼어들었다. 속은 쓰려도 패배는 인정할 수밖에 없었다.

"헤헤, 총조장, 설마 그 돈을 모두 가져가겠다는 것은 아니겠지?"

흑면구호도 손을 비비며 그의 관대한 처분을 기다렸다.

"우리 돈이야 어쩔 수 없지만 동료들 돈은 돌려주게나. 어차피 재미 삼아 한 거 아닌가?"

용오랑은 홱 돌아서며 냉담하게 일축했다.

"도박판에서 개평이 어디 있어? 당신들이 언제 은자 한 푼 돌려줘 봤어?"

흑면삼호가 그의 소매를 쥐며 통사정을 했다.

"총조장, 내일 작업 때 쉬엄쉬엄하게 해줄 테니 조금만 돌려주게나. 친구 좋다는 게 뭔가?"

용오랑은 귀찮다는 듯 은자를 한 줌 꺼내 쥐었다.

"이런 도박이라면 다시는 하지 않겠어!"

그는 거지에게 동냥을 주듯 은자를 홱 뿌려 던지고는 옥사들의 처소를 나갔다. 삼호와 구호는 몹시 수치스러웠지만 은자가 아까워 주섬주섬 집어 들었다.

흑면십칠호는 이를 부득부득 갈았다.

"천한 새끼, 반드시 네놈을 지옥굴에 던져 넣고야 말겠다!"

5

용오랑은 내심 통쾌한 웃음을 터뜨리며 광산 지대로 내려왔다. 거금을 챙겼다는 소득보다는 흑면옥사들에게 한 방 먹여주었다는 승리감에 가슴이 후련했다.

'더러운 놈들, 나만 보면 한동안 꼬랑지를 내리겠군.'

그는 전대에 묵직하게 걸린 은자 주머니를 매만지며 빙그레 미소를 지었다.

'추란 그 계집애, 정말 대단해. 어린 나이에 모르는 게 없고 못하는 재주가 없으니.'

사실 그가 이번 도박에서 대승을 거두게 된 것은 추란의 지도 덕분이었다.

그녀는 그가 매번 도박에서 패하고 돌아오자 비법을 가르쳐 주었다. 그녀는 골패를 섞는 방법, 떼는 방법, 상대의 패를 읽는 방법들을 소상히 알려주고 그와 더불어 수십 판의 도박을 벌였다.

그녀의 도박 솜씨는 정말 대단했다. 마음만 먹는다면 강호의 유명한 도박장 몇 곳은 거덜낼 만큼 도박의 고수였던 것이다.

광산은 조용했다.

작업을 마치고 형편없는 식사로 허기를 때운 광부들이 협소한 공간에서 애벌레처럼 잠들어 있을 시간이었다. 희뿌연 유등 아래 순찰을 도는 흑면옥사 몇이 간혹 보일 뿐이었다.

이동을 금하는 징 소리가 울려 퍼지면 광부들은 물론이며 화방의 계집들조차 밖으로 나올 수 없다. 이를 어겼다가는 즉시 지옥굴에 던져진다.

총조장인 용오랑만은 예외였다.

그는 광산 상부에 위치한 청면옥장들 숙소까지도 자유롭게 다닐 수 있었다. 지중뇌 창건 이래 이런 특권을 가진 총조장은 그가 처음이었다. 그만큼 그는 은면상좌의 돈독한 신임을 얻고 있었다.

순찰을 다니던 흑면옥사 둘이 그를 지나쳤지만 서로 아는 체도 하지 않았다.

용오랑은 흑면옥사들 따위는 아예 무시했고 흑면옥사들은 먼저 대가리 한번 숙이지 않는 그가 괘씸했기에 말도 건네지 않았다. 그저 때려죽일 기회만 오기를 벼를 뿐이었다.

용오랑은 약노의 숙소인 약재 창고 안으로 들어섰다.

"쿨럭쿨럭!"

밭은기침 소리만으로도 중증의 환자임을 느끼게 했다.

약노의 건강은 지난 수개월 사이 급속도로 악화되었다. 하기는 열악한 환경의 지하 광산에서 십 년이 넘게 지냈으니 나이 든 몸으로 건강이 좋을 리 만무했다.

"소룡, 왔는가?"

약노는 애써 몸을 일으켜 앉으며 반갑게 그를 맞이했다. 용오랑은 침상 가에 걸터앉으며 걱정스럽게 물었다.

"몸은 좀 어떻소?"

"갈 때가 되면 누구나 가는 법 아닌가?"

"그런 말씀 말고 어서 누우시오."

용오랑은 그를 부축해 침상에 눕혔다. 깡마른 굼이 갈대처럼 가볍다.

용오랑은 쾡하니 들어간 그의 눈두덩을 보자 가슴이 아팠다.

할 수만 있다면 그를 지중뇌에서 내보내 주고 싶었다. 마지막으로 푸른 하늘을 보고 맑은 공기를 마시며 편안히 영면에 들 수 있도록 배려해 주고 싶었다.

그러나 한번 들어오면 죽어서도 나갈 수 없는 곳이 바로 지중뇌였

다. 죽은 자들은 모두 바닥을 알 수 없는 수직 동굴인 지옥굴로 던져진
다.

더러는 산 채로 지옥굴에 던져지는 자도 있는데 그것은 가장 지독한
형벌이었다. 지옥굴 속에는 사람의 살 속으로 파고드는 무시무시한 독
충들이 득실대기 때문이었다.

산 채로 독충들에게 살을 뜯기고 피가 빨리는 고통은 너무도 끔찍했
기에 광부들은 차라리 죽음을 원했다.

약노는 메마른 손으로 그의 손을 쥐었다.

"자네를 만나… 정말 행복했네. 자네 덕분에 지중뇌에 조금은 사람
의 냄새가 날 수 있었네. 쿨럭! 모두를 대신해… 고맙다고 말하고 싶
군."

"날 구해준 약노가 원하던 일이기에 그리한 거요. 난 남을 배려하는
의인은 못 되는 사람이오."

약노는 희미한 웃음을 지었다.

"의를 내세우지 않는 사람이 진짜 의인일세. 자네야말로 가장 사람
냄새가 풍기는 영웅이지."

"약노……."

용오랑은 그에게 커다란 은혜를 받고도 아무런 보답도 해줄 수 없는
자신이 원망스러웠다.

"뭐 드시고 싶은 거라도 있소? 뭐든 구해 드리겠소."

그는 묵직한 은자 주머니를 내보였다.

"흑면옥사 놈들에게 톡톡히 복수했소. 약노도 은자를 냈으니 배당금
을 받아야지요."

약노는 이가 듬성듬성 빠진 입을 헤벌리며 공허한 웃음을 흘렸다.

"허허, 과연 총조장답군. 못된 옥사 놈들의 은자를 그리도 많이 뺏어 내다니."

"약노, 당신을 돕고 싶소. 어찌하면 되겠소?"

용오랑이 눈시울을 붉히자 약노는 희뿌연 눈으로 천장을 응시했다.

"죽는 건 두렵지 않네만… 지옥굴에 떨어지는 것이 두렵네……. 그곳에 떨어지면 원귀가 되어 저승으로도 가지 못한다 하더군. 쿨럭쿨럭……."

용오랑은 비로소 그를 위해 해줘야 할 일을 생각했다. 그는 약노의 손을 굳게 쥐었다.

"그렇다면 내가 약노를 바깥 세상에 묻어주겠소. 내 손으로 염습을 하고 입관까지 시켜주겠소. 약노는 착하게 살았으니 필시 극락에서 다시 태어날 거요."

"염을 해주고… 수의까지 입혀준다……. 게다가 입관까지……."

약노의 메마른 눈에서 주르륵 눈물이 흘렀다.

"말이라도 고맙구먼. 그게 사람답게 죽는 거지. 하지만… 꿈일 뿐일세. 지중뇌에서 그런 일은 불가능하네. 그게 이곳의 법이야."

용오랑은 자신에게 다짐하듯 힘주어 말했다.

"반드시 그리해 줄 것이오. 내게도 나만의 법이 있소."

〈제2권으로 계속〉

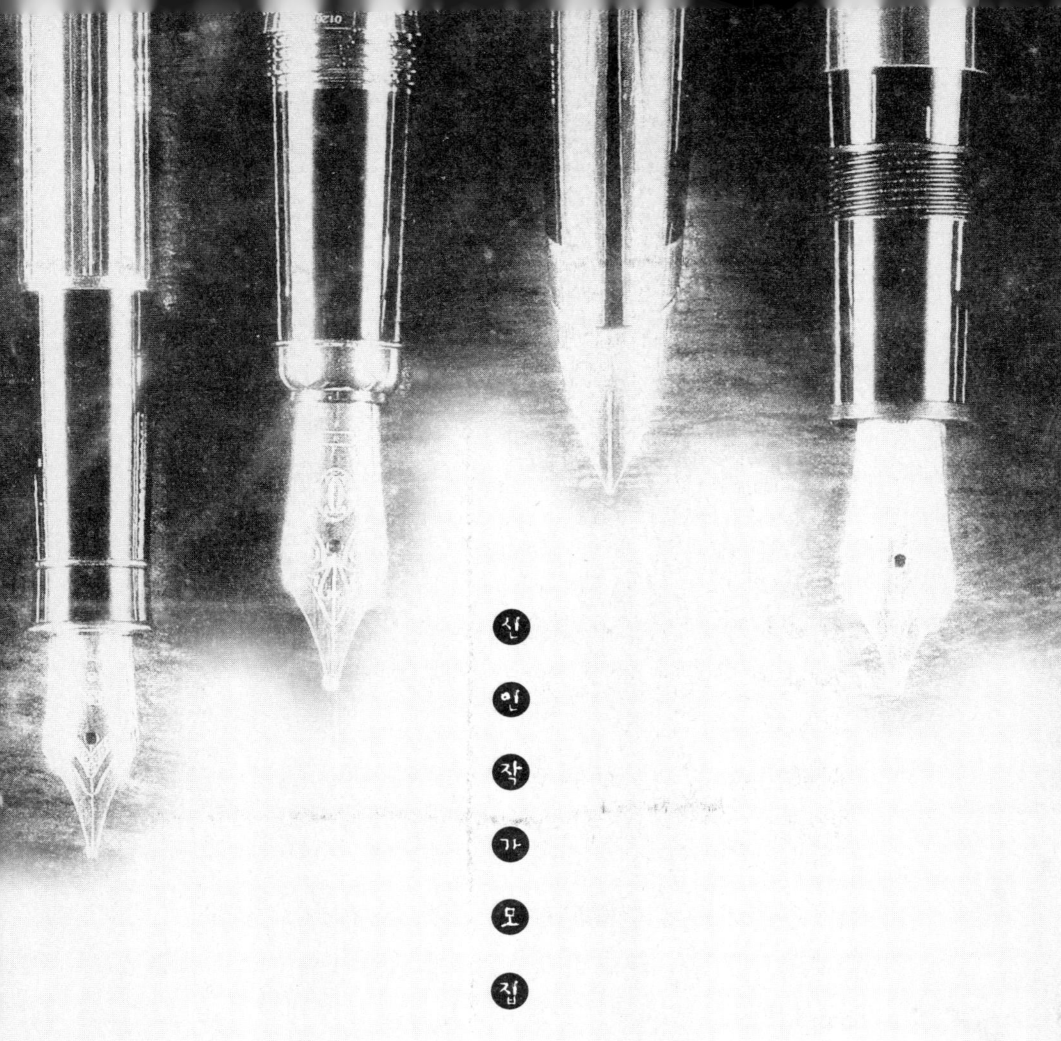

신
인
작
가
모
집